Klaus Eckardt

Der Lauf des Todes

W0220374

Klaus Eckardt

22.7.16

Klaus Eckardt

Der Lauf des Todes

Ein Oberschwaben-Krimi

Silberburg-Verlag

Klaus Eckardt, Jahrgang 1960, ist nach Wanderjahren durch halb Deutschland seit 15 Jahren in Oberschwaben heimisch. Dort arbeitete er als Journalist und Pressesprecher; seit mehreren Jahren leitet er eine Volkshochschule. In seiner Freizeit läuft er am liebsten durch die oberschwäbische Natur.

1. Auflage 2010

© 2010 by Silberburg-Verlag GmbH,
Schönbuchstraße 48, D-72074 Tübingen.
Alle Rechte vorbehalten.
Lektorat: Michael Raffel, Tübingen.
Umschlaggestaltung: Wager ! Kommunikation, Altenriet.
Druck: CPI books, Leck.
Printed in Germany.

ISBN 978-3-87407-987-7

Besuchen Sie uns im Internet
und entdecken Sie die Vielfalt unseres Verlagsprogramms:
www.silberburg.de

* * *

Irgendjemand wagte es tatsächlich, Max mitten in der Nacht direkt ins Auge zu leuchten. Irritiert schüttelte er den Kopf, an dem die schweißnassen, schwarzen Haare klebten. Langsam öffnete er sein linkes Auge und murmelte: »Schwester Sonne, was soll der Scheiß?«

»Sind Sie Max von Steyn?«, hauchte eine Frauenstimme.

Seit wann konnte Schwester Sonne reden? Vielleicht hätte Max am Abend zuvor doch nicht die zweite Flasche Weißwein aufmachen sollen. Doch was gibt es Verlockenderes als einen lauen Sommerabend auf der Holzterrasse hinterm Haus, den Blick auf die taunassen Wiesen, in denen sich das Licht des Vollmonds spiegelt? Und dazu eine der alten Platten von Chet Baker, die so traurig und gleichzeitig so beruhigend klingen. Für einen Abend ohne Frau war das eine ganze Menge. Und so war er mit fast zwei Flaschen des trockenen Italieners in Bauch und Kopf irgendwann in seiner Hängematte zwischen den alten Pflaumenbäumen eingeschlafen. Und jetzt weckten ihn Schwester Sonne und die unbekannte, aber durchaus angenehme Stimme.

»Nein, mein Name ist Bond, James Bond – und ich habe die Lizenz zum Schlafen«, brummte Max und verabschiedete sich von der schlanken Brünetten, die ihn in seinem Traum gerade sanft in den Pool gezogen hatte.

Er konnte noch immer nicht sehen, wer die Frau war, deren Stimme ihn aus dem Schlaf gerissen hatte. Seine Augenlider kämpften wacker, aber noch erfolglos gegen die Schwerkraft.

Die helle und jetzt überraschend kräftige Stimme nahm einen zweiten Anlauf: »Sie müssen mir helfen, Herr von Steyn.« Das war keine Frage, eher ein Befehl. Genau das, was ein Mann wie Max am frühen Morgen brauchen konnte.

»Na gut, dann bin ich eben nicht James Bond, sondern Sam Spade oder meinetwegen auch Philip Marlowe. Was kann ich für Sie tun, Gnädigste?« Max setzte sich auf. »Wen soll der Meisterdetektiv für Sie beschatten?«

Ganz langsam gelang es ihm, die Augen zu öffnen. Doch vor ihm stand nicht etwa Lauren Bacall, die mit treuem Augenaufschlag die Hilfe eines abgebrühten Privatschnüfflers suchte, sondern eine etwa vierzigjährige, blonde Frau, der man auf den ersten Blick ansah, dass Geld in ihrem Haus keine Mangelware war. Ein Zustand, von dem Max nur träumen konnte.

Die Stimme versuchte es ein drittes Mal: »Sybille schickt mich zu Ihnen, Sybille Osterberg, sie ist meine Freundin.«

Das half. Max schaffte es, beide Augen nicht nur offen zu halten, sondern mit ihnen auch die Frau anzusehen, die neben seiner Hängematte stand. Sie war gut einen Kopf kleiner als er selbst, genau die Größe, die er bei Frauen schätzte. Ihre braunen Augen sahen Max jetzt herausfordernd an, ein Lächeln umspielte ihren vollen, weichen Mund. Max war offenbar nicht der erste verkaterte Mann, den sie in ihrem Leben sah. Sein Blick blieb an ihrem kräftigen Busen hängen, der einen deutlichen Kontrast zu dem schlanken, durchtrainierten Körper bildete. Die Brünette aus seinem Traum hatte Max schon vergessen. Diese Frau war real – und durchaus angenehm anzuschauen, auch vor dem Frühstück.

»Erst mal, gute Frau, brauch ich einen Kaffee. Trinken Sie einen mit?«

Die Unbekannte nickte und Max ließ sich aus der Hängematte fallen. Barfuß ging er durch die feuchte Wiese zu seiner Veranda, die direkt an die Küche anschloss. Im Gehen steckte er sein zerknittertes schwarzes Hemd in die ebenfalls schwarze Hose. Während die alte Gaggia – eine Erinnerung an die Zeit, als er noch über mehr Geld verfügte – aufheizte, warf sich Max im Spülbecken ein paar Hände voll kaltes Wasser ins Gesicht und war froh darüber, dass dort kein Spiegel hing.

Der schönen Unbekannten aber blieb sein Anblick nicht erspart. Was sie nicht zu stören schien, so intensiv und ohne Scheu beobachtete sie ihn, der, ohne sie nach ihren Wünschen zu fragen, zwei Espressotassen unter die Maschine stellte. Sie blickte ihm geradewegs in die braunen Augen, die einzig wachen Punkte in diesem verschlafenen, unrasierten Gesicht. Als Max ihren Blick wahrnahm, fuhr er mit der linken Hand durch seine schwarzen Locken und versuchte ein Lächeln.

»Gnädigste, nach der Morgentoilette sehe ich sicher wieder wie ein Mensch aus.«

Max drückte einen Hebel, woraufhin das Mahlwerk zu rattern begann und das Wasser sich mit verlockendem Gegurgel seinen Weg durch das Kaffeepulver bahnte. Der Geruch des frischen Espressos weckte Max' Lebensgeister endgültig.

Er reichte der Frau eine Tasse und wies mit einem Kopfnicken auf die etwas zerbeulte, silberne Zuckerdose, die seine Großmutter wahrscheinlich vor fünfzig Jahren zum letzten Mal poliert hatte. »Milch habe ich leider nicht, falls Sie so etwas brauchen.«

Er lehnte sich an die Spüle und sagte mehr zu sich selbst als zu der Frau, die jetzt an seinem Küchentisch Platz genommen hatte: »Sie müssen Sonja Berger sein.«

»Bingo«, kam es zurück. »Sybille hatte schon Recht, als sie sagte, Sie seien ein sehr scharfsinniger Kopf.«

»Danke für die Blumen, aber so schwer war das wirklich nicht. Sybille hat mir von Ihnen erzählt – und es gibt nicht so viele Menschen, die sie als Freundinnen bezeichnet. Und die meisten von denen kenne ich. Lassen Sie uns wieder rausgehen!«

»Gerne. Ich weiß natürlich, dass Sie nicht Sam Spade sind. Nicht mal Humphrey Bogart. Der war immer besser rasiert als Sie.« Als die Frau merkte, wie sich Max' buschige Augenbrauen zusammenzogen, fügte sie schnell hinzu: »Was nicht heißt, dass mir das besser gefällt.«

»Noch mal danke für die Blumen – falls es welche waren. Aber verraten Sie mir jetzt bitte, warum Sie mich in aller Herrgottsfrüh aus meinen süßen Träumen reißen.«

»Mein Mann ist verschwunden«, sagte sie überraschend trocken.

»Und was habe ich damit zu tun? Ich bin – wenn überhaupt – Journalist und kein Detektiv.«

»Ist das denn so ein großer Unterschied? Wenn ich richtig informiert bin, sind Sie eigentlich beides«, kam es zurück.

»Was hat Ihnen denn die liebe Sybille erzählt?«, fragte Max schon etwas erstaunt. Er konnte sich nicht so recht vorstellen, dass Sybille ihrer Freundin gebeichtet hatte, wie Max sie vor zwei Jahren bei einem Ladendiebstahl erwischt hatte.

Es war eine Mischung aus Geldnot und Abenteuerlust gewesen, die ihn damals dazu gebracht hatte, sich auf eine Stellenanzeige als Detektiv zu bewerben, kurz nachdem er seinen Job als Lokalredakteur des Oberländer Anzeigers hingeschmissen hatte. In seinem nie zu Ende gebrachten Soziologie-Studium hatte er vor Jahren mal eine Vorlesung über die gesellschaftliche Herkunft von Ladendieben besucht. Und war dann an seinem ersten Arbeitstag auf Sybille gestoßen.

Max wusste selbst nicht, warum sie seine Aufmerksamkeit erregte. Sybille war eigentlich die typische Kundin der Parfümerieabteilung, die er überwachen sollte: Ende dreißig, elegant gekleidet, frisch geföhntes, blondes Haar, selbstsichere Ausstrahlung. Ihre roten Sommerschuhe zeigten, dass sie in teuren Geschäften zuhause war. Und selbst Max bemerkte, dass die einsame Perle, die an einem dünnen Silberdraht um ihren Hals hing, ein kleines Vermögen wert war.

Vielleicht lag es an ihrem Blick. Max sah in ihren großen, blauen Augen, auf deren Lidern nur ein Hauch von Farbe lag, etwas Scheues, Unsicheres, aber auch Verwegenes, das ihn irritierte und anzog.

Die Frau ahnte nicht, wie nah Max ihr war. Er stand hinter einer einseitig verspiegelten Scheibe, die es ihm erlaubte, aus dem Verborgenen die Regale und Ständer mit teuren Cremes und Parfüms im Auge zu behalten, während sie ein Parfüm nach dem anderen in die Hand nahm – und schließlich einen Flakon in ihre Handtasche gleiten ließ.

»Ihr großer Auftritt, Herr Detektiv«, sagte Max zu sich selbst, als er mit pochendem Herzen auf die Frau zuging. »Guten Tag, die Dame. Ich bin der Hausdetektiv. Wären Sie so nett, mir in mein Büro zu folgen?« Genau so hatte Max es in der kurzen Schulung gelernt, die aus ihm, dem gescheiterten Soziologen und frustrierten Journalisten, einen richtigen Detektiv machen sollte.

»Was erlauben Sie sich?«, fauchte die Frau. Ihre Antwort schien aus einem Lehrwerk für ertappte Ladendiebe zu stammen.

»Ich denke, es ist auch in Ihrem Interesse, wenn wir unnötiges Aufsehen vermeiden«, zitierte Max das Drehbuch weiter und fügte dann hinzu: »Gerade in Ihrer Position, Frau Osterberg.«

Mit einem Schlag erlosch der Glanz in ihren Augen. »Jetzt erkenne ich Sie. Sie sind doch Max von Steyn. Was tun Sie denn hier?«

Sanft schob Max die Frau in Richtung der kleinen Kammer, die er sein Büro nennen durfte. An der Tür musste er den Kopf einziehen, um mit seinen knapp einsneunzig nicht gegen den Rahmen zu stoßen. Mitten im Raum stand ein alter Schreibtisch mit einem Stuhl auf jeder Seite, dazu ein Telefon sowie ein woanders ausrangierter Computer mit einem alten Nadeldrucker. Die nackte Neonröhre an der Decke verhinderte, dass in dem Raum so etwas wie Atmosphäre aufkommen konnte. Die Wand zum Verkaufsraum hin diente in ganzer Höhe als Beobachtungsfenster.

»Was soll das, Frau Osterberg?«, fragte Max, ganz abweichend vom Drehbuch. Eigentlich hätte er jetzt die Tasche der Ladendiebin durchsuchen müssen. Doch er wusste ja genau, was darin zu finden war.

»Hören Sie, ich weiß gar nicht, was Sie wollen. Und dass Sie so einen Job nötig haben, Herr von Steyn ...«

»Ja, ja, Angriff ist die beste Verteidigung. Das mag vielleicht in der Politik und in anderen Kriegen gelten. Mir müssen Sie so aber nicht kommen. Hier sind Sie keine Gemeinderätin oder gar stellvertretende Bürgermeisterin, hier sind Sie eine Frau, die gerade versucht hat, ein Parfüm im Wert von 70 Euro zu stehlen«, sagte Max mit harter Stimme und staunte selbst über die Wirkung seiner Worte.

Die Frau, die jetzt auf dem unbequemen Holzstuhl in sich zusammensank, hatte kaum mehr etwas gemein mit der erfolgreichen Politikerin und Unternehmersgattin aus der Stadt, in die es Max nach seinem abgebrochenen Studium verschlagen hatte. Weil er unliebsame Begegnungen dieser Art eigentlich vermeiden wollte, hatte er bei seinem Engagement als Detektiv darauf bestanden, in einer anderen Stadt zu arbeiten. Wer konnte denn ahnen, dass die örtliche Prominenz zum Klauen zwanzig Kilometer nach Westen fuhr?

In der Zeit, als Max als Redakteur der Lokalzeitung zumindest zur Grauzone der Kleinstadt-Society gehörte, hatte er oft Kontakt zu Sybille Osterberg gehabt. Sie hatte erst spät mit der Politik begonnen, doch war dann so richtig durchgestartet. Gleich bei der ersten Wahl wurde sie zur Stimmenkönigin der Liste »Bürger für unsere Stadt«, in der sich Kleinunternehmer, Lehrer und Landwirte zusammengeschlossen hatten und sich damit rühmten, selbstlos für andere Politik zu machen.

Max konnte sich ein Grinsen nicht verkneifen: »Sie wissen schon, warum Ihr Vorgänger als stellvertretender Bürgermeister damals gehen musste?« Sybille Osterberg nickte matt. Denn sie war seinerzeit die Nutznießerin des Skandals um den Finanzchef einer Maschinenfabrik, der mit dubiosen Computergeschäften ein paar hunderttausend Euro abgezweigt hatte – und abdanken musste, als eine abservierte Geliebte mit ihrem Wissen zur Bild-Zeitung ging.

Sybille Osterberg reckte fast trotzig den Kopf, ihre Augen funkelten plötzlich kampfeslustig. »Was wollen Sie? Geld? Sex? Bitte sehr!«, rief sie und begann, ihre Bluse aufzuknöpfen.

Max hatte als Journalist schon viele Arten von Bestechungsversuchen erlebt, dennoch überraschte Sybille Osterberg ihn. Jetzt half ihm das Detektiv-Drehbuch weiter: »Lassen Sie das, das macht doch alles noch viel schlimmer.«

»Sehe ich denn so schlimm aus?«, fragte Sybille Osterberg und versuchte ein Lächeln.

»Ganz im Gegenteil, gnädige Frau«, antwortete Max charmant, »doch wäre das sowohl unter Ihrem als auch unter meinem Niveau. Also noch mal: Warum tun Sie so etwas? Sie haben doch genug Geld, um sich jedes Parfüm der Welt zu kaufen?«

Die Frau schüttelte den Kopf. »Ich weiß es nicht, manchmal überkommt mich einfach der Drang zum Klauen. Es ist ein Nervenkitzel, der Wunsch, einmal ganz anders zu sein.«

»Und damit riskieren Sie Ihre Existenz? Wenn das an die Öffentlichkeit kommt, sind Sie ruiniert. Und auch den geschäftlichen Ruf Ihres Mannes würde das wohl kaum beflügeln.«

Max sah Sybille Osterberg an. Auf ihren Wangen zeichneten sich rote Flecken ab, kein Wunder, bei dem Stress, unter dem sie jetzt stand. Hinter ihr sah Max die Regale mit den elegant verpackten Flaschen. Einige der Test-Flakons hatte er sich schon unter die Nase gehalten. Die teuersten rochen am süßesten. Nichts, was ihn anregen konnte.

»Was für ein Parfüm haben Sie eigentlich geklaut?«, fragte er ganz direkt – und musste lächeln, als sie die hellgelbe Packung aus der Tasche zog. »Genau das nimmt meine Freundin. Sie haben zumindest einen guten Geschmack.«

Während Max sprach, sah er durch die Scheibe, wie zwei junge Mädchen kichernd vor dem Regal standen und sich gegenseitig Parfüm auf die Innenseite ihrer Handgelenke sprühten, genau dorthin, wo das Blut pulst und für eine gute Verteilung der Duftstoffe sorgt. Während das eine Mädchen, Max schätzte sie auf sechzehn, am Arm ihrer Freundin schnupperte, ließ diese eine Packung des Parfüms in ihren weiten Ausschnitt rutschen. »Sieh mal an, das sind ganz junge Kolleginnen von Ihnen«, sagte er zu Sybille Osterfeld, die die Szene ebenfalls beobachtet hatte und von Max wissen wollte: »Was unternehmen Sie jetzt?«

»Nichts, solange ich mit Ihnen beschäftigt bin. Die haben einfach Glück – im Gegensatz zu Ihnen.«

»Vielleicht wollte ich ja sogar eines Tages erwischt werden. So etwas habe ich kürzlich in einer Zeitschrift gelesen. Aber dass ausgerechnet Sie das sein mussten. Schicksal!«

Schicksal, dachte Max. Auch er hatte schon mal geklaut. Damals mit 12, als sie nach der Schule oft noch eine Stunde auf den Bus warten mussten und im Kaufhaus ihre Mutproben machten. Mit ihm hatte es das Schicksal gut gemeint, er war nie erwischt worden. Seine Karriere als Ladendieb hatte er dann selbst beendet, als ihn eines Tages – er war vierzehn und gerade strafmündig – das schlechte Gewissen einholte. Er hatte im Kaufhaus eine Trillerpfeife eingesteckt, für ganze 99 Pfennig. Das war für ihn damals wohl so viel wie für Sybille Osterberg die 70 Euro fürs Parfüm. Zwei Stunden später fuhr Max erneut in die Stadt und bezahlte die Pfeife. Anschließend warf er sie in den Fluss.

Seit vielen Jahren hatte er nicht mehr an den Vorfall gedacht. Er wusste noch heute nicht, warum er damals so gehandelt hatte. Der 14-jährige Max stand in diesem Moment deutlich sichtbar vor den Augen des inzwischen 44-jährigen. Und der sagte plötzlich zu Sybille: »Lassen Sie das Parfüm hier stehen und gehen Sie. Und zwar ganz schnell.«

Drei Tage später schmiss Max seinen Job hin, nachdem er fünf weitere Ladendiebe hatte laufen lassen: Zwei Jugendliche, eine Hausfrau, einen Beamten und sogar einen Pfarrer. Das Ergebnis entsprach in etwa dem, was Max in seinem Soziologie-Studium gelernt hatte. Nun hatte er es, wenn auch mit zwanzig Jahren Verspätung, empirisch überprüft.

Sybille sah er erst ein halbes Jahr später wieder. In einem Yoga-Kurs der Volkshochschule. Sie wurden Freunde, ohne je wieder über den Vorfall im Kaufhaus zu sprechen. Nur ein Mal signalisierte Sybille ihm, dass dieser Diebstahl für sie der letzte gewesen sei.

Und nun saß er mit Sybilles Freundin Sonja Berger auf der Veranda seines alten Häuschens.

Max empfand es als Paradies. Es stand umgeben von alten Obstbäumen auf einem Hügel am Rande der Stadt, der Blick reichte tief ins Land und die nächste Straße war zu weit weg, als dass ihr Lärm bis hierher dringen könnte. Für Max war das der wahre Luxus: Die Abwesenheit von Lärm und künstlichem Licht. Wo sonst konnte man nachts den Sternenhimmel so klar sehen wie hier, auf der der Stadt abgewandten Seite des Hügels?

Max nannte sein Refugium die Maxau. Er hatte das ziemlich heruntergekommene Häuschen vor zehn Jahren mit dem Geld gekauft, das ihm seine Lieblingstante Klara hinterlassen hatte, und es nach und nach in ein Schmuckstück verwandelt.

»Schön haben Sie es hier.« Sonja Berger versuchte es mit Smalltalk.

»Ja, vor allem, wenn ich lange schlafen kann«, konterte Max und versuchte, seine Worte mit einem Lächeln wieder zu entschärfen.

»Entschuldigen Sie. Ich dachte, zehn Uhr ist eine christliche Zeit.«

»Normalerweise bin ich da schon lange von der Frühmesse zurück«, grinste Max. »Also erzählen Sie endlich, was Sie von mir wollen. Einer Freundin von Sybille bin ich zumindest schuldig, dass ich ihr zuhöre.«

»Danke«, sagte Sonja Berger mit sichtbarer Erleichterung. »Wenn Sie wissen, wer ich bin, kann ich mir ja eine große Vorstellung sparen.«

Durch Max' Kopf ratterten ein paar Fakten: Sonja Berger war Inhaberin eines kleinen, aber nicht ganz unbedeutenden Pharma-Unternehmens, das sich auf Genforschung spezialisiert hatte. Wobei man das selber lieber Biotechnologie nannte. Klang nicht ganz so gefährlich. Die Firma, die vor fünf Jahren aus Ulm hergezogen war, beschäftigte etwa fünfzig Mitarbeiter, von denen bestimmt zwei Drittel eine Promotionsurkunde im Wohnzimmer hängen hatten.

Die Stadt hatte seinerzeit viel für die Ansiedlung getan, erwartete sie doch, ihre Anstrengungen durch entsprechende Steuereinnahmen honoriert zu bekommen. Was offenbar gelang. Allerdings war »Berger Pharmaceuticals«, wie man sich weltläufig nannte, in letzter Zeit ins Gerede gekommen. Man munkelte etwas von illegalen Medikamentenversuchen im Ausland. Max' Dauerfreundin Veronika, die in München bei einem großen Magazin als Journalistin arbeitete, hatte ihn erst kürzlich gebeten, ein paar Recherchen anzustellen. Flog ihm da mit Sonja Berger jetzt eine gebratene Taube ins Maul?

»Siegfried, mein Mann, ist Geschäftsführer meiner Firma. Ich selbst halte mich aus dem Alltagsgeschäft raus. Vor einer Woche fuhr er zu einem dreitägigen Biotechnologie-Kongress nach Salzburg. Und kam nicht wieder.«

»Und Sie machen sich erst heute Sorgen?«, entfuhr es Max.

»Er wollte danach noch ein paar Tage zum Wandern in die Berge. Und da er die mehr liebt als mich, war es nicht ungewöhnlich, nichts von ihm zu hören«, sagte sie und es klang erstaunlicherweise nicht einmal verbittert.

»Und was soll ich für Sie tun? Eine Suchanzeige in der Zeitung aufgeben, weil ich Journalist bin? Meine Karriere als Detektiv hat seinerzeit nicht einmal eine Woche gedauert. Hat Ihnen das Sybille nicht erzählt?«

»Sie hat mir nur empfohlen, mich an Sie zu wenden, weil Sie einen guten Spürsinn hätten.«

»Und dieser Spürsinn sagt mir, dass Sie bei mir an der falschen Adresse sind. Zumal ich ihnen ganz offen sagen muss, dass ich da leicht in einen Interessenkonflikt geraten könnte, wenn ich mich näher mit Ihrem Mann befasse.«

»Wie meinen Sie das?«

»Die Spatzen pfeifen es doch vom Dach, dass mit Ihrem Unternehmen etwas nicht stimmt. Ich sage nur: Menschen als Versuchskaninchen. An dem Thema sind doch schon etliche Journalisten-Kollegen dran.« Das mit Veronika wollte er ihr lieber nicht so genau sagen.

Plötzlich saß Sonja Berger genau so da wie zwei Jahre zuvor Sybille Osterberg. Und in Max regte sich schon wieder Mitleid. Er wünschte, er wäre Sam Spade und könnte mit gelassener Stimme sagen: »Baby, das wird nicht billig. Können Sie sich das überhaupt leisten?« Und sie würde, ohne eine Miene zu verziehen, ein Bündel Geldscheine auf den Tisch legen und trocken fragen: »Reicht das fürs Erste?«

Doch das Einzige, was Sonja Berger an den Tag legte, war das Bild eines Häufchens Elend.

»Vermissen Sie ihn denn so sehr?«, fragte Max etwas plump und hoffte, sie würde nicht in Tränen ausbrechen. Obwohl er es mühevoll gelernt hatte, sich von Frauentränen nicht weichkochen zu lassen, richtig angenehm war es ihm immer noch nicht, wenn die Damen so nah ans Wasser gebaut hatten.

»Sie liegen leider nicht so falsch, was die Firma angeht. Und das macht mir mehr Sorgen als das Verschwinden von Siegfried. Wissen Sie, nach fünfzehn Jahren Ehe, zudem kinderlos, ist der Honeymoon lange vorbei. Sie haben es gut, Sie leben offenbar alleine.«

»Zumindest meistens. Meine Freundin lebt in München«, antworte Max kurz angebunden. Er verspürte wenig Neigung, seine Beziehungsprobleme mit Sonja Berger zu diskutieren. Seit drei Jahren war er mit Veronika zusammen. Und sie hatten es immer vermieden, zu eng aufeinanderzusitzen. So lebte Veronika in München, er fast 150 Kilometer entfernt auf dem oberschwäbischen Land. Sie sahen sich, wenn ihre Beziehung funktionierte, so häufig, dass keine allzu große Sehnsucht aufkam, gingen sich aber dafür nicht mit Alltagsproblemen auf den Keks. Max hatte eine 24-jährige Tochter und verspürte schon lange keine Lust mehr, weitere Kinder großzuziehen. Deshalb war er sehr froh, dass die zehn Jahre jüngere Veronika sich in ihrem Beruf auslebte und ihn nicht mit Kinderwünschen zu einer Entscheidung zwang, die er gar nicht treffen wollte. Doch das alles ging Sonja Berger gar nichts an.

Als Max schwieg, fuhr sie fort: »Wenn die Firma in die Schlagzeilen kommt, dann können wir zumachen. Wir stehen gerade vor dem Durchbruch in der Entwicklung eines Impfstoffs gegen Malaria. Davon hängt unser Überleben ab.«

»Und um die Entwicklung zu beschleunigen, hat Ihr Mann illegale Versuche im Ausland organisiert«, sagte Max ins Blaue hinein.

»Sie wissen offenbar eine Menge«, stellte Sonja Berger fest und atmete laut hörbar ein. »Kann ich Ihnen vertrauen?«

»Was heißt vertrauen? Sie wissen genau, welchem Job ich nachgehe. Und ich glaube nicht, dass unsere Interessen die gleichen sind.«

»Täuschen Sie sich nicht. Ich bin ganz und gar nicht einverstanden mit dem, was in der Firma läuft. Doch ich habe es erst zu spät mitbekommen. Ich habe Siegfried freie Hand gelassen. Das war wohl ein Fehler. Ich verspreche Ihnen, dass wir die illegalen Forschungen einstellen. Aber dazu brauche ich meinen Mann. Denn nur er kennt alle Details.« Sie legte ihre Hand auf seinen Arm. »Bitte, Max, helfen Sie mir!«

Max bemerkte leicht amüsiert, dass sie ihn jetzt mit dem Vornamen ansprach. Persönliche und körperliche Nähe herstellen, das war ein alter Trick, den auch die Händler in orientalischen Basaren gerne anwendeten. Aber es war ein guter Trick.

Er genoss es, ihre warme Hand auf seiner Haut zu spüren, und widerstand dem Reflex, den Arm zurückzuziehen. Auf was ließ er sich da ein?

Max verstand sich nicht als unbedingter Gegner der Gentechnik. Er wusste auch zu wenig darüber. Grundsätzlich erschien ihm alles sinnvoll, was dazu führen konnte, die Milliarden Menschen auf der Welt zu ernähren. Die Proteste kamen ihm manchmal so vor, wie der Kampf gegen die Eisenbahn vor 150 Jahren. Damals zitterten die Menschen vor den Feuerrössern, heute propagierten gerade die Naturschützer das Eisenbahnfahren als die umweltschonendste Art des Reisens.

Seine Tochter, die aktiv gegen die Genmanipulation kämpfte, schimpfte ihn immer einen Opportunisten. Max verstand das sogar. Auch er war früher ein politischer Heißsporn gewesen und hatte sich seinen Pragmatismus hart erarbeitet.

»Max, hören Sie mir überhaupt noch zu?«, fragte Sonja Berger wie aus weiter Ferne.

Der zog nun doch seinen Arm zurück, stand auf, nahm die Espressotassen und fragte: »Noch einen?«

Die Frau nickte, froh über die Gewissheit, das Gespräch fortsetzen zu können.

»Hören Sie zu, Sonja«, sagte er, als er mit dem dampfenden Espresso zurückkam – und stutzte. »Jetzt nenne ich Sie auch schon beim Vornamen. Dann können wir ja auch gleich du zueinander sagen. Ich glaube, Sybilles Freundinnen sollten auch meine sein.«

»Gerne«, erwiderte Sonja Berger und ein glückliches Strahlen blitzte in ihren Augen, als sie mit ihren Tassen anstießen.

»Das heißt aber noch nicht, dass ich dir auch helfen kann«, warnte Max. »Gib mir bitte ein bisschen Zeit, darüber nachzudenken. Ich rufe dich heute Nachmittag an. Genügt das?« Sie musste ja nicht wissen, dass er die Entscheidung schon getroffen hatte.

* * *

Max wartete dann auch bis zum frühen Abend, ehe er sich bei Sonja meldete. Die schöne Frau sollte nicht glauben, dass sie nur zu rufen brauche, und Max von Steyn komme angelaufen. Er hatte den Eindruck, als freue sie sich wirklich über seine Zusage. Eine bisschen Dankbarkeit von ihrer Seite würde die Zusammenarbeit erleichtern.

Die Villa, vor der Max um kurz vor acht stand, erfüllte alle Klischees: Sie lag am sogenannten Lichtberg, der einzigen Lage in der Stadt, wo man zumindest im Sommer den ganzen Tag Sonne hatte, und die zudem einen fantastischen Blick auf die Altstadt bot. Wer etwas auf sich hielt, wohnte hier. Das Grundstück war von einer hohen Hecke umgeben, wobei Max auffiel, dass die Bergers auf die in dieser Gegend sonst übliche Thuja verzichtet und sich für eine Buchshecke entschieden hatten. Die war zwar im Winter nicht so blickdicht, hatte dafür aber auch nicht den Charme grünen Betons.

Das Haus schien relativ neu. Auf dem viereckigen Bau mit den bodentiefen Fenstern saß ein Turm mit einem Glasdach, das, wie Max wenig später feststellte, als Lichtquelle für das Wohnzimmer diente. Angesichts der sterilen Atmosphäre, die das mit Designerstücken sparsam möblierte Haus ausstrahlte, fühlte sich Max etwas unwohl. Da war ihm das Chaos in den kleinen Zimmern seiner Maxau schon lieber.

Sonja empfing ihn allerdings mit einem so warmen Lächeln, dass er die Kühle des Hauses gar nicht mehr spürte. Sie führte ihn auf die mit Terrakotta-Fliesen ausgelegte Terrasse, wo sie ihm einen Martini anbot und lachend sagte: »Gerührt und nicht geschüttelt, so wie Mr. Bond ihn mag.«

Sie prosteten sich zu, dann ging Max gleich zum Thema über. »Ich möchte erst einmal ein Gefühl dafür bekommen, was für ein Mensch dein Mann ist, ihn kennenlernen. Ich habe ihn zwar öfter mal gesehen, aber nie selbst mit ihm gesprochen.«

»Das hört sich doch schon ganz nach Profi-Detektiv an«, sagte Sonja mit einem Lächeln. »Hast du das auch bei deiner Schnellbleiche zum Ladendetektiv gelernt?« Also hatte Sybille ihrer Freundin doch etwas erzählt. Vielleicht sollte Max sie einmal darauf ansprechen.

»Nein, da bin ich ganz aufs Krimilesen angewiesen«, erwiderte Max und fuhr fort: »Spaß beiseite. Hat Sybille dir nicht erzählt, dass ich mein Geld zum größten Teil damit verdiene, Familienbiografien zu schreiben? Die Leute erzählen mir ihr Leben oder geben mir Unterlagen, aus denen ich dann die Geschichte zusammenschreibe. Und dabei gehe ich genauso vor. Ich muss ein Gefühl für die Menschen bekommen, über die ich schreibe. Wenn sie noch leben, ist das recht einfach ...«

Sonja erschrak: »Du meinst doch nicht etwa, dass Siegfried ...«

»Entschuldige, natürlich nicht. Ich schreibe nur manchmal Biografien von Menschen, die schon tot sind. Dann erzählen mir ihre Kinder oder andere Angehörige über sie.«

»Also, was willst du wissen?«

»Wie ist er im Bett?«

»Wie bitte? Ist das dein Ernst?«

»Irgendwo habe ich gelesen, das sei die einzige Situation, in der Menschen – oder zumindest Männer – nicht wirklich lügen können. Aber wir können auch mit einer anderen Frage anfangen: Erzähl mir einfach, wie ihr euch kennengelernt habt.«

»Oh, das war ganz unspektakulär. Ich wollte damals mit meinem Bruder, dessen Freundin und meinem Freund quer über die Alpen wandern. Doch kurz zuvor erwischte ich Bernd, meinen Damaligen, mit einer anderen und schmiss ihn raus. Da lud mein Bruder dann Siegfried ein, mit dem er in einer WG wohnte. Erst mochte ich ihn gar nicht, doch nach ein paar Tagen merkte ich, dass er ein ganz patenter Kerl war.«

»Mehr nicht?«

»Na ja, von der Vorstellung der großen Liebe hatte ich mich gerade verabschiedet. Da passte mir Siegfried ganz gut rein. Zumal er Medizin studierte und ich die Pharmafirma unseres Vaters übernehmen sollte. Mein Bruder hatte sich nie dafür interessiert. Er ist Künstler.«

»Doch nicht etwa Roy Berger?«, fragte Max erstaunt. Er war erst vor kurzem in München mit Veronika bei einer Vernissage einer Ausstellung von Roy Berger gewesen und bewunderte dessen großflächige, abstrakte Bilder. Nur passten sie leider weder in sein kleines Haus noch zu seinem Geldbeutel.

»Doch, Roy ist mein Bruder. Eigentlich heißt er ja Robert. Aber er hasst diesen Namen. Im Wohnzimmer hängt ein Bild von ihm. Das hat er uns zur Hochzeit geschenkt.«

Plötzlich holte Sonja tief Luft und sagte: »Im Bett läuft bei uns seit zwei Jahren so gut wie gar nichts mehr.« Sie schien erleichtert darüber, es los zu sein. »Früher war das anders.«

»Das soll vorkommen«, entfuhr es Max und er bereute sofort, Sonja unterbrochen zu haben. Denn sie schwieg erst einmal. »Siegfried war wahnsinnig in mich verliebt und machte mir richtig den Hof. Das habe ich natürlich genossen und ihn dann schon auch geliebt.

Vor zwei Jahren änderte sich Siegfried. Er zog sich mehr und mehr von mir zurück, blieb abends lange in der Firma, wollte aber mit mir nicht über seine Probleme reden. Ich bekam es aber trotzdem raus: Unsere Forschungsabteilung hatte ein wichtiges Projekt in den Sand gesetzt, das die Firma Millionen zu kosten drohte. Gemeinsam mit unserer Forschungsleiterin arbeitete er Tag und Nacht, um den Fehler auszubügeln. Die beiden schafften es auch. Wir konnten bald darauf ein wichtiges Patent anmelden.«

»Meinst du, ich verstehe, worum es dabei ging?«

»Das versteht jedes Kind. Wir hatten im Rahmen anderer Forschungen mehr oder weniger durch einen Zufall herausbekommen, wie der genetische Code der Erdbeere verändert werden muss, damit sie nicht so schnell matschig wird. Klingt ganz banal, wird aber ein Millionengeschäft, wenn wir wirklich so weit sind.«

»Und die Forschungsleiterin?«, fragte Max.

»Sie heißt Gabriele Thiele und hat gleich zwei Doktortitel, einen in Medizin, einen in Pharmazie.«

»Ich meine, wie nahe stehen sich die beiden?«

»Meinst du, die beiden haben ...« Sonja stockte.

»Ja ich meine, ob die beiden ein Verhältnis haben«, sagte Max ganz direkt.

»Ob du es mir glaubst oder nicht, darüber habe ich noch nie nachgedacht. Ich habe alles auf die Überlastung in der Firma geschoben und mir noch Vorwürfe gemacht, weil ich mich nicht um das Alltagsgeschäft kümmere. Ich leite unsere Holding, kümmere mich um Finanzierungen, EU-Zuschüsse und unsere Immobilien.«

»Also, was ist mit dieser Frau Dr. Dr.?«, hakte Max nach.

»Eigentlich glaube ich nicht, dass sie sein Typ ist. Zu mager. Aber wer kennt schon die Männer?«, fragte sie mit einem Anflug von Koketterie.

»War sie auch auf dem Kongress in Salzburg?«, wollte Max wissen.

»Keine Ahnung, Siegfried hat nichts davon erzählt. Normalerweise sagt er es mir, wenn er jemanden mitnimmt. Aber das kann ich morgen in der Firma rauskriegen.«

»Weiß man dort schon etwas von Siegfrieds Verschwinden?«

»Nein, offiziell ist er im Urlaub und ich schaue jeden Tag mal nach dem Rechten.«

»Ist dein Mann eigentlich sportlich sehr aktiv?«

»Ja, er joggt regelmäßig und ist auch schon ein paar Marathons gelaufen. Außerdem fährt er viel Rad und geht wie gesagt für sein Leben gern in die Berge. Da kann er stundenlang laufen und löst nebenher jede Menge geschäftlicher Probleme.«

»Klingt nicht ganz unsympathisch«, antwortete Max, der selbst vor zehn Jahren das Laufen für sich entdeckt hatte. »Vielleicht ist er mir im Wald sogar schon mal begegnet.« Er blickte auf das Foto, das Sonja aus dem Wohnzimmer geholt hatte. »Möglich wäre es.«

»Max« – Sonja legte wie schon am Morgen ihre Hand auf seinen Arm. »Glaubst du, Siegfried ist etwas zugestoßen?«

»Ehrlich gesagt, ich habe keine Ahnung. Wir wissen ja nur, dass er in Salzburg war und dann zum Wandern wollte. Und wir wissen nicht einmal wohin. Sag mal ganz offen: Wie große Sorgen machst du dir wirklich? Eure Liebe scheint ja schon ziemlich abgekühlt zu sein.«

»Jetzt wirst du ungerecht.« Sonja zog einen Schmollmund.

»Sei ehrlich! Wenn du so viel Angst um ihn hättest, warum gehst du dann nicht gleich zur Polizei, sondern kommst zu jemandem wie mir?«

»Du hast ja Recht, Max. Aber ich mache mir wirklich Sorgen. Schließlich leben wir seit mehr als einem Dutzend Jahren zusammen und die meiste Zeit davon war sehr schön. Aber ganz ehrlich gesagt: Was mich sehr bedrückt, ist die Situation der Firma. Du weißt selbst, dass da etwas schiefläuft. Und das möchte ich reparieren, bevor es zu spät ist. Schließlich ist das Unternehmen das Lebenswerk meines Vaters.«

Sie machte eine kleine Pause. »Es ist schon spät. Trinkst du noch ein Glas Wein mit einer nicht ganz so glücklichen Frau?«

Max nickte und musste dem Reflex widerstehen, den Arm um sie zu legen. Spürte Sonja, dass auch Max nicht so ganz glücklich war? Seine Beziehung zu Veronika war mal wieder auf einem zyklischen Tiefpunkt. Irgendwie war er das Achterbahnfahren leid. Mal die große Liebe, mal das große Nichts. Doch sie kamen auch nicht voneinander los. Jeder Versuch mit einer anderen Frau hatte ihn nach kurzer Zeit wieder in Veronikas Arme getrieben. Und ihr ging es ähnlich. Doch im Moment herrschte Funkstille zwischen ihnen. Obwohl sie ganz bewusst den Alltag aus ihrer Beziehung fernhielten, gifteten sie sich manchmal an wie ein altes Ehepaar. Bis Max am vergangenen Samstag in seiner Wut geschrieen hatte: »Dann hau halt ab« – was Veronika nachts um drei auch postwendend tat.

Er drehte den Kopf zu Sonja, lächelte und sagte mit sanfter Stimme: »Na klar doch, gerne. Wenn daraus kein Ball der einsamen Herzen wird.«

* * *

Das Bond-Girl, von dem Max in dieser Nacht träumte, hatte braune Augen, einen vollen weichen Mund und blondes, kurzes Haar.

Bis zum frühen Morgen hatte Sonja von ihrem Leben mit Siegfried erzählt. Max konnte den Verschwundenen förmlich im Raum spüren, so plastisch schilderte Sonja ihren Mann. Siegfried kam aus kleinen Verhältnissen, die Heirat mit der Firmenerbin bedeutete für ihn einen Aufstieg, von dem er nicht einmal zu träumen gewagt hatte. Doch die Firma gehörte nach wie vor Sonja, die ihren Bruder Roy schon vor Jahren ausgezahlt hatte. Siegfried war als Geschäftsführer angestellt, zwar mit einem ordentlichen Gehalt, aber das letzte Wort hatte immer noch seine Frau. Was in der Firma allerdings nur wenige altgediente Mitarbeiter wussten. Für die meisten war Siegfried Berger, der bei der Heirat den Namen seiner Frau angenommen hatte, der Boss.

Dennoch nagten offenbar Minderwertigkeitsgefühle an dem groß gewachsenen, sportlichen Mann. Wann immer er den Chef heraushängen ließ, verspürte er einen Stich in seinem Innersten, der ihm sagte: Deine Macht ist nur geliehen. Und zwar von deiner Frau. So zumindest hatte er es ihr in einer schwachen Stunde gestanden.

Eine Trennung von Sonja hätte unweigerlich zum Verlust dieser Macht geführt. Klammheimlich hatte Siegfried einmal Verhandlungen mit einem Konkurrenten geführt. Doch der war, was Siegfried nicht ahnte, ein alter Freund von Sonjas verstorbenem Vater und hatte sie bald eingeweiht.

So hatte sich immer mehr Misstrauen in die Beziehung der beiden eingeschlichen, was letztlich dazu führte, dass sie getrennte Schlafzimmer bezogen. Ob Siegfried ihr dennoch treu war, wusste Sonja nicht. Wie sie selbst es hielt, wagte Max nicht zu fragen.

Als er sich verabschiedete, war es bereits kurz vor halb fünf. Von Osten her schimmerte der Nachthimmel leicht rötlich und der Morgen verschluckte langsam die ersten Sterne. Max freute sich auf den Weg nach Hause. Eine gute Dreiviertelstunde würde der Marsch durch die Stadt und wieder hinauf in die Maxau dauern. Er genoss die Stille. Nur von weitem war das Dröhnen eines Autos zu hören, und der Hund im Haus von Bergers Nachbarn gab auch wieder Ruhe, als Max sich entfernte.

Er nahm die Treppen, die hinunter zur Altstadt führten, im Laufschritt und stellte sich vor, wie die Menschen vor ein paar hundert Jahren dort gelebt hatten. Der Stadtbach, heute ein Schmuckstück mit Bänken auf beiden Seiten, diente als Abwasserkanal und Müllgrube. Im Heimatmuseum hatte Max einmal eine Aufzeichnung aus dem Mittelalter entdeckt, in der die Bevölkerung aufgefordert wurde, sie solle »heute und morgen nicht in die Bäche scheißen, weil morgen ein löblicher Magistrat Bier brauen tuet.«

Der historische Kern stammte aus der Zeit nach dem 30-jährigen Krieg. Wie so viele Orte in dieser Gegend war auch die Stadt damals in Flammen aufgegangen, eine Art der Sanierung, die sich heute so mancher Modernisierer wünschte. Innerhalb weniger Jahrzehnte entstand der moderne Stadtkern mit stolzen Fachwerk-Bürgerhäusern, die Bauern wurden an die Stadtmauer verdrängt. Das Zentrum bildete damals wie heute der Marktplatz mit dem Dom an der Ostseite. Noch immer trug er diesen Namen, obwohl die Bischöfe bereits wenige Jahre nach dem Bau dem verlockenden Angebot des damaligen Reichsgrafen folgten und ihren Sitz in die nächstgrößere Stadt verlegten.

Die kollektive Kränkung der mehrheitlich katholischen Bürger der Stadt dauerte bis heute an. Wann immer sich ein hoher geistlicher Würdenträger blicken ließ, hörte er die Klage, wie gerne man doch Bischofssitz geblieben wäre. Daran änderte auch die Tatsache nichts, dass die Stadt der Konkurrentin mittlerweile wirtschaftlich weit überlegen war.

Max steuerte zielsicher durch das Gewirr der kleinen Gässchen, die den Marktplatz mit dem Äußeren Ring verbanden, den wiederum die noch weitgehend erhaltene Stadtmauer umschloss. Lediglich dort, wo die Stadttore standen, war das Gemäuer durchbrochen. An die Stelle von drei der vier nach den Nachbarstädten benannten Tore waren Straßenkreuzungen getreten. Dort, wo das vierte Tor einst den Weg nach Süden versperrte, stand das Rathaus, ein einfallsloser Bau aus Beton, Glas und Metall, der weithin als Sinnbild für die Geschmacklosigkeit der siebziger Jahre galt.

Die ruhige, verlassene Stadt ließ Max an seine Tochter denken. Wie oft war er, als sie noch klein war, nachts an ihrem Bett gestanden und hatte glücklich lächelnd gesehen, wie friedvoll sie schlief. Und nur wenig später erwachte dieses stille Wesen zu einem lebhaften und durchaus anstrengenden Kind. Und auch jetzt würde es nur noch höchstens ein oder zwei Stunden dauern, bis die Straßen gefüllt wären mit Menschen, die zur Arbeit hetzten, mit aufgeregt plappernden Schulkindern und den immer Durstigen, die es bereits morgens um sieben in die erste offene Gastwirtschaft am Marktplatz zog.

In der Maxau dagegen würde die Stille noch ein wenig länger anhalten. Als Max leise keuchend den Berg hinaufstieg, freute er sich schon auf die paar Stunden Schlaf, die ihm in seiner Hängematte blieben, bis um zehn Uhr Gerhard Scharfenberg kommen würde, für den er derzeit eine Firmenbiografie schrieb.

Die Scharfenbergs besaßen das größte Haushaltswarengeschäft am Ort. Kaum jemand wusste heute noch, dass die Firma bis 1936 dem Juden Aron Finkenbeiner gehört hatte und dann arisiert, also Finkenbeiner zwangsweise für einen Spottpreis abgekauft wurde. Auch Gerhard Scharfenberg, der die Firma in den siebziger Jahren von seinem Vater übernommen hatte, kannte die Geschichte nur in groben Zügen. Sein Vater hatte ihm nur erzählt, dass er mit der Übernahme des Geschäfts einem alten Juden die Emigration nach Amerika ermöglicht hatte. Und Gerhard Scharfenberg hatte nicht weitergefragt.

Nach dem Tod der Eltern entdeckte er im Keller zwei Kartons mit alten Unterlagen. Doch ihm selbst fehlten die Zeit und auch der Mut, sich damit auseinanderzusetzen. So brachte er eines Tages die Kartons zu Max und nahm ihm das Versprechen ab, die Ergebnisse seiner Arbeit nur ihm selbst zu zeigen.

Für Max war diese Art zu arbeiten damals eine ganz neue Erfahrung. Bei der Zeitung hatte er gelernt, das Gewissen der Gesellschaft zu spielen und sich an das zu halten, was man journalistische Spielregeln nennt. Dabei spielte es nicht die wichtigste Rolle, ob die Recherchen irgendjemandem schadeten, es ging schließlich um die Wahrheit oder darum, was der zuständige Redakteur dafür hielt. »Komisch«, dachte Max, »dass ich mich lange Zeit nicht gefragt habe, wer diese Spielregeln eigentlich aufgestellt hat.«

Er hatte Sonja am Abend zuvor von seiner früheren Arbeit erzählt. »Auch die Macht eines Journalisten ist nur geliehen«, hatte er eingeworfen, als Sonja von Siegfried erzählte. »Ich konnte mit dem, was ich in der Zeitung schrieb, Existenzen befördern oder vernichten. Und die einzige Legitimation, die ich hatte, war, dass mich der Verleger eingestellt hatte.«

»Und wenn dem Verleger die Artikel nicht gefallen?«, fragte Sonja.

»Dann ist es sehr schnell aus mit der geliehenen Macht«, räumte Max ein. »Doch dafür gibt es ja die berühmte Schere im Kopf, also so etwas wie Selbstzensur.«

»Hast du deshalb deinen Job hingeschmissen?«, wollte Sonja wissen.

»Auch«, antwortete Max vage. »Das ist eine lange Geschichte. Und dafür ist es jetzt wirklich zu spät.«

Max genoss einerseits die neue Art des Arbeitens, andererseits vermisste er auch die Unabhängigkeit, die er als Journalist hatte. Die Biografien, die er schrieb, waren nur für die Auftraggeber bestimmt. Und die entschieden, was letztlich drinstand und worüber der gütige Mantel des Schweigens gebreitet wurde.

Dennoch fand es Max äußerst spannend, so tief in das Leben anderer Menschen einzutauchen. Und immer wieder machte er sich Notizen, die er später einmal verwenden wollte, wenn er das tat, wovon fast alle Journalisten träumen: einen Roman zu schreiben.

Eigentlich hatte Max vorgehabt, Gerhard Scharfenberg an diesem Tag davon erzählen, wie sein Vater etliche Jahre vor seiner Geburt an das Geschäft gekommen war und welches Schicksal die früheren Eigentümer erlitten hatten. Doch das musste warten. Bei ihrem Treffen sagte er dem Firmenerben nur etwas von einem ganz eiligen Auftrag und sie vereinbarten, dass er die Arbeit zunächst zurückstellen konnte. Scharfenberg schien gar nicht so unglücklich darüber zu sein, dass er die Auseinandersetzung mit seiner Familiengeschichte noch ein wenig aufschieben konnte.

Nachdem der Geschäftsmann gegangen war, beschloss Max, eine Runde zu laufen. Das war immer die beste Möglichkeit, seine Gedanken zu sortieren, ganz so, wie es Siegfried Berger offenbar auch immer tat.

Max lief in den nahen Wald hinein, ein Grinsen umspielte seinen Mund.

»Was machst du da eigentlich?«, fragte er sich selbst. »Wieso fängst du plötzlich an, Detektiv zu spielen?«

Aber vielleicht hatte Sonja Recht, wenn sie sagte, Journalismus und Detektivarbeit lägen gar nicht so weit auseinander. Immerhin befasst man sich als Außenstehender dabei mit Sachen, die einen persönlich gar nichts angehen. Oder war es eher Sonja, die einen besonderen Reiz auf ihn ausübte?

Max atmete tief durch und sog den Duft des noch feuchten Waldes ein. Er spürte, dass der Herbst nicht mehr lange auf sich warten ließ. Der herbe Geruch der feuchten Erde barg für ihn das Geheimnis allen Lebens und Sterbens. Erde zu Erde. Und daraus wuchs in einem unendlichen Kreislauf Neues. Eigentlich sehr beruhigend, falls er unterwegs mal liegenbleiben sollte.

Während der nächsten fünf Kilometer schaltete Max komplett ab, beobachtete, wie sich die Sonnenstrahlen ihren Weg durch die Blätter der Bäume suchten, sich vielfach brachen und schließlich den Waldboden in ein gnädiges, weiches Licht tauchten. Wenn hier im Wald etwas verschwand, dann hatte das einen höheren Sinn: Fressen und gefressen werden.

Doch was war mit Siegfried Berger? Warum verschwand ein Mensch so plötzlich? Max fand, ohne lang nachzudenken, die verschiedensten Gründe: Vielleicht war Siegfried Berger einfach abgetaucht, weil er befürchtete, seine illegalen Medikamentenversuche könnten ans Licht kommen. Hatte er sich umgebracht? War er umgebracht worden? Oder hatte er einen Unfall gehabt?

Max war selbst überrascht, dass ein durchaus wohliger Schauer durch seinen Körper lief, als er diese Möglichkeiten durchspielte. Verbrechen hatten ihn schon immer fasziniert. Das fing als Kind an, als er sämtliche Fünf-Freunde-Romane verschlang, in denen vier englische Kinder und ihr Hund Kriminalfälle lösten. Später las er dann bergeweise Jerry-Cotton-Romane und raste mit seinem Helden im Jaguar durch New York. 20 Pfennig, fast die Hälfte seines wöchentlichen Taschengeldes, hatte er auf dem Flohmarkt für ein Heft bezahlt.

Und gleich in seiner ersten Woche als Volontär einer Tageszeitung durfte er den Gerichtsreporter zu einem Mordprozess begleiten. Auf der Anklagebank saß ein zusammengesunkenes Männchen, das den Liebhaber seiner Frau mit einem 30 Zentimeter langen Fleischmesser abgestochen hatte. »So sieht also ein echter Mörder aus«, sagte sich Max und blickte in die toten Augen des Mannes, als der Richter das Urteil verkündete: Lebenslänglich. Von einer Minute auf die andere war das Leben dieses als so sanft und rücksichtsvoll beschriebenen Mannes in Bahnen geraten, die niemand für möglich gehalten hatte.

In welche Bahnen war wohl das Leben von Siegfried Berger geraten? Max musste so schnell wie möglich herausfinden, wann und wo der Mann das letzte Mal gesehen worden war. Er lief nach Hause, griff zum Telefon und rief Sonja an.

»Hast du schon herausgefunden, ob dein Mann alleine nach Salzburg gefahren ist?

Sonja versprach, sich sofort darum zu kümmern.

»Aber sei bitte ganz diskret! Außerdem«, fuhr Max fort, »sollte ich einen Blick auf den Computer deines Mannes werfen. Wozu benutzt er das Notebook, das bei euch zu Hause steht?«

»Für ziemlich vieles. Mich wundert eigentlich, dass er es nicht mitgenommen hat. Siegfried hat damit auch Zugang zum Firmennetzwerk und kommt an alle Daten, die er braucht.«

»Wann kann ich vorbeikommen?«, fragte Max etwas atemlos.

»Sofort, wenn du willst.«

»Gib mir eine Stunde. Ich komme gerade vom Laufen und sollte wenigstens noch duschen.«

Als Max genau 59 Minuten später sein Fahrrad vor Sonjas Haustür abstellte, lief ihm der Schweiß schon wieder in Strömen an den Schläfen und im Nacken herunter.

»Beruhige dich«, mahnte er sich selbst. »Kein Grund zur Aufregung.« Doch mit guten Worten ließ sich das Nachschwitzen nicht verhindern. Er war nach dem anstrengenden Lauf einfach zu schnell unter die Dusche und dann gleich wieder aufs Fahrrad gesprungen.

Sonja nahm das alles aber gar nicht wahr. Mit bleichem Gesicht öffnete sie die Tür und sagte statt einer Begrüßung: »Siegfried war mit Gabriele Thiele in Salzburg. Der Kongress dauerte nur zwei Tage. Und sie kam erst nach fünf Tagen zurück in die Firma. Kurzurlaub.«

Sonja hatte Kaffee gekocht und das heiße Getränk trieb Max noch mehr Wasser aus den Poren. »Hast du Gabriele Thiele darauf angesprochen?«

»Nein, du hattest ja gesagt, ich soll diskret nachforschen.«

Sie gingen in Siegfrieds Arbeitszimmer im ersten Stock. Wie Max befürchtet hatte, war der Computer mit einem Passwort gesichert. »Wollen wir doch mal sehen, wie vorsichtig dein Mann ist«, sagte Max und versuchte als erstes Passwort Sonja. Fehlanzeige.

»Hat dein Mann einen Kosenamen für dich?«

Sonja wurde rot. »Er hat mich immer seine Raubkatze genannt. Doch das ist schon eine Weile her.« Es kostete Max wenig Mühe, sich vorzustellen, in welchen Situationen sich Sonja in eine Raubkatze verwandeln könnte. Doch auch die Raubkatze erwies sich als Niete.

»Eine Idee habe ich noch«, sagte Max. Wenn das nichts bringt, müssen wir Hilfe holen. So ein großer Computerexperte bin ich leider nicht.«

Max tippte vier Buchstaben ein, drückte die Eingabetaste und blickte gespannt auf den Bildschirm, der zunächst kurz dunkel wurde und dann die Nachricht brachte: »Anwendungsdaten werden geladen.«

Über Max' Gesicht legte sich ein Strahlen, das aber sofort wieder verlosch. »Das wird dir nicht gefallen. Das Passwort heißt Gabi.«

Doch Sonja nahm die Nachricht überraschend gefasst auf. »Das war ja nur eine Frage der Zeit, so wie es zwischen uns beiden lief. Ich werde mit ihr reden!«

»Lass das lieber mich machen«, bat Max. Er zweifelte daran, dass eine Aussprache unter Frauen bei der Suche nach Siegfried wirklich helfen würde. »Ruf bitte bei ihrer Sekretärin an und vereinbare einen Termin für mich. Am besten sofort.«

Keine zehn Minuten später saßen sie in Sonja Bergers Cabrio, standesgemäß natürlich ein Porsche 911 neueren Baujahrs. Dank des geöffneten Daches musste sich Max keine

Sorgen wegen seiner Körpergröße machen. Jedes Mal, wenn er in einem Auto dieser Art saß, dachte er daran, wie er als Jugendlicher einmal den spätpubertierenden Besitzer eines Porsche in Rage gebracht hatte, als er beim Aussteigen scheinheilig fragte, wo er denn den Büchsenöffner finde.

Überrascht beobachtete Max, wie sich das Zufahrtstor zum Grundstück der Bergers automatisch hinter ihnen schloss. Nicht einmal den Knopf einer Fernbedienung musste Sonja dafür drücken.

Die kurze Fahrt führte sie nach Norden, der einzigen Himmelsrichtung, in die sich die Landschaft öffnete. Die Stadt war seinerzeit am Ende eines Tales, ein gutes Stück vom Fluss und dessen nassen Wiesen entfernt, gebaut worden. Heute wuchsen Neubaugebiete die Hügel empor und Max fürchtete, dass sie eines Tages auch sein Häuschen erreichen würden. Doch er war fest entschlossen, keinen Quadratmeter seines großen Grundstücks abzugeben, um sich so mögliche Nachbarn vom Hals zu halten.

Die Industriegebiete lagen alle in Richtung des Flusses, dessen Umgebung nach dem Krieg aufwändig trockengelegt worden war. An der Stelle des einstigen Sumpflandes standen heute Bürohäuser und Fabrikationsgebäude. Die Mischung der unterschiedlichsten Branchen, von der Großschmiede bis zum Pharmabetrieb, hatte die Stadt ganz gut durch die wirtschaftlichen Krisen der vergangenen Jahrzehnte gebracht.

Berger Pharmaceuticals hatte sich ein Filetstück des Gewerbeparks am Fluss gesichert. Von einem Großteil der Büros aus blickten die Mitarbeiter über das Wasser in unberührte Natur. Für den ganz in Weiß gehaltenen Bau hatte Sonja Berger vor fünf Jahren eigens einen amerikanischen Stararchitekten engagiert und damit für viel Gesprächsstoff im Städtchen gesorgt. Der halbrunde Bau fügte sich so harmonisch in die Landschaft ein, dass ihn ein begeisterter Architekturkritiker einmal mit einer aufgehenden Knospe verglichen hatte.

Doch Max schenkte dem Bauwerk wenig Aufmerksamkeit. In Gedanken spielte er das Gespräch mit der Forschungsleiterin durch – und seine Überlegungen erwiesen sich wenig später als Volltreffer, so dass er seine Gesprächsstrategie nur abspulen musste. Wie erwartet, gab Gabi Thiele die unnahbare, kühle Wissenschaftlerin, die für ihren Job lebte und mit Männern im Allgemeinen und mit Siegfried Berger im Speziellen wenig am Hut hatte. Ein Blick auf ihre leicht zitternden Finger, mit denen sie unentwegt an ihrem schlichten Ring drehte, zeigte Max, wie nervös sie in Wirklichkeit war. Er war froh, dass er Sonja davon überzeugt hatte, sie alleine zu lassen.

»Frau Thiele, eine attraktive Frau wie Sie ...«, versuchte er sie zu umgarnen. Doch das Eis hielt noch eine Weile. Erst als Max sie fragte, ob sie sich vorstellen könne, warum Siegfried Berger als Passwort für seinen Computer Gabi und nicht Sonja gewählt hatte, bröckelte die harte Fassade.

Sie versuchte noch einen Haken zu schlagen, indem sie sagte: »Vielleicht hat er sich ja in mich verliebt. Aber ich wusste nichts davon.«

Doch als Max dann die gemeinsame Reise zum Kongress nach Salzburg und den anschließenden Kurzurlaub ansprach, begann sie zu erzählen.

»Ja, ich liebe ihn. Und er mich. Doch er kommt ja wegen der Firma nicht von seiner Frau los.«

Seit einem Jahr hatten die beiden ein Verhältnis miteinander. So diskret, dass es bislang auch in der Firma niemand mitbekommen habe – glaubte zumindest Gabi Thiele. Da sie beide häufig geschäftlich verreisten, ließen sich die Treffen gut arrangieren.

Den Kongress in Salzburg verließen sie schon am ersten Abend und fuhren weiter in die Pinzgauer Alpen, wo Siegfried ein kleines Wellnesshotel kannte, das »Alpen-Spa«. Da sie selbst nicht gerne wanderte, konnte Gabi Thiele dort gemütlich den Tag im Thermalbad verbringen, während Siegfried die umliegenden Dreitausender bestieg. »Er war so glücklich«, sagte sie mit Tränen in den Augen.

»Und dann?«, drängte Max.

»Wir waren gerade drei Tage da, da verschwand er plötzlich. Siegfried ging wie jeden Morgen vor dem Frühstück zum Joggen. Es muss so gegen sechs gewesen sein und wurde gerade hell. Ich schlief weiter bis um neun – und Siegfried war noch immer nicht da. Da wir die Strecke gemeinsam auf der Karte herausgesucht hatten, wusste ich, wo er hinwollte. Ich bin dann den Weg mit dem Auto abgefahren, aber keine Spur von Siegfried. Auch im Hotel hatte ihn niemand gesehen.«

»Hat er irgendetwas mitgenommen? Geld, Pass, Kreditkarte, Handy?«

»Nein, nur seine Laufsachen. Er band noch so ein komisches Gerät an seinen Schuh, mit dem er die Strecke aufzeichnete. Siegfried will immer ganz genau wissen, wie weit er gelaufen ist. Er führt seit Jahren darüber Buch.«

»Und dann?«, fragte Max erneut.

»Ich bekam Angst. Zur Polizei konnte ich schlecht gehen, da wir als Herr und Frau Berger im Hotel registriert waren. Ich wartete bis zum nächsten Morgen, packte dann unsere Sachen, bezahlte die Rechnung und fuhr nach Hause. Seitdem warte ich auf eine Nachricht von ihm.«

»Frau Thiele, wollen Sie mir allen Ernstes erzählen, dass Sie seelenruhig abgereist sind, nachdem Ihr Geliebter verschwunden war?«

Die Frau wischte mit dem Ärmel ihres weißen Laborkittels über ihre Augen, die in der Tat feucht schimmerten. Mit gepresster Stimme sagte sie: »Was hätte ich denn tun sollen? Ich stand einfach neben mir. Schauen Sie mich an: Sehe ich etwa so aus, als wäre ich seelenruhig?«

Max fixierte Gabi Thieles schmale Augen. Ein paar Sekunden hielt sie seinem Blick stand, dann senkte sie den Kopf und holte ein Taschentuch aus ihrem Kittel.

Max wandte sich zur Tür und sagte im Gehen: »Ich werde herausfinden, was mit Ihrem Chef passiert ist. Verlassen Sie sich darauf.«

* * *

»Diese Schlange, die schmeiß ich noch heute raus!«, rief Sonja Berger wutentbrannt, als Max ihr nach der Rückkehr in die Villa Berger das Gespräch vorspielte, das er heimlich aufgenommen hatte. Das Gerät sah aus wie ein Kugelschreiber, so dass niemand Verdacht schöpfen konnte. Max benutzte es meist ganz offen, wenn er Interviews aufzeichnete.

»Beruhige dich.« Diesmal war es Max, der seine Hand auf Sonjas Arm legte. »Gabi Thiele weiß wahrscheinlich zu viel über eure Art zu forschen, als dass du sie einfach rauswerfen könntest. Und außerdem: Hast du nicht selbst gesagt, dass eure Ehe schon lange keine mehr ist. Was erwartest du?«

»Du hast ja recht«, sagte sie und griff unvermittelt nach Max' Hand. »Vielleicht bin ich ja nur neidisch, dass er es zuerst getan hat.«

»Jetzt ist zumindest auch das geklärt«, dachte er und zog seine Hand vorsichtig zurück. Betont sachlich sagte er: »Wir müssen die Polizei einschalten.«

»Nein! Alles, nur das nicht!«, rief Sonja. »Wenn dabei herauskommt, was in der Firma läuft, sind wir ruiniert. Erst muss ich das in Ordnung bringen.«

»Wie stellst du dir das vor? Dein Mann verschwindet in Österreich und du engagierst einen Amateurdetektiv?«

»So ein Amateur bist du doch gar nicht, wenn ich mir anschaue, was du innerhalb weniger Stunden herausgefunden hast.«

So sehr Max dieses Kompliment schmeichelte, so unwohl fühlte er sich in seiner Haut. Vielleicht lag Siegfried Berger irgendwo mit zerschmettertem Schädel in einer Bergschlucht. Unfall, Selbstmord, Mord? Vielleicht steckte eine Pharma-Mafia dahinter, die Millionen mit illegalen Genmanipulationen verdiente. Erst kürzlich hatte Max im Fernsehen einen Bericht über geheime Labors gesehen, in denen moderne Frankensteine den perfekten Menschen züchten wollten. Oder hatte seine Geliebte Siegfried Berger dahin befördert, wo er jetzt lag? Oder gar seine Frau? Manchmal war es doch einfacher, als Reporter über Verbrechen zu berichten, als sie selbst aufklären zu müssen.

»Gut, sagen wir bis Ende der Woche. Wenn wir bis dahin nicht weiter sind, gehst du zur Polizei. Aber dann wird es schwierig, denen zu erklären, warum du so lange gewartet hast.«

»Da fällt mir schon was ein. Ich sage einfach, Siegfried wollte länger in den Bergen bleiben.«

»Lass uns am Computer weitermachen, da wir jetzt schon das Passwort kennen«, schlug Max vor.

So einfach es Siegfried Berger Max mit dem Passwort gemacht hatte, so schwierig gestaltete sich die Suche nach verwertbaren Informationen. Berger hatte den Rechner so eingestellt, dass keine Verlaufsdateien aufgezeichnet wurden.

»Schade«, sagte Max, »sonst hätten wir feststellen können, auf welchen Internetseiten er zuletzt surfte und welche Dokumente er bearbeitet hat.«

Als Max das Programm startete, das die Verbindung zum Firmennetzwerk aufbaute, stieß er auf die nächste Hürde. Das verlangte Passwort lautete nicht Gabi. »In der Firma müssen die Passwörter jede Woche geändert werden«, erklärte Sonja. »Aber vielleicht kann uns unser EDV-Leiter weiterhelfen.«

»Manchmal ist es gar nicht schlecht, wenn man die Chefin ist«, grinste Sonja, als sie vom Telefon zurückkam und Max das Passwort diktierte. »Ich habe ihm erzählt, ich müsse dringend an eine E-Mail, die auf dem Rechner meines Mannes liegt, und der sei beim Wandern und habe keinen Handy-Empfang.« So war das mit der EDV-Sicherheit. Der Administrator kannte zwar das Passwort auch nicht, konnte es aber löschen und ein neues vergeben.

Gespannt warteten Max und Sonja, bis die Verbindung hergestellt war und sie Zugriff auf Siegfrieds E-Mail-Konto bekamen. Im Posteingang lag nur das übliche: Interne Anfragen zum laufenden Geschäft, Korrespondenz mit Behörden, anderen Unternehmen, Banken. Ein Archivordner mit dem Titel »Allfälliges« erregte Max' Aufmerksamkeit. »Was soll denn das?«, fragte er Sonja.

Sonja lächelte. »Das kann ich dir sagen. Das stammt aus der Zeit, als wir noch gemeinsam auf Management-Seminare fuhren. In einem Seminar auf einer Burg in Bayern, sündhaft teuer natürlich, ging es darum, wie man Besprechungen leitet. Wir sollten eine Tagesordnung für eine Sitzung der Geschäftsführung eines großen Unternehmens aufstellen. Und jeder hatte natürlich als letzten Punkt ›Sonstiges‹ notiert.

›Was für Themen kommen denn da?‹, fragte uns der Trainer. ›Na alles, was einem auf der Seele brennt‹, antwortete ein Teilnehmer. ›Und das, was einem auf der Seele brennt, soll man die ganze Sitzung über mit sich rumschleppen?‹, fragte der Trainer zurück und erzählte, was er bei einem österreichischen Unternehmen kennengelernt hatte. Dort hieß der Punkt nicht Sonstiges, sondern Allfälliges und stand ganz oben auf der Tagesordnung.«

»Na, dann wollen wir mal sehen, was bei deinem Mann ganz oben steht«, sagte Max, der sich selbst auch für einen Kommunikationsprofi hielt, aber auf diesen Gedanken noch nicht gekommen war.

Allfällig war hauptsächlich Gabi. »Hat es sich denn nicht bis zum Geschäftsführer eines High-Tech-Unternehmens wie dem euren rumgesprochen, dass E-Mails noch unsicherer sind als Postkarten?«, staunte Max.

Die Nachrichten dokumentierten fein säuberlich alle Verabredungen der beiden. Jede Mail endete mit den Buchstaben »hdl«, was Max an die Liebesbriefe seiner Jugend erinnerte, wo man sich mit den drei Buchstaben scheu versicherte: »hab dich lieb«.

»Oh, je, jetzt wird mir manches klar«, stöhnte Sonja. »Ich weiß gar nicht, ob ich das alles lesen will.«

»Ich mach das für dich und schreib dir eine Zusammenfassung, schließlich werde ich ja gut dafür bezahlt«, sagte Max mit einem Grinsen.

Sonja nahm den Ball sofort auf. »Apropos bezahlt, wir haben noch gar nicht darüber gesprochen, was dein Detektiveinsatz kostet.«

Max zögerte. Sonja war ihm in der kurzen Zeit so vertraut geworden, dass er gar nicht über Geld sprechen mochte. Aber schließlich ließ er für sie seine Arbeit an der Firmenchronik ruhen. »Für Firmenkunden koste ich 400 Euro am Tag. Dafür gibt es auch eine saubere Rechung.«

»Und wenn man oder frau dich privat bucht?«, fragte Sonja mit einem Lächeln, das schwer zu missdeuten war.

»So, so«, dachte Max, »kaum ist der Ehemann der Untreue überführt, schwinden auch bei dir die Hemmungen. Klingt ja verlockend.« Doch er sagte so sachlich wie möglich: »Privat, gnädige Frau, können wir uns zumindest die Steuer sparen. Aber das ist natürlich verboten!«

»Du bist engagiert. Mit oder ohne Steuer. Und es ist wunderbar, wie du ›gnädige Frau‹ zu mir sagst. Bitte tu das öfter!« Beide lachten und sahen sich einen Moment lang tief in die Augen.

»Oh, wie schön muss Liebe sein«, seufzte Max, nachdem er die meisten Mails gelesen hatte. Es war ein seltsames Gefühl, ins Intimleben zweier Menschen einzudringen, die man gar nicht kennt. Etwas beschämt stellte er sich vor, irgendjemand könnte die Mails lesen, die er mit Veronika in den Zeiten austauschte, in denen in ihrer Beziehung alles auf Grün stand. Dagegen waren Siegfried und Gabi wirklich brav. Aber seine privaten Mails lagen ja auch nicht auf dem Server einer Biotechnik-Firma, sondern unter den nicht sonderlich phantasievollen Namen Schnucki1 und Schnucki2 bei einem E-mail-Dienst im Internet. Max dachte an eine Freundin, die ihm einmal erzählt hatte, sie lege für jede ihrer außerehelichen Affären ein neues E-Mail-Konto an, um nichts zu verwechseln. Max verkniff sich damals zu fragen, ob sie für ihre Mails Textbausteine verwende.

Trotz des heimlichen Vergnügens, das Max beim Lesen empfand, brachten ihn die Mails nicht weiter. Die letzte stammte vom Abend, bevor die beiden nach Salzburg fuhren. Siegfried hatte geschrieben: »Komme morgen um 7.30 Uhr mit frischen Brezeln bei Dir vorbei. Dann haben wir noch ein Stündchen. hdl.« Klang eigentlich nach einer ganz normalen Affäre.

Ein anderes Programm auf Siegfrieds Computer erregte bald darauf Max' Aufmerksamkeit. »Jogging-Data« stand auf dem Desktop unter dem Icon eines Sportschuhs, ein Name, der Max als Läufer natürlich elektrisierte. Mit einem Doppelklick startete er das Programm, das ihn mit einem Hinweisfenster begrüßte: »Aktualisierungen werden vom Server geladen.« Max kannte zwar etliche Jogger, die ihre Läufe auf dem PC auswerteten und ausrechneten, wie viele Kilometer sie unterwegs waren und wie viele Kalorien sie dabei verbrannten. Doch seine eigenen Erfahrungen beschränkten sich auf eine – mittlerweile schon ziemlich altmodische – Pulsuhr, bei der er aufpassen musste, dass sie nicht die Herzfrequenz des Läufers neben ihm anzeigte.

Max nahm sich die Auswertungen der letzten Läufe vor. Siegfried Berger war mindestens dreimal in der Woche unterwegs und lief dabei meist genau 11,7 Kilometer. Er musste also eine feste Strecke haben. Nur an den Wochenenden variierte das Pensum. Für die 11,7 Kilometer benötigte er zwischen 44 und 46 Minuten. »Nicht schlecht«, lobte Max, der es selbst etwas langsamer angehen ließ. Der letzte Eintrag stammte vom 3. September. »Das ist der Tag, an dem Siegfried verschwand«, rief Sonja laut aus. »Wie ist das möglich?«

Auch Max stand vor einem Rätsel. »Da nehme ich den Telefonjoker«, sagte er in Anspielung auf ein beliebtes Fernsehquiz zu Sonja.

»Und wen rufst du an?«

»Einen Freund, der nicht nur schnell läuft, sondern sich auch für den technischen Schnickschnack interessiert.« Wenige Minuten später wusste Max mehr: Über ein kleines Gerät, das die Läufer am Fuß tragen, wird eine Verbindung zu den GPS-Satelliten aufgebaut, die eine fast zentimetergenaue Ortung zulassen. So wird die Strecke aufgezeichnet und lässt sich dann auf den Computer übertragen und auswerten.

»Die Thiele hat doch etwas davon gesagt, dass Siegfried sich irgendein Gerät an den Schuh gebunden hat«, warf Sonja ein.

»Genau«, sagte Max. »Jetzt ist nur noch die Frage, wie die Daten auf den Computer kommen. Dass dein Mann hier war und die Daten übertragen hat, ist wohl unwahrscheinlich.«

Max drückte auf die Wahlwiederholung seines Handys. »Ich bin's wieder, Max. Darf ich deinen Büroschlaf noch mal stören?«, fragte er lachend.

»Kein Problem, ich war eh grad beim Aufwachen. In fünf Minuten ist Dienstschluss«, antwortete sein Freund Georg, der seine Tage als Rechnungsprüfer im Landratsamt verbrachte, gut gelaunt. Georg wusste in etwa, auf was Max hinauswollte. »Ich habe gerade in einer Läuferzeitschrift etwas über die neueste Version von Jogging-Data gelesen. Da musst du die Daten gar nicht mehr selbst auf den Computer spielen. Das geht ganz automatisch über Satellit. Da kann deine Frau in Echtzeit am Computer sehen, wo du läufst. Und wenn du heimkommst, steht das Essen auf dem Tisch. Ist doch praktisch, oder?«

»Mach mal halblang, Kumpel. Wie gut kennst du dich mit dem Programm aus?«

Georg besaß die Vorgängerversion. »Da werde ich mit dem neuen Zeug auch klarkommen. Aber sag erst mal: Was willst du eigentlich?«

Max bat Georg, einen Moment zu warten und fragte Sonja: »Darf ich das Notebook mit zu Georg nehmen? Ich glaube, wir haben eine heiße Spur.« Als Sonja nickte, rief Max aufgeregt ins Telefon: »Du musst dir das anschauen. Wann kann ich vorbeikommen?«

»Da ich jetzt schon wach bin, am besten gleich. In zehn Minuten bin ich zuhause.«

Max stöpselte das Notebook aus, packte es in seinen Rucksack und stürmte an der überraschten Sonja vorbei. »Ich komme nachher wieder.«

Georg war Anfang fünfzig und lebte mit seiner Frau in einer neuen Wohnanlage am Stadtrand. Nachdem die Kinder aus dem Haus waren, hatten die beiden ihr Reihenhäuschen verkauft. Der Erlös hatte nicht nur für die Dreizimmerwohnung mit einer tollen Dachterrasse gereicht, sondern auch noch für ein Wohnmobil, mit dem Georg jedes Wochenende zu einem Laufwettkampf fuhr.

Der Weg durch die Stadt zu Georg glich einer Reise durch die Architekturstile der vergangenen Jahrzehnte. Am Fuße des Hügels, noch in Nachbarschaft zur mittelalterlichen Stadtmauer, standen die Reihenhaus-Siedlungen, in denen zu Beginn des deutschen Wirtschaftswunders viele Zugezogene gebaut hatten, die nach dem Krieg aus ihrer Heimat vertrieben worden waren. Die Grundrisse schienen ziemlich identisch, wobei nur die Breite der Häuser variierte und Rückschlüsse auf die Finanzkraft ihrer Erbauer zuließ. Bei vielen Einheimischen galten sie als Arme-Leute-Häuser, da es für den typischen Oberschwaben immer noch ganz wichtig war, um sein Haus herumlaufen zu können.

Je weiter Max den Berg hinauffuhr, desto größer wurden die Häuser – die aus den sechziger Jahren hatten noch ein Walmdach, in den siebziger Jahren dominierten dann die Winkelbungalows mit ihren Flachdächern, die niemals richtig dicht zu kriegen waren. In den achtziger Jahren baute man dann wieder recht großzügig, bevor die Menschen merkten, dass vor allem im Alter bequemes Wohnen vorteilhaft ist.

So war das Projekt »Herbstzeit« entstanden, zu dem Georgs Wohnung gehörte. Die Häuser waren großzügig geschnitten, ebenerdige Zugänge und Aufzüge sorgten dafür, dass auch die älteren Bewohner mobil blieben. Die Kombination aus guten Busverbindungen in die Stadt und der Lage im Grünen hatte sich als wichtiges Verkaufsargument erwiesen. Dazu kam das auf dem Gelände angesiedelte Altersheim, das die Bewohner der umliegenden Häuser bei Bedarf mitbetreute.

Als Georg und seine Frau dort hinzogen, mussten sie sich des Altersheims wegen manchen Spott ihrer Freunde gefallen lassen. Doch einer nach dem anderen sah die Vorteile, wenn er selbst stundenlang im Garten arbeiten musste, während Georg sich auf seiner Terrasse sonnte oder im nahen Wald zum Laufen ging.

Die beiden Männer kamen gleichzeitig mit ihren Fahrrädern vor der Haustür an. »Jetzt erzähl doch erst mal, um was es geht«, drängte Georg, als sie bei einem Bier auf der Dachterrasse saßen.

»Schorsch, du musst mir versprechen, dass das alles unter uns bleibt!«

»Ehrenwort«, erwiderte sein Freund, »schließlich bin ich nicht nur Beamter, sondern auch seit fast dreißig Jahren verheiratet. Da lernst du zu schweigen.«

»Das ist ja meine Sorge«, frotzelte Max zurück, »die Verschwiegenheit der Beamten kenne ich aus meiner Journalistenzeit zur Genüge. Datenschutz gibt es doch nur für Leute ohne Beziehungen.«

»Quatsch keine Opern, sondern schieß endlich los.«

Georg staunte nicht schlecht über das neue Betätigungsfeld seines Freundes, der ihm zwar die groben Umrisse des Falles schilderte, sich aber nicht erweichen ließ, Namen zu nennen.

Auch Georg holte seinen Rechner, um im Internet nach Informationen über das neue Jogging-Data zu suchen.

»Bei deinem Verschwundenen kann es sich nicht um den Ärmsten handeln«, bemerkte Georg bei einem Blick auf den Preis des neuen Geräts. In der Tat sammelte es alle

Laufdaten, schickte diese an einen zentralen Rechner, von dem die Kunden dann übers Internet die Auswertung abrufen konnten.

»Wenn das so weitergeht, machen die bald auch die Zeitnahme beim Marathon mit diesen Geräten«, prophezeite Georg und schob Max zur Seite. »Lass mal den Fachmann ran.«

Es dauerte gerade mal fünf Minuten, dann präsentierte Georg das Ergebnis seiner Forschungen: »Mister Unbekannt ist gar nicht so schlecht im Training. Und er lebt wohl hier. Schließlich läuft er meistens seine Runden im Zirbelwald. Und ab und zu hinaus zum Goldsee. Seine letzten Runden, zumindest die, die aufgezeichnet wurden, lief er aber in Österreich, in einem Kaff irgendwo in den Bergen. Hier schau, das ist die Strecke.«

Georg rief auf dem Computer eine Landkarte auf. »Dreimal ist er dort gelaufen. Er startete hier am Ortsrand und lief dann den Buckel hoch. Das sind 150 Höhenmeter schon auf dem ersten Kilometer. Entspricht einer Steigung von 15 Prozent. Nicht schlecht.« Georg zeigte mit dem Finger auf den Bildschirm: »Hier oben ging es dann etwas ebener weiter, dann noch mal 200 Meter hoch und schließlich langsam wieder runter zum Ausgangspunkt. Insgesamt sind das gute zehn Kilometer. Aber jetzt pass auf: Der dritte Lauf endet hier, gerade mal nach zwanzig Minuten. Er zeigte auf einen Punkt mitten im Bergwald.

Max wurde hellhörig. »Das heißt, dort muss irgendetwas passiert sein.«

»Nicht unbedingt«, schränkte Georg ein. »Vielleicht war auch nur der Akku leer. Alles schon passiert. Denn den kannst du noch nicht übers GPS laden.«

»Wäre aber komisch, wenn der Typ ausgerechnet an dem Tag verschwindet, an dem der Akku seines Lauf-Navis den Geist aufgibt«, widersprach Max, schaltete das Notebook aus und stand auf. »Danke, Georg. Und wie gesagt: Keinen Ton zu niemandem!«

»Verlass dich auf mich. Im Zweifelsfall streite ich sogar ab, dich zu kennen.«

* * *

Max schob eine CD mit Opernarien in den Schlitz des Autoradios. So liebte er das Autofahren: Freie Strecke, eine schöne Landschaft und gute Musik. Dazu noch eine hübsche Frau auf dem Beifahrersitz.

Doch die fehlte diesmal. Sonja wollte zwar mit nach Österreich fahren, doch Max blockte ab. »Nein, da möchte ich ganz inkognito hin. Wenn irgendjemand aus dem Umfeld deines Mannes etwas mit seinem Verschwinden zu tun hat, kennen die Leute dich doch.« Aus dem gleichen Grund hatte Max auch das Angebot ausgeschlagen, ihren Zweitwagen für die Reise zu benutzen, sondern auf einem Leihwagen bestanden.

Max selbst hatte kein eigenes Auto. Seitdem er sich seine Zeit einteilen konnte, wie er wollte, brauchte er es nicht mehr. Dafür hatte sein Fahrrad, mit dem er fast täglich unterwegs war, auch nicht viel weniger gekostet als die alten Gebrauchtwagen, die er früher gefahren hatte.

Dass Max zudem das Gefühl hatte, er könne in Sonjas Nähe für nichts mehr garantieren, erwähnte er nicht.

Ohne auch nur im Geringsten an Tempo zu verlieren, zog der Audi die für Oberschwaben so typischen Hügel hinauf und rollte sanft wieder hinunter ins nächste Flusstal. Die Eiszeiten hatten diese Struktur vor Millionen von Jahren geschaffen, indem sie bei ihrem Rückzug die von Süd nach Nord verlaufenden Täler in die Erde schnitten. Die meisten der einstmals reißenden Ströme waren mittlerweile zu Bächen oder kleinen Flüssen geschrumpft, deren Umgebung aus fruchtbaren Landschaften bestand.

Dieses Auf und Ab, die sanften Wellen der Landschaft hatten Max gefangen genommen, als er vor gut zwanzig Jahren zum ersten Mal hierherkam. Zwar war das Unterland, wo er seine Kindheit und Jugend verbracht hatte, auch nicht richtig flach, doch diese Harmonie der Landschaft hatte er sonst nirgendwo empfunden. Und wenn sich dann im Herbst das Licht in den leichten Nebelschwaden brach, verstand er, warum so mancher hier Vergleiche mit der Toskana zog.

Max blickte in den Rückspiegel, in dem die so vertraute Landschaft scheibchenweise auftauchte. Für einen Augenblick nur füllte die markante Silhouette des Bussen das Bild. In der Wallfahrtskirche des »heiligen Bergs der Oberschwaben« luden Jahr für Jahr Tausende von Pilgern ihre Sorgen bei der schmerzhaften Muttergottes ab.

Nicht nur Wanderer und Wallfahrer erklommen immer wieder das Plateau, auch im Kalender der Läufergruppe, zu der Max seit Jahren zählte, stand regelmäßig der Lauf auf den Bussen. Und jedes Mal empfand Max aufs Neue das Gefühl der Einheit von Mensch und Natur, wenn er nach gut dreistündigem Lauf schweißüberströmt und am Ende seiner Kräfte auf dem Aussichtsturm stand. Unter ihm lag, einem riesigen Auge ähnlich, der Federsee, oder das, was von dem einst so mächtigen Gewässer nach diversen Trockenlegungen übriggeblieben war. Weit dahinter zog sich das Band der Alpen, als markiere es das Ende der Welt.

Sobald Max die Iller überquert hatte, die seit der Neuordnung durch Napoleon die Grenze zu Bayern bildete, weiteten sich die Täler zunehmend und er rauschte auf der leeren Autobahn Richtung München und weiter nach Österreich.

Im Alpen-Spa hatte er telefonisch ein Einzelzimmer gebucht. Auf den Namen Baron Max Gabriel von Steyn. So stand es tatsächlich in seinem Pass. Auch wenn Max den Adelstitel nicht mehr führte. Es wäre auch lächerlich gewesen. Sein Vater hatte den letzten Rest des durch den Krieg ohnehin auf ein klägliches Maß geschrumpften Familienvermögens im Spielkasino von Salzburg durchgebracht. Am Schluss hatte er beim Roulette je 100 000 Mark auf die 23, die 2 und die 31 gesetzt, die Ziffern seines Geburtsdatums.

»Entweder ich gehe heute Abend als Millionär nach Hause oder gar nicht mehr«, hatte er zum Croupier gesagt. Als die Kugel bei der Null zum Liegen kam, zog er einen Revolver aus der Tasche und erschoss sich. Max war damals siebzehn und schwor sich, nie im Leben ein Spielcasino zu betreten.

Das war nun zwar bald dreißig Jahre her, und Max glaubte, einigermaßen darüber hinweggekommen zu sein. Schließlich hatte er zu seinem Vater ein eher distanziertes Verhältnis gehabt. Doch an Tagen wie diesem, an denen er die Autobahn Richtung Salzburg befuhr, kamen die Erinnerungen wieder hoch.

Fast erleichtert bog Max am Inntaldreieck Richtung Süden ab und ließ die Gedanken an die Familiengeschichte hinter einem Vorhang aus lauter Opernmusik verschwinden.

In München war er drauf und dran gewesen, sich bei Veronika zu melden. Eigentlich war es an der Zeit, das Schweigen zu brechen. Max hatte das Handy schon herausgeholt, als er im Rückspiegel eine Polizeistreife sah. Da ließ er das Telefonieren lieber.

Zuhause hatte er sich in Klausur abgemeldet, so wie er es immer tat, wenn er bei schwierigen Texten um die Endfassung rang. Dann stellte er in der Maxau die Klingel ab und ließ seinen Anrufbeantworter verkünden, er sei für mehrere Tage in Klausur und melde sich beizeiten wieder. Wer möge – und im Besitz seiner Handynummer sei –, könne ihm eine SMS schicken. Wobei er nicht garantiere, dass sie bald gelesen werde.

So war Max für seine Umwelt von der Bildfläche verschwunden. Nur Sonja wusste, wo er zu finden war.

Die Fahrt durch die österreichischen Berge machte ihm richtig Spaß. Die Gipfel leuchteten im hellen Licht der Mittagssonne, am Himmel war kein Wölkchen zu sehen. Immer wieder rasten Motorradfahrer in halsbrecherischer Fahrt an ihm vorbei. »Hoffentlich Allianz-versichert«, dachte Max, als ein Münchner mit seiner 1000-er BMW ganz knapp vor der Kühlerhaube des geliehenen Audi-Cabrios einscherte.

Auf der Passhöhe hielt Max kurz an, um den Blick in die Hohen Tauern zu genießen. Jahrelang hatte er die Alpen nur als lästiges Hindernis auf dem Weg an den italienischen Strand gesehen. Und nun stand er hier oben und ließ sich von dem Blick auf die Gletscherwelt des Großvenedigers berühren.

»Max«, sagte er sich, »das ist eine Welt, die du entdecken solltest.«

Doch zunächst einmal musste er Siegfried Berger entdecken. Die Gletscher konnten warten.

Dass Gabi Thiele das Alpen-Spa als kleines Wellnesshotel bezeichnet hatte, konnte nur daran liegen, dass sie sonst im Ritz Carlton oder im Singapur Hilton abstieg. Das Hotel schmiegte sich an die Stirnseite einer Bergkette, die zwei Täler voneinander trennte. Hinter dem Haus ging es steil nach oben. Max schätzte, dass der Gipfel direkt über dem Hotel an die 2000 Meter reichte. Er fuhr über eine Brücke, unter der ein wild schäumender Bach dem Tal entgegenflutete. Die Wärme der Sommersonne ließ hoch droben in den Bergen den letzten Schnee schmelzen, so dass das Wasser nun die steilen Felswände hinunterschoss, bevor es sich in viele kleine Bäche verteilte, die sich weiter unten wieder vereinigten.

Das Alpen-Spa strahlte die Herrlichkeit der k.u.k.-Zeit aus. Verspielte Türme und großzügige Balkone bestimmten die Fassade. Irgendjemand hatte sehr viel Geld in die Renovierung des alten Gebäudes gesteckt. Wohl auch deshalb kostete die Nacht schlappe dreihundert Euro. Kein Wunder, dass Sonja gerne mitgefahren wäre, da sie die Rechnung ja ohnehin bezahlen musste.

Ein livrierter Page lud das Gepäck aus dem Audi und ließ sich den Schlüssel geben, um den Wagen in die Tiefgarage zu fahren. Zum Glück hatte Max beim Tankstopp kurz hinter der Grenze den Werbeanhänger der Autovermietung abgemacht.

»Grüß Gott, Herr Baron, herzlich willkommen im Alpen-Spa«, begrüßte ihn eine durchgestylte Mittfünfzigerin an der Rezeption. »Ihr Zimmer ist schon bereit. Sie haben Nr. 205. Bitte hier entlang.«

Auf einem Schloss in dieser Größenordnung hatten Max' Vorfahren sicher auch einmal gelebt. Doch so war das mit allem Irdischen: Es war vergänglich.

Max folgte dem Pagen über dicke Teppiche zum Lift, der sie in den zweiten Stock brachte. Als Max das Zimmer betrat, musste er sich zusammenreißen, um nicht in laute Begeisterungsrufe auszubrechen. Der Raum hatte in etwa die Grundfläche seines eigenen Häuschens. Die zweiflügelige Balkontür stand offen, der Blick ging hinaus auf den Spitzkogel, den Hausberg des Ortes. In der Ferne sah Max die Kabinen der Seilbahn, die sommers wie winters die Touristen auf 2000 Meter Höhe brachte. Von dort konnten sie im Sommer sogar mit ihren Sandalen den Gipfel besteigen, im Winter rauschten sie – am späten Abend auch gerne promillegeladen bei Flutlicht – auf Skiern oder auf dem Snowboard hinab ins Tal. Fünf von ihnen landeten an einem durchschnittlichen Wintertag direkt im nächsten Krankenhaus. Max blickte hinüber zur Skiabfahrt, für die eine breite Schneise in den Bergwald geschlagen worden war, und murmelte: »Naturschutz pur.«

»Wie meinen, Herr Baron?«, fragte der Page irritiert.

»Ach nichts«, antwortete Max und blickte auf das Doppelbett aus kunstvoll geschnitztem Holz, das einer Kleinfamilie genügt hätte. Als der Page die Tür zum Badezimmer öffnete, entfuhr Max doch tatsächlich ein »Wow«. Mitten im Raum stand eine riesige Badewanne, von der aus der Blick hinaus in die Berge ging.

Max, der sonst mit Trinkgeldern sehr zurückhaltend war, drückte dem Pagen fünf Euro in die Hand, öffnete die Minibar und genehmigte sich erst einmal einen Gin Lemon, um die vielen Eindrücke zu verarbeiten.

»Apropos verarbeiten«, dachte Max, als er mit dem Glas auf dem Balkon stand. »Du bist ja eigentlich zum Arbeiten hier.« Doch Hektik schien in diesem Haus, wenn überhaupt, dem Personal vorbehalten.

Max räumte seinen Koffer aus und hängte die Kleidungsstücke in den wundervoll verzierten Kleiderschrank, der beim Antiquitätenhändler sicherlich eine höhere vierstellige Summe gebracht hätte. Lediglich die Sportsachen leuchteten in bunten Farben, ansonsten trug er nur Schwarz, eine Angewohnheit, die er mit vielen Vorteilen begründete: Zum einen stellte sich beim Waschen nie das Problem des Verfärbens, zum anderen hatte er festgestellt, dass schwarze Kleidung immer vornehm aussah und zu jeder Gelegenheit passte, von der Geburtstagsfeier bis zur Beerdigung. Und sie wies ihren Träger als kulturell interessierten Menschen aus. Glaubte Max zumindest. Einen weiteren Vorteil der schwarzen Kleidung hatte Max erst in den letzten Jahren festgestellt: Sie macht schlank. Zwar war er alles andere als dick, doch seitdem er die Vierzig hinter sich gelassen hatte, wuchs sein Bauch von Jahr zu Jahr ein wenig.

Als alles im Schrank hing, holte er die Karte hervor, die er von Siegfrieds Notebook ausgedruckt hatte. Siegfried musste direkt hinterm Hotel den Berg hinaufgelaufen sein. Max beschloss, die Spur gleich aufzunehmen, auch wenn der Gin Lemon ihn eher zu einem Besuch des Whirlpools überreden wollte.

Er nahm seine Laufschuhe aus der Sporttasche, zog T-Shirt und Hose aus atmungsaktiver Mikrofaser an und band einen Chip, wie ihn auch Siegfried Berger getragen hatte, an den linken Schuh. Sonja hatte ihn eindringlich gebeten, das Ersatzgerät zu benutzen, das sie im Zimmer ihres Mannes gefunden hatte. »Ich will ja nicht, dass wir hier ›Zehn kleine Negerlein‹ spielen«, hatte sie gesagt und etwas schuldbewusst gegrinst, als Max sie darauf hinwies, dass derartige Spielchen heutzutage nicht mehr so ganz als politisch korrekt galten.

»Sonja hat ja Recht«, dachte Max, als er aus dem Hotel heraustrat. Wenn ihr Mann hier schon verschwunden war, konnte das gleiche Schicksal ja auch ihm drohen. Er stellte sich vor, wie Sonja nun in ihrer Villa hoch über der Stadt saß und am Notebook ihres Mannes verfolgte, wo Max sich bewegte. »Das hätte sie mal besser bei ihrem Siegfried gemacht«, dachte er und schauderte bei der Vorstellung, eine Frau könnte ihrem Mann unbemerkt einen Sender ins Sakko stecken und so immer überwachen, wo er sich aufhält.

Die beiden hatten vereinbart, dass Sonja Max sofort auf dem Handy anrufen sollte, sollte sie am Bildschirm etwas Auffälliges bemerken. Und wenn er nicht antwortete, wollte sie die Polizei einschalten. »Wie im Freitag-Abend-Krimi«, hatte Max zu ihr gesagt, »wenn es brenzlig wird, ruft auch der Detektiv nach der Polizei.«

Gemächlich trabte Max den Berg hinauf. Er wollte seine Puste nicht gleich am Anfang verlieren. Und so anregend ein Gin Lemon am Nachmittag war, zum richtigen Doping taugte er doch nicht.

Die 15 Prozent Steigung brachten Max ganz schön ins Schwitzen, obwohl der Weg durch einen schattigen Wald führte. Nach dem ersten Kilometer sah Max auf seine Pulsuhr. Bis hierhin hatte er zehn Minuten gebraucht, sein Herz hämmerte mehr als 160 Mal die Minute. Beim Vergleich mit Siegfried Bergers Daten fühlte sich Max gleich noch schwächer. Denn der hatte die Strecke in nur sieben Minuten geschafft, und das bei einem Puls von 120. »Der Mann ist wirklich gut im Training«, musste Max sich eingestehen.

Die Strecke wurde etwas ebener, durch eine Schneise eröffnete sich ein weiter Blick ins Tal. Direkt unter sich sah Max den kleinen See, der direkt vor dem Alpen-Spa lag. Durch das einäugige Fernglas, das er in seiner Hüfttasche mitgenommen hatte, beobachtete er, wie eine junge Frau vom Steg ins Wasser sprang und mit kräftigen Bewegungen auf die Mitte des Sees zusteuerte. Max nahm sich vor, sofort nach seiner Rückkehr das Gleiche zu tun.

Doch zunächst musste er sich auf Spurensuche begeben. Bald erreichte er die Stelle, von der aus Siegfried Bergers Laufcomputer die letzte Positionsmeldung gen Himmel geschickt hatte. Max richtete den Blick nach oben ins endlose Blau, gerade so, als könne er den Satelliten direkt befragen.

Die Suche auf der Erde erschien ihm schließlich doch erfolgversprechender. Max sah sich um. Er stand auf einem ganz gewöhnlichen Waldweg, wie es ihn wahrscheinlich auf Tausenden von Kilometern in den österreichischen Alpen gibt: Etwa drei Meter breit, mit grobem Schotter bedeckt, der von den schweren Fahrzeugen der Forstleute in den Boden gepresst war. Das Gras am linken Wegesrand war niedergedrückt, Max glaubte, Spuren von Autoreifen zu erkennen. Doch ähnliche Spuren fanden sich an vielen Stellen. Wann immer sich zwei Fahrzeuge auf dem schmalen Weg begegneten, musste eins notgedrungen ausweichen. Obwohl Max bezweifelte, dass das niedergedrückte Gras etwas mit Siegfried Bergers Verschwinden zu tun haben könnte, holte er seine Digitalkamera aus der Hüfttasche und fotografierte die Stelle. Da der Weg um diese Tageszeit tief im Schatten lag, musste er den Blitz einschalten. Als er die Aufnahme kontrollierte, fiel im auf dem Monitor ein dunkler Fleck auf, den er mit bloßem Auge gar nicht wahrgenommen hatte. Max beugte sich hinunter und sah, dass einige der Schottersteine mit einer rötlich-schwarzen Schicht überzogen waren. »Blut?«, schoss es ihm durch den Kopf. Erschrocken drehte er sich um, um sicherzugehen, dass niemand hinter ihm stand. Doch das Einzige, was er hörte, war der Verkehr unten im Tal.

Max holte eine kleine Plastiktüte aus seiner Tasche und steckte zwei der Steine hinein.

Obwohl die Temperatur im Schatten noch bei gut 20 Grad lag, lief Max leicht fröstelnd den Berg hinunter zum Hotel. An seinen Wunsch nach einem kühlen Bad im See dachte er nicht mehr.

Hinter der Empfangstheke stand nun eine junge schwarzhaarige Frau, die Max freundlich anlächelte, als er seinen Zimmerschlüssel verlangte. »Kann es sein, dass ich Sie vorhin beim Baden draußen im See gesehen habe?«, fragte Max. »Ja klar«, antwortete sie, »das mache ich im Sommer jeden Tag. Aber passen Sie auf, wenn Sie auch Lust zum Baden kriegen: Das Wasser ist recht frisch, weil der See von den Bergbächen gespeist wird.«

»Ich weiß«, sagte Max ins Blaue hinein. »Ein Freund von mir war erst kürzlich hier, Siegfried Berger. Er hat mich ausdrücklich davor gewarnt, im See baden zu gehen.«

»Da wollte der Herr Berger Sie aber ärgern. Der springt doch selbst immer sofort in den See, sobald er angekommen ist.«

»Das werde ich ihm aber heimzahlen«, lachte Max. Siegfried Berger schien hier ja bekannt zu sein. Er beschloss, der schönen Rezeptionistin später noch mal auf den Zahn zu fühlen.

Doch zunächst brauchte er eine warme Dusche und musste entscheiden, was er mit den beiden Steinen tat. Irgendwie musste sich doch herausfinden lassen, ob wirklich Blut an ihnen klebte. Und wenn ja, ob es das Blut Siegfried Bergers war. Er beschloss, Sonja anzurufen.

»Du bist im Hotel, stimmt's?«, fragte sie gleich bei der Begrüßung. Die Überwachung schien bestens zu funktionieren. Da Max das Gerät auf Dauerbetrieb geschaltet hatte, sendete es ununterbrochen, wohingegen Siegfried Bergers Gerät offenbar so eingestellt war, dass es sich automatisch ausschaltete, wenn es mehr als fünf Minuten nicht bewegt wurde. So hielt der Akku natürlich deutlich länger.

Max berichtete Sonja von seiner Entdeckung. »Das ist kein großes Problem. Schließlich haben wir ja eigene Labore. Und DNA-Spuren von Siegfried zum Vergleich gibt es bei uns im Haus genügend. Die Frage ist nur, wie ich an die Steine komme. Soll ich sie holen?«

»Es ist besser, du kommst nicht direkt hierher«, antwortete Max. Sie vereinbarten, sich drei Stunden später zum

Abendessen in Salzburg zu treffen. Vorher wollte Max noch mal mit der Frau von der Rezeption reden.

»Sie gehen noch mal aus, Herr Baron?«, fragte die Schwarzhaarige mit der professionellen Unverbindlichkeit, wie man sie in Hotels dieser Kategorie häufig findet, als Max wenig später seinen Schlüssel abgab. Ein kurzes Nicken hätte als Antwort vollkommen genügt, doch Max nahm den Gesprächsfaden dankbar auf. »Ja, ich möchte noch ein wenig in Zell am See bummeln«, antwortete er und legte mit Absicht eine falsche Fährte. Man wusste ja nie.

»Sagen Sie, Sie kennen ja offenbar meinen Freund Siegfried Berger ...« Max wartete, bis die Schwarzhaarige nickte, und zog aus seiner Jackentasche den kleinen Sender heraus, den der beim Laufen getragen hatte. »Er hat bei seinem letzten Aufenthalt so ein Gerät verloren und mich gebeten, danach zu fragen.«

»Ich erinnere mich, Herr und Frau Berger sind ja recht überraschend wieder abgereist. Bei uns ist leider nichts abgegeben worden. Ich kann aber gerne auch mal bei Dr. Wenger nachfragen.«

»Dr. Wenger?«, fragte Max überrascht.

»Das ist der Arzt, der das Sanatorium leitet, das an unser Haus angeschlossen ist. Er ist auch gut mit Herrn Berger bekannt. Wussten Sie das nicht?« Ihre Stimme bekam einen leicht misstrauischen Klang.

»Heißt Dr. Wenger Franz mit Vornamen?«, fragte Max rasch, als er sich an das Schild am Eingang erinnerte, das er bei seiner Ankunft gesehen hatte. »Siegfried hat mal etwas von seinem Freund Franz erzählt, der hier irgendwo arbeitet.«

»Genau der«, sagte die Frau wieder etwas vertrauensvoller, »soll ich ihn nach dem Gerät fragen?« Doch Max beschloss, dies beizeiten lieber selbst zu tun und verabschiedete sich.

* * *

Sonja erwartete ihn schon in dem kleinen Restaurant in der Salzburger Innenstadt, das sie von früheren Besuchen her kannte. Sie trug ein eng anliegendes schwarzes Kleid mit tiefem Dekolletee, in dessen Mitte ein grüner Smaragd funkelte.

»Toll siehst du aus«, entfuhr es Max, der selbst einen schwarzen Anzug mit offenem schwarzem Hemd trug.

Sonja lächelte. »Danke. Dir steht dein Anzug auch richtig gut. Schwarz passt wirklich sehr gut zu dir.« Die Atmosphäre, die Sonja zwischen ihnen schuf, irritierte Max doch ein wenig. Er hatte so gar nicht den Eindruck, einer Frau gegenüber zu sitzen, deren Mann seit ein paar Tagen spurlos verschwunden war.

»Wie lebt es sich denn in Siegfrieds Liebesnest?«, wollte sie ganz direkt wissen.

»Kennst du das Alpen-Spa gar nicht?«, fragte Max zurück, und als Sonja den Kopf schüttelte, schwärmte Max ihr von dem tollen Hotel vor, obwohl er bislang ja nur einen kleinen Teil der Anlage gesehen hatte. »Und Dr. Wenger kennst du dann auch nicht?«

Wieder schüttelte Sonja den Kopf. »Komisch«, sagte Max, »das scheint ein alter Freund deines Mannes zu sein. Er leitet das Sanatorium, das ans Alpen-Spa angeschlossen ist. War dein Mann eigentlich schon oft in dem Hotel?«

»Keine Ahnung. Er ist geschäftlich immer viel unterwegs. Aber soweit ich weiß, nie im Pinzgau.«

Max bat Sonja, die ihre anfängliche Leichtigkeit nun auch verloren hatte, die Kreditkartenabrechnungen ihres Mannes zu überprüfen.

Obwohl das Essen – Max hatte Lammfilet in Kräuterkruste bestellt, während Sonja eine gegrillte Seezunge nahm – wunderbar schmeckte, blieb die Stimmung etwas angespannt, und Sonja zuckte merklich zusammen, als Max ihr die Tüte mit einem der beiden Steine gab. Den zweiten wollte er zur Sicherheit noch aufheben.

»Ich mag mir gar nicht vorstellen, was mit Siegfried passiert sein könnte«, sagte sie. »Hast du denn viel Blut gefunden?«

»Eher nicht. Aber ich weiß auch nicht, ob es seit Siegfrieds Verschwinden geregnet hat. Das will ich noch rauskriegen.«

Zum Abschied hauchte Sonja Max einen Kuss auf die Wange und flüsterte »Danke«.

Als Max am nächsten Morgen aufstand und aus dem Fenster blickte, sah er, wie die Schwarzhaarige von der Rezeption gerade in den See sprang. Kurz entschlossen zog er seine Badehose an und lief hinunter. Die Frau hatte die ersten dreißig Meter schon hinter sich, als Max mit einem weiten Hechtsprung ins Wasser tauchte. Schlagartig verschwand auch der letzte Rest Müdigkeit aus seinem Körper. Das Wasser hatte höchstens 17 Grad und Max glaubte, selbst sein Herz ziehe sich zusammen. Er schüttelte sich unter Wasser und begann, mit hektischen Bewegungen gegen die Kälte anzukämpfen, als die Frau auf ihn aufmerksam wurde.

»Ich habe Ihnen doch gesagt, dass das Wasser ziemlich kalt ist«, lachte sie. »Aber Kompliment. Sonst bin ich meist die Einzige, die sich hier hereinwagt.«

Max versuchte, das Klappern seiner Zähne unter Kontrolle zu bringen. »In meiner Jugend war ich öfter beim Eisschwimmen«, protzte er und setzte, als das Zähneklappern nicht aufhörte, kleinlaut hinzu: »Aber das ist auch schon eine Weile her.«

Der jungen Frau schien das kühle Wasser nichts auszumachen. Sie lachte Max fröhlich an: »Schwimmen wir eine Runde zusammen?«

Obwohl er am liebsten sofort unter die heiße Dusche gesprungen wäre, sagte Max laut: »Na klar!« Wie konnte er auch ablehnen? Zum einen hätte ihn die schöne Schwarzhaarige dann für einen Feigling oder etwas noch Schlimmeres gehalten, zum anderen erhoffte er sich von ihr noch ein paar Informationen über Siegfried Berger.

Max lächelte dankbar, als die Frau endlich auf das Ufer zusteuerte. »Sie haben ja ganz blaue Lippen, Sie Ärmster«, sagte sie mitleidig, was Max mächtig ärgerte. »Kommen Sie mit, ich hole uns einen heißen Tee.« Doch Tee war das Letzte, was er jetzt wollte.

»Danke, es geht schon. Ich heiße übrigens Max.«

»Und ich bin Christina. Wir dürfen uns allerdings mit den Gästen nicht duzen. Also bleibe ich lieber beim Herr Baron.«

»Wenn schon, dann sagen Sie Herr von Steyn, zumindest wenn jemand anders zuhört. Den Baron lassen wir mal da, wo er steht, nämlich im Pass. Sagen Sie, Christina, hätten Sie nicht Zeit und Lust, mir ein bisschen die Gegend zu zeigen. Ich bin zum ersten Mal hier und kenne mich gar nicht aus.«

Christina schüttelte das Wasser aus ihrem Haar, zog ihren Bademantel an und grinste ein wenig. »Gerne, aber auch nicht mehr. Ich bin in festen Händen.«

»Ehrenwort«, erwiderte Max und grinste zurück. »Wann haben Sie Zeit?«

»Meine Schicht fängt um 16 Uhr an, bis dahin bin ich frei. Was wollen Sie sehen, Max?«

»Am liebsten würde ich ein bisschen die Umgebung des Hotels erkunden«, sagte Max und richtete seinen Blick den Berg hinauf, wo Siegfried Berger verschwunden war.

»In Ordnung, treffen wir uns um halb zehn. Aber bitte dort oben bei der Jagdhütte. Sonst bekomme ich Ärger im Hotel.«

Nach dem morgendlichen Schwimmen genoss Max das Frühstück umso mehr. Er liebte es, in guten Hotels ausgiebig zu frühstücken, immer wieder zum Buffet zu gehen und den Teller mit Rührei, Schinken, Käse und Melone zu füllen und dazu frisch gepresste Fruchtsäfte zu trinken. Doch ganz egal, wie teuer ein Hotel war, die Saftgläser kamen selten über Fingerhutgröße hinaus. Selbst wenn es als wenig vornehm galt, gönnte sich Max erst mal ein Glas am Buffet, schenkte nach und ging dann zu seinem Platz zurück.

Am Eingang des Frühstücksraumes hatte er sich den Wiener Standard und die Pinzgauer Nachrichten mitgenommen. Über den Rand der Zeitung sah er am anderen Ende des Raumes Christina sitzen, die ihm verschwörerisch zublinzelte. Ihm blieb noch mehr als eine Stunde zum Frühstücken.

Max überflog den Lokalteil der Pinzgauer Nachrichten. Wenn er wirklich gehofft hatte, die Nachricht vom Fund einer unbekannten Männerleiche zu lesen, wurde er enttäuscht. Der Polizeibericht bestand nur aus wenigen Meldungen über Verkehrsunfälle und die Umtriebe Jugendlicher, die am späten Abend noch Radau gemacht hatten. »Das ist hier ähnlich harmlos wie bei uns zuhause«, dachte Max, als er las, dass die Polizei bei einem Jugendlichen fünf Gramm Haschisch gefunden hatte.

Er versuchte sich vorzustellen, welchen Aufruhr die Nachricht von einem verschwundenen deutschen Urlauber verursachen würde. Das würde sicher landesweit als Aufmacher in der Kronenzeitung, dem österreichischen Gegenstück zur deutschen Bild-Zeitung, stehen. Im Geist textete Max die Schlagzeile: »Führt Blutspur zu Gewaltverbrechen?« oder »Deutscher Manager im Wanderparadies verschwunden – Polizei schließt Verbrechen nicht aus«.

Doch vielleicht ist ja alles auch ganz harmlos, versuchte sich Max einzureden, als er wenig später neben Christina den Berg hinaufstieg. Doch er wusste zu gut, wie viele Verbrechen schon in scheinbar idyllischen Verhältnissen verübt worden waren.

»Stammen Sie hier aus der Gegend?«, fragte Max beiläufig und dachte dankbar an den Kurs der Journalistenschule zurück, in dem er das Wichtigste zum Thema Smalltalk gelernt hatte. »Zeigen Sie Interesse an Ihrem Gegenüber, aber werden Sie nicht zu persönlich«, hatte die Kursleiterin ihnen eingeschärft. »Und wenn Sie etwas Näheres wissen wollen, fragen Sie um Himmels willen nie direkt, wenn Sie jemanden noch nicht so genau kennen.«

Der Stein, den Max mit seiner Frage ins Wasser geworfen hatte, zog schnell die gewünschten Kreise. Ohne dass er weiter nachbohren musste, berichtete Christina bereitwillig, dass sie hier im Dorf aufgewachsen war, später in der Schweiz eine Hotelfachschule besucht hatte und dann zu Martin, ihrer Jugendliebe, zurückgekehrt war. Der hatte inzwischen sein Studium als Arzt abgeschlossen und arbeitete in dem neu eröffneten Sanatorium im Alpen-Spa. Gleichzeitig hatte man ihr den Arbeitsplatz am Empfang des Luxushotels angeboten. »So eine Chance kriegst du hier nicht oft.«

Als sie die Stelle erreichten, an der Siegfried Berger verschwunden war, blieb Max kurz stehen und sah Christina an. Doch sie zeigte keinerlei Reaktion und schien nichts von den Vorgängen zu wissen. Auch die dunklen Farbflecke an den Steinen bemerkte sie nicht.

»Was ist das eigentlich für ein Sanatorium?«, wollte Max wissen.

»Lauter alte Säcke«, lachte Christina. »Aber behalt das für dich.« Ganz automatisch war sie jetzt doch ins Du gefallen. Max gefiel es.

»Eigentlich ist es ja ein kleines Krankenhaus«, berichtete Christina. »Die machen da Schönheitsoperationen. Da schaut die Wiener Schickeria dann beim Opernball wieder zehn Jahre jünger aus.«

»Und dein Freund ist auch Schönheitschirurg?«, setzte Max nun etwas direkter nach.

»Nein, der ist Anästhesist und sorgt dafür, dass die Leute während der OP gut schlafen. Aber er will sich eigentlich fortbilden, um selbst operieren zu können. Da steckt jede Menge Geld drin, sagt er immer.«

»Und dieser Dr. Wenger, was ist das für ein Mensch?«

»Wenger ist schon eine schillernde Figur. Der hatte früher eine Riesenpraxis in Wien. Doch dann gab es irgendwelchen Ärger, und er kam vor fünf Jahren hierher. Das Hotel lief damals nicht so gut, und der Besitzer war froh, einen Teil vermieten zu können. Die Kombination scheint zu passen. Heute läuft beides super.«

Christina machte eine kleine Pause und fragte: »Und du, was machst du so?«

»Eigentlich bin ich Journalist ...«

»Oh, ihr Männer mit eurem ›eigentlich‹«, fiel ihm Christina ins Wort. »Wer eigentlich sagt, meint doch immer das Gegenteil. Mein früherer Freund hat einmal zu mir gesagt: Eigentlich liebe ich dich. Und weg war er!«

»Oh, das tut mir leid«, sagte Max mit sanfter Stimme. »Aber du hast Recht. Also, ich war Journalist. Obwohl das so nicht stimmt, denn eigentlich bin ich es noch immer.« Max lachte. »Jetzt sag ich schon wieder eigentlich. Also erzähle ich dir lieber, was ich tue.«

Er berichtete von seinen biografischen Texten, von den Recherchen im Auftrag seiner Freundin und von seinen gelegentlichen Einsätzen als Gerichtsreporter einer großen Nachrichtenagentur. Dann zögerte er kurz, holte tief Luft und setzte hinzu: »Und im Moment spiele ich auch noch Detektiv.«

Christina sah ihn erstaunt an. »Was heißt denn das? Beschattest du bei uns im Hotel untreue Ehemänner?« Sie trat einen Schritt zurück, ihre dunklen Augen funkelten belustigt. »Und ich soll dir dabei vielleicht helfen?«

»Nein, mir ist es eigentlich – schon wieder! – egal, wer mit wem schläft. Aber ich weiß, dass die Frau, mit der Siegfried Berger bei Euch abgestiegen ist, nicht seine Ehefrau war.«

»Wirklich nicht?«, fragte Christina erstaunt. »Bei den beiden war ich mir fast sicher, dass sie zusammengehören.«

Max entschloss sich, Christina einzuweihen. Ohne ihr Wissen über das Hotel, die Gäste und das Sanatorium würde er kaum weiterkommen.

»Kann ich dir vertrauen, Christina?«, fragte er etwas salbungsvoll.

»Pass auf, Max. Ich verspreche dir, alles für mich zu behalten, was du mir erzählst. Aber ob ich dir helfe, kann ich erst entscheiden, wenn ich weiß, worum es geht.«

»Klar«, antworte Max erleichtert und schilderte ihr in groben Zügen den Fall. Von den Blutflecken sagte er erst mal nichts.

»Weißt du eigentlich, dass ich Krimis liebe?«, frage Christina statt einer Antwort, fügte dann aber gleich hinzu: »Okay, ich helfe dir. Aber das muss absolut unter uns bleiben, sonst bin ich meinen Job los. Sollen wir Martin auch einweihen?«

»Wenn es geht, vorerst nicht. Ich möchte erst noch etwas mehr über das Sanatorium herausfinden.«

Die beiden erreichten eine Alm und setzten sich an den äußersten Tisch des um diese Tageszeit noch leeren Biergartens, so dass auch der Wirt, der Christina mit einem kurzen Kopfnicken begrüßte, ihr Gespräch nicht mithören konnte.

Als der duftende Kaffee vor ihnen stand, berichtete Christina, dass Siegfried Berger und seine angebliche Frau Stammgäste im Alpen-Spa seien. »Die kamen bestimmt alle zwei Monate.« Und Siegfried Berger sei offenbar ein guter Freund von Dr. Wenger. »Die beiden steckten recht viel beisammen.« Christina erinnerte sich, dass ihre Kollegin von der Frühschicht eine Bemerkung über die überstürzte Abreise der Bergers gemacht hatte. »Die wollten eigentlich noch ein paar Tage bleiben, doch Frau Berger verlangte an dem Morgen plötzlich die Rechnung. Sie schien richtig aufgeregt zu sein. Zu meiner Kollegin sagt sie nur etwas von Schwierigkeiten in der Firma.«

»Womit sie ja gar nicht so falsch lag«, erwiderte Max und streckte sich in seinem Stuhl. Für einen Moment schloss er die Augen, die warme Herbstsonne entspannte sein Gesicht. Er sah das Licht in allen Farben des Regenbogens tanzen.

»Eigentlich ist es viel zu schön hier für so ernste Themen«, sagte er mit einem Lächeln. »Warum können wir nicht nur hier oben sitzen und die Sonne genießen?«

»Du hast recht. Weißt du, dass ich ganz selten in den Bergen unterwegs bin? Obwohl ich den Gästen auf der Karte immer zeige, wo es am schönsten ist. Da muss dann schon jemand wie du kommen und mich einfach mitnehmen.«

Auf dem Weg bergab erzählte Christina ihm, wie sich das beschauliche Bergdorf in den letzten zwanzig Jahren zum Mittelpunkt einer Skiarena entwickelt hat, die zu den größten der Region zählte. Jetzt im Sommer könne man sich gar nicht vorstellen, welcher Trubel im Winter herrsche. Von der Piste geht es zum Après Ski, dann in die Disko bis zum frühen Morgen und nach kurzem Schlaf gleich wieder auf die Bretter.

In den sechziger Jahren gab es einen Sessellift, der als Riesenfortschritt galt, später kam dann die Kabinenbahn. Und erst vor ein paar Jahren hatte man die fünf Kilometer lange Skiabfahrt bis ins Tal gebaut, die Max von seinem Hotelzimmer aus gesehen hatte. »Dafür haben alle Vermieter zusammengelegt. Wenn sie das große Geschäft wittern, sind sie sich plötzlich einig. Und sonst gönnt keiner dem anderen das Schwarze unter den Nägeln.«

Ein Stück nach der Jagdhütte verabschiedete sich Christina und stieg einen steilen Pfad zum Hotel hinunter. Bevor sie im Wald verschwand, winkte sie Max noch mal zu, auf ihren Lippen lag das verschwörerische Lächeln, das er vom Frühstück her schon kannte.

Als Max das Hotelzimmer betrat, klingelte sein Handy. Das konnte nur Sonja sein. »Max, halt dich fest. An den Steinen, das ist wirklich Blut. Und es stammt ziemlich sicher von Siegfried. Ich habe zwar noch nicht die endgültigen Ergebnisse, aber im Labor meinten sie, es gebe eigentlich keine Zweifel.«

»Schon wieder eigentlich«, dachte Max. Aber in diesem Fall bedeutete es sicher nicht das Gegenteil.

Sonja hatte den Stein und ein paar Haare aus Siegfrieds Bürste gleich am Morgen ins firmeneigene Labor gebracht und ihren Mitarbeitern erzählt, sie sei von der Polizei um die inoffizielle Untersuchung der Proben gebeten worden, weil der Dienstweg zu lange dauere. So könne man einen Gewaltverbrecher möglicherweise schnell dingfest machen. Und wenn die Chefin darum bittet, fragt eben niemand mehr nach.

Max hatte mit keinem anderen Ergebnis gerechnet. Und Sonja offenbar auch nicht.

»Was sollen wir jetzt tun?«, fragte sie.

»Ich komme so schnell es geht zurück«, antwortete Max. »Ich muss dringend mit unserer Frau Dr. Dr. sprechen. Das ist doch alles oberfaul.« Er bat Sonja, diskret herauszufinden, ob Gabi Thiele im Dienst sei. »Keine Sorge, die ist da. Die habe ich jetzt ständig im Auge«, kam es wie aus der Pistole geschossen zurück. »Ich will doch wissen, ob sie irgendwie Kontakt zu Siegfried aufnimmt.«

Diesmal war die Autofahrt nicht ganz so angenehm wie auf der Hinfahrt. Anstelle von Opernarien hörte Max den Verkehrsfunk, der lange Staus am Irschenberg und kurz vor München meldete. Max beschloss, die Autobahn bei Rosenheim zu verlassen und gemütlich über die Landstraße zu fahren. Das ging zwar sicher auch nicht schneller, als im Stau zu warten, doch er hasste es, untätig herumzusitzen. Mit Sonja hatte er vereinbart, dass sie sich in der Firma treffen würden, wo sie inzwischen das Büro ihres Mannes in Beschlag genommen hatte.

Der Werkschutz wollte ihn gerade einer Überprüfung unterziehen, als Sonja selbst an die Pforte kam und ihn aus den Klauen der schwarz gekleideten Männer befreite.

»Grauenhaft, dieser Sicherheitszinnober«, gab Sonja zu. »Doch in der Branche wird so viel geklaut und ausspioniert, dass wir keine andere Wahl haben. Siegfried und ich sind die Einzigen, die unkontrolliert rein und raus dürfen. Wobei ich offen gesagt für meinen Mann im Moment nicht die Hand ins Feuer legen würde.«

»Ich befürchte, dein Mann hat jetzt andere Sorgen, als hier ins Geschäft zu kommen. Wenn er überhaupt noch Sorgen hat ...«

Sonja erschrak. »Du hast recht. Das sind wohl nicht die richtigen Gedanken im Moment.«

Max bat sie, ihn zu Gabi Thiele zu bringen, ihn dann aber mit ihr alleine zu lassen. Sonja versuchte zu protestieren, aber er blieb hart. »Wenn die etwas weiß, wird sie es in Anwesenheit der Ehefrau ihres Geliebten wohl kaum herausrücken.«

Max merkte Gabi Thiele die Erleichterung an, als sich Sonja mit den Worten verabschiedete: »Wir sehen uns dann nachher in meinem Büro.«

»Ich denke, das ist auch für Sie keine leichte Zeit«, eröffnete Max das Gespräch. Er wollte zumindest am Anfang so wenig Druck wie möglich auf Gabi Thiele ausüben. Das Gespräch würde über kurz oder lang ohnehin schwierig werden. Da konnte man ja mal sachte anfangen.

Zu seiner Überraschung nahm Gabi Thiele den Ball sofort auf. »Am liebsten würde ich meine Sachen packen und gehen. Aber wo soll ich hin? Die Sorge um Siegfried lässt mich kaum schlafen. Da bin ich froh, wenn mich die Arbeit etwas ablenkt.«

»Woran arbeiten Sie denn?«, fragte Max.

»An einem Impfstoff gegen Malaria«, sagte Gabi Thiele. »Die Erreger sind mittlerweile gegen fast alle vorbeugenden Mittel immun. Und täglich sterben tausende Menschen, weil es noch keinen Impfstoff gibt. Da arbeiten Weltkonzerne dran, doch wir sind denen inzwischen einen Schritt voraus.«

»Und Sie können damit all diese Menschen retten?«, fragte Max ungläubig.

»Das hoffen wir.«

»Und ich hoffe, dass sie anschließend nicht verhungern«, sagte Max.

»Auch daran arbeiten wir«, erwiderte Gabi Thiele, die Max' Sarkasmus entweder nicht bemerkt hatte oder ihn bewusst ignorierte.

»Frau Thiele, ich glaube, wir müssen noch über etwas Unerfreulicheres reden«, sagte Max, der aber bezweifelte, dass das Verschwinden eines deutschen Managers wirklich unerfreulicher war als der Malaria-Tod ungezählter Menschen in Afrika, Asien und Südamerika.

»Sie meinen über Siegfrieds Verschwinden.«

»Stimmt. Und was wir bislang wissen, klingt sehr mysteriös. Schildern Sie mir bitte noch mal, was sich in Österreich zugetragen hat.«

Gabi Thiele wiederholte die Schilderung, die sie Max bereits bei ihrem ersten Treffen gegeben hatte.

»Waren Sie zum ersten Mal in diesem Hotel?«, wollte Max wissen.

»Ja, Siegfried hat für unsere Treffen immer neue Hotels ausgesucht. Er sagte, das sei sicherer, wegen seiner Frau.«

»Und Sie oder Herr Berger haben dort auch keine Bekannten getroffen?«

»Woher denn? Ich wusste bis dahin gar nicht, dass es eine Landschaft namens Pinzgau gibt.«

»Und der Name Dr. Wenger sagt ihnen auch nichts?«

Gabi Thiele wurde rot, versuchte aber noch ein Ausweichmanöver. »Sie meinen den Wiener Schönheitschirurgen? Ich bitte Sie, den kennt doch jede Frau, die beim Friseur die ›Bunte‹ liest.«

»Dass Dr. Wenger schon lange nicht mehr in Wien arbeitet, sondern eben im Alpen-Spa, wissen Sie nicht?«, erwiderte Max mit drohendem Unterton.

Gabi Thieles ohnehin blasses Gesicht bekam einen deutlichen Weißton. Die anfängliche Röte war komplett gewichen.

»Was wissen Sie?«, fragte sie mit tonloser Stimme.

»Einiges«, antwortete Max vage. »Aber ich möchte jetzt hören, was Sie wissen. Wir können auch gerne gleich die Polizei holen, wenn Ihnen das lieber ist. Siegfried Berger ist seit Tagen verschwunden – und Sie waren nach Lage der Dinge die Letzte, die ihn gesehen hat. Die Polizei wird Ihnen noch unangenehmere Fragen stellen als ich.«

»Hören Sie doch endlich auf, mich zu quälen. Ich habe ja schon zugegeben, dass ich die Geliebte von Siegfried Berger bin. Was wollen Sie denn noch mehr?«

»Herausfinden, wo er ist. Und ihn hoffentlich lebend finden.«

»Sie meinen doch nicht etwa, dass er ...« Gabi Thiele konnte oder wollte den Satz nicht vollenden.

»Möglich, dass Ihr Geliebter, wenn Sie ihn überhaupt geliebt haben, tot ist.« Max fand, es war an der Zeit, die Daumenschrauben etwas anzuziehen. »Wir haben die Stelle gefunden, an der Siegfried Berger verschwunden ist. Und dort klebte sein Blut an den Steinen.«

»Woher wissen Sie das?«, entfuhr es Gabi Thiele.

»Frau Dr. Dr. Thiele. Auch Menschen ohne so viele akademische Grade, wie Sie sie haben, sind fähig, logisch zu denken, Hinweise aufzunehmen und ihre Schlüsse zu ziehen. Sie kennen doch das Grundprinzip wissenschaftlichen Arbeitens: Sich auf die Schultern von Riesen zu stellen, oder anders gesagt: Erst mal schauen, was die anderen wissen. Und genau das habe ich getan, obwohl ich mein Soziologie-Studium kurz vor dem Magister geschmissen habe.«

»Jetzt machen Sie mal halblang, Herr von Steyn«, erwiderte Gabi Thiele überraschend selbstsicher. »Sie können mir glauben, dass ich äußerst besorgt bin über das Verschwinden von Siegfried Berger.«

»Frau Thiele! Sie erlauben, dass ich Ihre Doktortitel weglasse. Sie haben schon genug gelogen. Oder zumindest die Wahrheit verschwiegen. Ob das einen Unterschied macht, können Sie gerne in einem philosophischen Zirkel der Volkshochschule klären. Entweder Sie sagen mir jetzt auf der Stelle, was passiert ist, oder ich schalte die Polizei ein.«

»Meinen Sie, dass das im Interesse von Frau Berger wäre?« So leicht wolle Gabi Thiele nicht aufgeben.

»Frau Berger weiß Bescheid, und so haben wir das besprochen«, behauptete Max. Gabi Thiele musste ja nicht wissen, dass Sonja aus irgendwelchen Gründen die Polizei heraushalten wollte.

»Sie sind ein harter Brocken, Herr von Steyn. Kaum zu glauben, dass Sie so etwas Banales wie ein Soziologie-Studium nicht zu Ende gebracht haben.«

»Die Gründe erzähle ich Ihnen gerne mal, wenn wir diese Geschichte hinter uns haben«, gab Max zurück. »Also, was ist passiert?«

»Okay, diese Runde geht an Sie. Sie haben Recht. Wir waren schon öfter im Alpen-Spa und Siegfried ist ein guter Freund von Dr. Wenger. Aber ist das denn verboten?«

»Keineswegs. Gute Freunde sind viel wert. Aber wenn das Ganze wie bei Ihnen mit so vielen Lügen garniert wird, dann stinkt das doch zum Himmel. Oder was meinen Sie?«

»Versetzen Sie sich in meine Situation. Ich habe ein Verhältnis mit meinem Chef, und der verschwindet ausgerechnet dann, wenn wir ein paar Tage zusammen verbringen. Was hätten Sie denn an meiner Stelle getan?«

»Zum Glück hatte ich noch nie ein Verhältnis mit meinem Chef«, erwiderte Max. Allmählich hatte er keine Lust mehr, zu der Dame freundlich zu sein. »Zum letzten Mal: Kommen Sie zur Sache. Mir reicht es allmählich.«

»Also gut. Sie bekommen es ja ohnehin raus. Und vielleicht hilft es Ihnen ja, Siegfried zu finden. Ich habe Ihnen ja gesagt, dass er nach dem Joggen nicht zurückgekommen ist und dass ich ihn gesucht habe. Ich habe ihn auch gefunden. Er lag bewusstlos auf dem Weg, der vom Hotel aus den Berg hinaufführt. Ich konnte nicht feststellen, warum. Aber er lebte noch. Ich habe zwar Medizin studiert, aber keinerlei Erfahrung in der Notfallversorgung. Deshalb rief ich von meinem Handy aus Dr. Wenger an, der auch sofort kam. Er brachte Siegfried in seinem Wagen ins Sanatorium, und wir vereinbarten die Geschichte, die ich Ihnen erzählt habe.«

»Haben Sie denn seitdem ein Lebenszeichen von Siegfried Berger bekommen?«

»Nein, Dr. Wenger sagte mir, Max sei gestürzt und habe sich schwere Schädelverletzungen zugezogen. Er liege nach wie vor im Koma.«

»In der Klinik für Schönheitsoperationen?« Max schüttelte ungläubig den Kopf.

»Dr. Wenger hat dort ein Intensivzimmer, falls bei einer OP mal was schiefgeht. So wie damals in Wien.«

»Und welche Prognose stellt nun der Wunderheiler?«

»Er sagt, wir müssen abwarten. Mehr könne man nicht tun.«

Max sagte erst mal nichts. Er konnte kaum glauben, dass er im Alpen-Spa so nah an Siegfried Berger drangewesen war, ohne davon zu wissen.

»Haben Sie Ihr Handy dabei?«

Gabi Thiele zog ein pinkfarbenes kleines Etwas aus der Handtasche. »Immer. Ich hoffe ja ständig auf Nachrichten von Siegfried.«

Max streckte die Hand aus. »Bitte geben Sie es mir!«

»Warum?«

»Weil ich feststellen möchte, ob das annähernd stimmt, was Sie mir gerade erzählt haben.«

»Und wenn ich mich weigere?«

»Dann wird Frau Berger den Werkschutz rufen und erklären, Sie stünden unter Verdacht, Betriebsgeheimnisse auszuplaudern. Aber so weit müssen wir es doch hoffentlich nicht kommen lassen.«

Gabi Thiele reichte Max das Handy. In der Liste der Anrufe fand sich tatsächlich einer mit einer österreichischen Rufnummer, der zeitlich zu Siegfrieds Verschwinden passte. Max tippte die Nummer in sein Handy und drückte die grüne Taste. Wenige Sekunden später meldete sich eine Stimme mit deutlich erkennbarem Wiener Akzent: »Wenger hier.«

Max beendete das Gespräch, ohne etwas zu sagen. »Zumindest das scheint ja zu stimmen. Frau Thiele, es sieht, gelinde gesagt, nicht so gut aus für Sie. Sie verheimlichen Siegfried Bergers Ehefrau, dass ihr Mann schwer verletzt in einer Klinik in Österreich liegt, und spielen hier die Unschuld vom Lande. Ich weiß nicht, wie lange wir die Polizei noch raushalten können.«

»Was wollen Sie jetzt tun?«, fragte sie.

»Ich werde sofort zurück ins Alpen-Spa fahren und schauen, dass ich an Siegfried Berger drankomme. Aber zunächst muss ich verhindern, dass Sie Dr. Wenger warnen.«

Max zog das Kabel, das Gabi Thieles Computer mit dem Netzwerk verband, aus der Buchse und griff zum Telefon, um Sonja anzurufen. »Kannst du dafür sorgen, dass Frau Thiele ihr Büro nicht verlässt und die nächsten Stunden mit niemandem Kontakt aufnimmt?«

Sonja versprach, sich selbst darum zu kümmern, und wollte sofort wissen, was Gabi Thiele erzählt hatte.

»Ich muss sofort zurück nach Österreich. Ich rufe dich vom Auto aus an und erzähle dir alles.« Sonjas Wunsch, mitzukommen, lehnte er erneut ab.

Zum Glück war die Autobahn frei. So viele Kilometer wie in den vergangenen 36 Stunden war Max seit langem nicht mehr im Auto gefahren. Und er hatte das dumpfe Gefühl, es würden noch viel mehr werden.

Wie versprochen rief er Sonja von unterwegs an und berichtete ihr von dem Gespräch mit der Geliebten ihres Mannes. »Ich versuche jetzt mal, an diesen Dr. Wenger dranzukommen. Wichtig ist nur, dass die Thiele ihn nicht warnt. Kriegst du das hin?«

Sonja versprach es: »Und wenn ich die ganze Nacht neben ihr sitze.« Sie bat Max eindringlich, den GPS-Sender bei sich zu tragen, für den Fall, dass ihm etwas zustoßen würde. Max' Vorschlag, die Polizei doch einzuschalten, blockte sie ab.

»Wenn es stimmt, was die Thiele sagt, ist Siegfried ja gut versorgt. Und es ist ja nicht strafbar, der Ehefrau nicht zu sagen, dass ihr Mann einen Unfall hatte. Da steckt mehr dahinter.« Sonja holte hörbar Luft und sagte ganz heftig: »Und ich möchte wissen, was!«

Max erreichte den Pinzgau, als die Sonne gerade ihre allerletzten Strahlen über den Gerlospass schickte und das Tal der anbrechenden Nacht überließ. An einem anderen Tag hätte selbst Max von Steyn angesichts des rot gefärbten Himmels romantische Gefühle bekommen. Doch jetzt zog es ihn erst einmal ins Hotel. Er hoffte, Christina, die eigentlich Spätschicht haben müsste, an der Rezeption zu finden.

»Guten Abend, Herr Baron«, begrüßte ihn Christina. Neben ihr stand ein Mann Ende fünfzig im dunklen Geschäftsanzug, das graumelierte Haar offenbar frisch geschnitten. Dem Teint nach ging er entweder viel in die Berge oder in die Wellness-Abteilung des Hotels.

»Guten Abend«, sagte auch er. »Mein Name ist Franz Tanner. Ich bin der Geschäftsführer des Hauses. Ich hoffe, Sie fühlen sich bei uns wohl, Herr Baron.«

»Ohne Frage. Sie haben ein wunderbares Haus. Nur bin ich leider noch gar nicht dazu gekommen, alle Angebote zu nutzen. Aber ich hoffe, ich kann noch ein paar Tage bleiben.«

Christina gab ihm seinen Zimmerschlüssel und machte, ohne dass ihr Chef es sehen konnte, ein Zeichen, dass sie telefonieren sollten. Mit einem kurzen Kopfnicken signalisierte Max, dass er verstanden hatte.

»Sagen Sie, Herr Tanner«, wandte sich Max an den Geschäftsführer, »welche Angebote machen Sie eigentlich in Ihrem Sanatorium? Ich suche nach einem Ort, um mal ein paar Wochen richtig auszuspannen, nachdem ich geschäftlich in den letzten Monaten sehr viel um die Ohren hatte.«

»Dr. Wenger, der das Sanatorium betreibt, ist hauptsächlich auf Schönheitsoperationen eingerichtet. Aber er nimmt auch immer wieder Patienten auf, die einfach eine Auszeit brauchen. Wenn Sie möchten, kann ich Sie morgen früh gerne mit ihm bekannt machen.«

»Jetzt ist er wohl nicht mehr im Haus?«, fragte Max vorsichtig.

»Im Haus ist er eigentlich immer, wenn er nicht gerade auswärts bei Kongressen referiert. Sie müssen wissen, Dr. Wenger ist eine Kapazität auf seinem Gebiet. Ich versuch mal, ihn anzurufen.«

Ein paar Minuten später stand Dr. Wenger leibhaftig vor Max. Schon beim »Grüß Gott« erkannte Max die Stimme vom Telefon wieder.

»Das ist Baron von Steyn, ein Gast unseres Hauses, der sich für deine Dienste interessiert«, sagte der Hoteldirektor und blickte den Arzt an. Dr. Wenger war im gleichen Alter und mindestens ebenso braungebrannt. Max überlegte, ob alle Ärzte dieser Preisklasse automatisch so aussahen wie Dr. Brinkmann von der Schwarzwaldklinik oder ob sie ihr Äußeres der Einfachheit halber dem Fernseharzt angepasst hatten.

»Wobei es mir um eine Erholungsphase geht. Mit meinem Aussehen bin ich ganz zufrieden«, sagte Max lächelnd zu dem Arzt.

»Ich verstehe«, antwortete der und klopfte Max mit dem Handrücken dorthin, wo sich in dessen Körpermitte das abzeichnete, was Veronika immer scherzhaft seinen »mittleren Ring« nannte.

»Aber wissen Sie, wenn wir die Vierzig mal hinter uns haben, ist der Herrgott mit seinem Latein am Ende. Dann sind wir Chirurgen dran, wenn es um den Erhalt der ewigen Jugend geht.« Dr. Wenger kommentierte seine eigenen Worte mit einem kehligen Lachen. »Aber Spaß beiseite. Setzen wir uns doch in die Lobby, dann können wir sehen, ob ich Ihnen helfen kann.«

Max stellte sich als Verlagsmanager vor, der schon länger Burn-Out-Symptome an sich festgestellt habe. Eigentlich müsse er noch ein paar Monate durchhalten, bis ein wichtiges Projekt fertig sei. Doch andererseits benötige er dringend etwas Erholung.

»Ich habe gerade eines meiner Zimmer frei«, sagte der Arzt. »Wenn Sie möchten, steht ihnen mein Sanatorium gerne zur Verfügung.«

Als Dr. Wenger den Preis für einen dreiwöchigen Kuraufenthalt nannte, musste Max aufpassen, dass er nicht blass wurde. Was hier ein Tag kostete, verdiente er oft den ganzen Monat nicht. Doch schließlich zahlte Sonja die Spesen.

»Dürfte ich mir Ihr Haus einmal ansehen?«, fragte Max interessiert. »Ich denke, ich muss rasch entscheiden, ob ich bleibe oder nicht. In den nächsten zwei Tagen stehen noch ein paar wichtige Verhandlungen in Salzburg an, doch dann könnte ich mich wohl freimachen.«

»Gerne, treffen wir uns doch gleich morgen früh um neun. Dann habe ich meine erste OP hinter mir, und wir können auf meiner Terrasse gemeinsam frühstücken.«

Max zögerte. »Ich muss um 11 Uhr in Salzburg sein, das wird etwas knapp.«

»Dann machen wir eben gleich einen Rundgang und ersetzen das Frühstück durch ein Glas Wein«, erwiderte der Arzt. Max hoffte, dass ihm seine Erleichterung nicht anzumerken war.

Das Sanatorium hatte zwar einen separaten Eingang, war aber auch über den Wellness-Bereich des Hotels zu erreichen. »Das alles können Sie natürlich mitnutzen«, erklärte der Arzt. »Bei uns ist es wie im Hotel – nur dass Sie hier noch gesund und schöner werden.«

Auf den ersten Blick unterschied sich das Sanatorium in der Tat kaum vom Hotel. Max fielen lediglich die breiteren Türen der Zimmer auf, durch die offensichtlich Krankenbetten passten.

Wenger grüßte eine Schwester, die ihnen auf dem Flur entgegenkam. »Wir bieten natürlich Rund-um-die-Uhr-Betreuung. Eine Schwester ist immer da und einer unserer

Ärzte hat Rufbereitschaft. Aber ich denke, das werden wir bei Ihnen nicht brauchen.«

Dr. Wenger führte Max in ein Zimmer, das seinem im Hotel zum Verwechseln ähnlich war. Auch von hier aus hatte er direkten Blick auf den kleinen See, in dem er morgens mit Christina geschwommen war. »War das wirklich erst heute morgen?«, fragte sich Max. Das eiskalte Bad erschien ihm angesichts der Ereignisse des Tages schon unendlich weit entfernt.

»Wir checken Sie natürlich erstmal gründlich durch. Blut, EKG und so weiter. Und dann legen wir einen Behandlungsplan fest. Ganz wichtig ist auch die Ernährung«, sagte Dr. Wenger und blickte wieder auf Max' Bauchansatz, der auch mit noch so viel Joggen nicht zu bekämpfen war.

»Und wo operieren Sie?«, fragte Max interessiert.

»Im Keller haben wir unseren OP-Bereich und auch mehrere Krankenzimmer für die Erstversorgung. Sie machen sich keine Vorstellung, wie viel Blut bei Schönheitsoperationen manchmal fließt. Aber wir sind hier sicher besser ausgestattet als die Krankenhäuser vieler Kleinstädte.«

Im Hinblick auf Siegfried Berger fand Max diese Informationen sehr beruhigend.

In diesem Moment klingelte Dr. Wengers Handy. »Entschuldigen Sie, das ein Notfall, da muss ich rangehen.«

Max konnte nicht verstehen, was der Anrufer sagte, er glaubte, eine aufgeregte Frauenstimme zu hören. »Ich komme sofort, richten Sie alles fürs Intubieren her«, rief er ins Telefon und drehte sich zu Max. »Sie finden ja den Weg zurück, ich muss sofort in den OP.«

Max wartete ein paar Sekunden, bis der Arzt im Treppenhaus verschwunden war, dann folgte er ihm vorsichtig. Dr. Wenger musste hinter der Tür mit der Aufschrift »OP-Bereich. Zutritt für Unbefugte verboten« verschwunden sein, die noch sanft schaukelte.

»Was ist passiert?«, hörte er den Arzt rufen. Dessen Stimme hatte nichts mehr von dem sanften Klang, mit dem er

Max die Vorzüge seines Sanatoriums schmackhaft gemacht hatte. Dr. Wenger schien ziemlich aufgeregt. »Eigentlich erstaunlich für einen Mediziner mit seiner Erfahrung«, dachte Max und bemühte sich, mehr von dem Gespräch mitzubekommen. Dr. Wenger stand offenbar im Flur, die Frau, mit der er sprach, antwortete aus einem Zimmer heraus. Max verstand nur die Worte »Notfall« und »kollabiert«, dann hörte er Schritte in seine Richtung und zog es vor, zu verschwinden.

Christina saß an der Rezeption und las eine Zeitschrift. »Um diese Zeit ist es sehr ruhig hier«, sagte sie zu Max und stockte, als sie in sein Gesicht blickte. »Ist Ihnen nicht gut, Herr Baron?«

Sie beherrschte den Wechsel vom Du zum geschäftlichen Sie sehr gut. »Ich ruf dich von meinem Zimmer aus an«, hauchte Max und ging zur Treppe.

»Irgendetwas ist passiert«, sagte er wenig später am Telefon zu Christina. »Können wir uns treffen?«

»Ich habe noch bis 23 Uhr Dienst. Kommst du dann hoch zur Jagdhütte?«

Max hatte bis dahin noch eine knappe Stunde Zeit und beschloss, bei einem Spaziergang seine Gedanken zu sortieren. Als er vor das Hotel trat, fröstelte ihn. Der Sommer neigte sich merklich seinem Ende zu. Tagsüber strahlte die Sonne noch warm genug, um die Bergwanderer kräftig ins Schwitzen zu bringen, am Abend breitete sich schnell die herbstliche Kühle aus. Vor allem an einem sternenklaren Abend wie diesem.

Der Schein der Sterne und des zunehmenden Mondes genügten Max, um den Weg zur Jagdhütte zu finden. Ganz automatisch ging er weiter, genau die Strecke, die Siegfried Berger zuletzt gelaufen war und die er am Vormittag mit Christina erkundet hatte. Nur ab und zu rauschte ein Auto durch das Tal, die Laufgeräusche der Reifen auf dem Asphalt dröhnten hier oben, als wären ganze Kolonnen unterwegs.

Doch Max nahm das nicht wahr. Er überlegte, wie er weiter vorgehen sollte.

Der einfachste Weg, die Polizei ins Sanatorium zu schicken und nach Siegfried Berger suchen zu lassen, schied aus. Sonja war seine Auftraggeberin, und sie wollte es nicht. So einfach war das.

War es das wirklich? Max gehörte nicht zu den Menschen, die blind irgendwelchen Autoritäten folgten. Das hatte ihm schon früh Ärger mit seinem Vater eingebracht und später seine Schulkarriere ganz schön durcheinandergewirbelt. »So ein eigensinniger Kopf wie du kann nur Journalist oder Politiker werden«, hatte seine Oma einmal zu ihm gesagt. Und Recht behalten.

Doch Max musste zugeben, dass es keinen wirklichen Grund gab, die Polizei zu holen. Sollte Siegfried Berger verletzt sein, befand er sich offenbar in bester ärztlicher Versorgung.

Zudem gab es ja nicht einmal einen Hinweis auf ein Verbrechen.

Er setzte sich auf einen Felsbrocken, von dem aus er durch eine Schneise im Bergwald ins Tal blicken konnte. In den meisten Häusern brannte noch Licht, mitten im Ort erkannte Max die grelle gelbe Leuchtreklame der Post.

»Eine Erleuchtung wäre jetzt auch nicht schlecht«, dachte er. Irgendwie passte alles nicht zusammen. Warum verschwieg Gabi Thiele den Unfall ihres Geliebten? Sie konnte doch kaum glauben, dass das Verschwinden des Firmenchefs unbemerkt bleiben würde. Und warum versuchte Sonja Berger, die ganze Geschichte so geheim zu halten und weigerte sich so beharrlich, zur Polizei zu gehen? War es wirklich nur die Sorge um die Firma? Und schließlich: Welche Rolle spielte Dr. Wenger dabei?

Max sah hinauf zu den Sternen, als stünde dort die Antwort. Doch weder Großer Wagen noch Großer Bär – oder wie auch immer die Sternbilder hießen – konnten oder wollten ihm helfen.

Aber vielleicht wusste Christina mehr. Max sah auf seine Uhr: kurz vor elf. Er stand auf und ging langsam den Berg hinunter.

Die Hütte lag im Schatten der hohen Bäume. Sie war etwa fünf mal fünf Meter groß, das Dach ging ein gutes Stück über die Seitenwände hinaus, um auch bei schlechtem Wetter Schutz zu bieten. Max erkannte das matte Braun der Holzbohlen. Die Fensterläden, deren sattes Grün ihm bei Tageslicht aufgefallen war, hoben sich in der Dunkelheit kaum ab. Max glaubte, eine Gestalt zu erkennen, die regungslos an der Wand lehnte. Er ging einen Schritt zur Seite, um selbst im Dunkel zu stehen, und beobachtete die Hütte. Nichts rührte sich. Plötzlich hörte Max ein Rascheln im Wald über sich. Er zuckte zusammen und drückte sich eng an einen Baum. Die Borke roch feucht, für Max, der den Herbstwald über alles liebte, ein beruhigender Geruch. Das Rascheln entfernte sich. »Wohl nur ein Reh oder eine Gams, die mehr Angst vor mir hat als ich vor ihr«, dachte er erleichtert. An der Hütte rührte sich nichts.

Max verharrte in seiner Position. Er blickte auf die Uhr. Fünf nach elf. Wenn Christina pünktlich Schluss gemacht hatte, konnte sie noch gar nicht da sein. Sie brauchte mindestens fünf Minuten, um sich umzuziehen und noch mal zwanzig Minuten für den steilen Anstieg zur Jagdhütte.

Das Etwas an der Jagdhütte lehnte immer noch regungslos an der Wand. Max verharrte noch ein paar Minuten in seiner Position. Die Gestalt rührte sich nicht. Er beschloss, langsam an der Hütte vorbeizulaufen, als beachte er sie gar nicht, als wäre er ein verspäteter Wanderer, der im Sternenlicht von der Almhütte ins Tal heimkehrt. Max bemühte sich sogar, ein klein wenig zu torkeln. Wer auch immer an der Hütte lauerte, sollte meinen, er habe es mit der Einkehr auf der Alm ein wenig übertrieben. Als er auf Höhe der Hütte war, drehte er den Kopf vorsichtig nach links und versuchte zu erkennen, was dort an der Wand lehnte. Er bemerkte, dass es nur eine zusammengeklappte Bank war, die ihm so viel Angst eingejagt hatte und musste grinsen. Erleichtert setzte er sich auf die Stufe, die zum Eingang der Jagdhütte führte, und wartete.

Er saß ganz ruhig da, ließ den Blick zum Himmel schweifen und spürte plötzlich, wie müde er war. Es ging auf Mitternacht zu, und er war seit morgens um sieben auf den Beinen.

Ab und an hörte er ein Rascheln im Wald, was ihn aber nicht mehr aus der Ruhe bringen konnte. Er schloss die Augen, und sog langsam die kühle Abendluft ein. Plötzlich sprengte das Aufheulen eines kräftigen Motors die Stille, im gleichen Moment rissen zwei Scheinwerfer ein Loch in die Dunkelheit.

Wieso kam Christina mit dem Auto? Aber wer sollte es sonst sein? Max ging auf den Weg, damit Christina ihn gleich sehen konnte. Doch der Wagen bremste nicht ab, sondern raste auf Max zu, der wie versteinert auf die Lichter blickte.

Kurz bevor das Auto ihn erreichte, machte Max einen Hechtsprung zur Seite und landete in einem feuchten Graben. Er fühlte, wie das Wasser in seine Hose kroch, doch wagte er nicht, sich aufzurichten. Der kastenförmige Wagen schoss höchstens einen halben Meter entfernt an ihm vorbei, dann bremste der Fahrer abrupt. Max sprang auf und rannte, so schnell er konnte, den Weg hinunter. Er hörte, wie der Motor wieder aufheulte und die Schottersteine des Weges von den pfeifenden Reifen durch die Luft geschleudert wurden, als der Fahrer den Wagen wendete. Max musste diese Zeit nutzen, um die nächste Gabelung zu erreichen.

Hätte er doch beim Joggen etwas mehr Tempotraining gemacht! Aber nein, Herr von Steyn musste es ja immer gemütlich angehen lassen. Wenn die Wettkampfläufer von Tempohärte sprachen, hatte er nur ein mitleidiges Lächeln für sie übrig. »Du musst entspannt ankommen, so, dass du zumindest meinst, du könntest die ganze Strecke nochmals laufen«, hatte ihm sein Lauftreffleiter immer eingebläut – eine Theorie, die Max sehr entgegengekommen war.

»Scheiße«, dachte er, als ihm diese Szene nun durch den Kopf schoss, »wenn du jetzt nicht Gas gibst, bist du geliefert!«

Und ihm fiel der Spruch ein, den er bei einem Motivationsseminar gelernt hatte: »Ich will, kann und werde.« Und das war der einzige Gedanke, den Max noch fassen konnte: »Ich will, kann und werde hier rauskommen.«

Und er lief los, hinein in die Dunkelheit, immer den Berg hinunter. Irgendwo musste doch die verdammte Abzweigung kommen, wo der Pfad zum Hotel hinunterführte. Max spürte in seiner Hosentasche den Chip, der seinen Standort hinauf in den Himmel zu den vielen Satelliten schickte, und musste trotz aller Anstrengung lächeln, als er sich vorstelle, wie Sonja gerade zu Hause in Echtzeit auf dem Computer verfolgte, wie er um sein Leben lief – und gar nicht wissen konnte, wie dramatisch das Ganze war. Aber wie auch immer dieses ungleiche Rennen ausging, es wurde zumindest für die Ewigkeit dokumentiert.

Max hörte hinter sich den Motor des Geländewagens aufheulen. Der Fahrer gab sich keine Mühe, Lärm zu vermeiden. Die Wahrscheinlichkeit, dass irgendjemand diese ungleiche Verfolgungsjagd beobachtete, war ohnehin gering. Max spürte, wie der Wagen immer näher kam, und er hatte keine Ahnung, wie weit die rettende Abzweigung noch entfernt war.

In dem Moment, in dem der Lichtstrahl von hinten heller wurde, sah Max den gelben Pfeil, der den Wanderweg ins Tal markierte. Wie ein Hase, dem die Verfolger auf den Fersen sind, schlug er einen Haken nach links und suchte strauchelnd seinen Weg. Er fand sich auf einem schmalen Pfad wieder, dessen Verlauf im Licht der Sterne kaum auszumachen war. Aber Hauptsache, er war weg vom Fahrweg, auf dem ihm der Geländewagen folgen konnte. Max spürte unter sich die dicke Wurzel eines Baumes und zog seinen linken Fuß in letzter Sekunde in die Höhe. So stolperte er vielleicht hundert Meter bergab und sah im Augenwinkel, wie der Geländewagen an der Abzweigung vorbeischoss. Der Fahrer bremste zwar kurz, gab aber wieder Gas, als er sah, dass er Max hier nicht folgen konnte.

Max hielt inne und atmete schwer. Er hatte keine Ahnung, wer in dem Wagen saß und warum er ihn verfolgte. Sein Herz raste, er spürte das Pochen nicht nur in der Brust, sondern auch am Hals und an den Schläfen. Selbst als geübter Jogger steckte er nächtliche Spurts im Wald nicht so einfach weg.

Das Auto entfernte sich Richtung Tal. Sollte Christina tatsächlich auf dem Weg zur Jagdhütte gewesen sein, wäre sie angesichts des rasenden Geländewagens sicher umgekehrt.

Max überlegte kurz und kletterte den Weg wieder nach oben. Wenn der Fahrer des Geländewagens die Gegend kannte, wovon auszugehen war, wusste er, wo der Wanderweg herauskam und konnte dort ganz gemütlich auf Max warten. Er wollte deshalb lieber den Fahrweg hinuntergehen, um zu sehen, welche Gefahren ihn erwarteten.

Doch als sich Max dem Hotel näherte, war weit und breit niemand zu sehen. Er atmete erleichtert auf, als er das Foyer des Hotels betrat. Der Nachtportier blickte ihn fragend an. An der feuchten Hose hing noch Erde, das Hemd klebte schweißnass am Körper. »Herr Baron, ist etwas passiert? Soll ich einen Arzt rufen?«

»Nein, danke, lassen Sie nur. Ich musste unbedingt im Dunklen spazieren gehen und bin dabei über einen Ast gestolpert. Aber es ist nichts passiert.« Nach Christina wagte er nicht zu fragen.

Max hätte jetzt gerne noch mit jemanden gesprochen. Den Gedanken, Sonja anzurufen, verwarf er schnell. Wie könnte sie ihm helfen? Und Veronika? Eine ganze Woche schon herrschte Funkstille zwischen ihnen. Eigentlich Zeit, das zu ändern. Aber dann müsste er Veronika erst lang und breit erklären, was er in Österreich trieb.

Max vergewisserte sich, dass die Zimmertür abgeschlossen war und rückte zur Sicherheit noch einen schweren Sessel davor.

Nach einer heißen Dusche sah die Welt schon wieder freundlicher aus. Er schaltete den Fernseher ein und wählte die deutschen Nachrichten. Die Amerikaner hatten im Irak schon wieder ein Wohnviertel bombardiert und 14 Zivilisten getötet. »Wenn das eine Friedensmission war, dann geht es mir ja paradiesisch gut«, dachte Max und schloss die Augen. Schnell fiel er in einen unruhigen Schlaf, träumte von hellen Riesenaugen, die ihn verfolgten, und von einer schwarzhaarigen Frau, die immer versuchte, ihn auf die Seite zu ziehen.

Als Max aufwachte, fühlte er etwas Feuchtes. Es dauerte ein paar Sekunden, bis er begriff, dass er schweißgebadet im Bett lag. »Eigentlich ist doch gar nichts passiert«, dachte er sich. »Irgendein wildgewordener Idiot fährt nachts Rennen im Wald, und ich denke, er hat es auf mich abgesehen.« Er blickte auf den Radiowecker: Kurz nach sechs. Eigentlich brauchte er noch mindestens zwei oder drei Stunden Schlaf. Doch die Geschehnisse des vergangenen Abends beschäftigten ihn so sehr, dass an Weiterschlafen nicht zu denken war.

So wie ihn nach diesem nächtlichen Abenteuer die heiße Dusche beruhigt hatte, brachte jetzt die kalte wieder Leben in seinen Körper. Max ließ das Gebirgswasser über seinen Kopf laufen und dachte an das Interview mit einem Politiker, das er kürzlich gelesen hatte. Der Mann stellte sich jeden Morgen unter die kalte Dusche und zählte dann bis 100. Das half ihm angeblich, gesund zu bleiben. Als Max ihn das nächste Mal im Fernsehen sah, fiel ihm allerdings nur dessen verkniffener Gesichtsausdruck auf. Und er beschloss, unter der kalten Dusche höchstens bis zehn zu zählen – und dabei zu lächeln.

Mit diesem Lächeln ging er ans Fenster seines Zimmers, öffnete die Balkontür, trat nach draußen und ließ die frische Bergluft langsam in seine Lungen strömen. Der Hang auf der anderen Talseite, den sie hier den Sonnenhang nannten, lag friedlich im Morgenlicht. Es schien ein schöner Tag zu werden. Am blauen Himmel schwebten nur ein paar weiße Wolken, die Berge lagen klar und deutlich vor ihm, als wollten sie ihn einladen.

Es dauerte eine ganze Weile, bis Max die Stimmen wahrnahm, die von dem kleinen See her gedämpft zu ihm heraufdrangen. Irritiert richtete er den Blick nach unten und sah mehrere offenbar aufgeregte Leute, die auf dem Holzsteg standen. Er erkannte den Nachtportier, den Hoteldirektor und nun auch Dr. Wenger, der am Boden kauerte. Aus seinem Rucksack holte Max das Fernglas und duckte sich so hinter die Balkonbrüstung, dass er zwar durch den Spalt zwischen der obersten Holzlatte und dem Metallgeländer hindurchschauen, selbst aber nicht gesehen werden konnte.

Max fokussierte das Glas und bemerkte zwischen den Beinen des Nachtportiers hindurch eine Gestalt, die merkwürdig verrenkt auf dem Holzsteg lag. Ihm stockte der Atem: Es war Christina. Dr. Wenger drehte sie um und hielt seine Finger an ihren Hals. Dann schüttelte er den Kopf, sagte etwas zu den Umstehenden und drückte ihr vorsichtig die Augenlider zu.

Plötzlich kam Bewegung in die Szenerie: Ein blau-silberner Polizeiwagen schoss die Hoteleinfahrt hinauf, gefolgt von einem Krankenwagen. Die Blaulichter zuckten um die Wette, aus Rücksicht auf die Hotelgäste hatten die Beamten wenigstens das Martinshorn abgestellt. Der Hoteldirektor ging auf den älteren der beiden Polizisten zu, schüttelte ihm die Hand und wies auf Christinas Körper. Max hätte viel dafür gegeben, zu hören, was dort unten gesprochen wurde. Doch außer einem Gemurmel drang nichts bis in den zweiten Stock.

Als Reporter hatte Max schon über etliche Todesfälle berichtet und sogar einmal an einer Obduktion teilgenommen. Er erinnerte sich noch gut, wie sich sein Magen beim Anblick der Leiche – es handelte sich um das Opfer einer Messerstecherei unter betrunkenen Jugendlichen – zusammengezogen hatte. Und alle anderen taten so, als wäre ihre Arbeit das Normalste der Welt. Als sie den jungen Mann dann wieder grob zunähten, unterhielten sich der Pathologe und seine Assistentin schon über das Mittagessen. Max selbst hatte zwar eine tolle Story für sein Blatt, brachte aber drei Tage lang keinen Bissen hinunter.

Er schaute wieder nach unten. Jetzt beugten sich zwei weißgekleidete Männer über den leblosen Körper. Auch sie schüttelten nur den Kopf.

Früher wäre Max sofort hinuntergegangen, hätte seinen Presseausweis gezückt und versucht, Informationen zu bekommen. Doch zum einen war er kein richtiger Reporter mehr, zum anderen war er in Österreich und schließlich kannte er das Opfer. Vielmehr sogar: Er war am Abend zuvor mit der Toten verabredet gewesen. Doch Max musste wissen, was dort unten geschehen war.

Er ging ins Zimmer zurück, zog seine Joggingkleidung an und lief durchs Treppenhaus hinunter. Das Foyer war leer, durch die geschlossene Glastür des Frühstücksraums konnte Max sehen, dass dort bereits gearbeitet wurde. Er ging betont schwungvoll durch die große Drehtür, trat vor den Eingang und blickte um sich, ganz so, wie es jemand tat, der sich zu einem morgendlichen Lauf aufmacht und noch nicht so recht weiß, ob er nach links oder rechts starten soll. Max hob den Kopf und blickte in Richtung See, so dass er die dort versammelte Gesellschaft gar nicht übersehen konnte. Auch Dr. Wenger war jetzt auf ihn aufmerksam geworden. Max näherte sich dem Steg und fragte, als er bei dem Arzt ankam, was denn geschehen sei. Der zeigte auf den am Boden liegenden Körper und sagte mit trockener, professioneller Stimme: »Frau Kerner, eine Mitarbeiterin des Hotels. Sie ist vermutlich beim Schwimmen ertrunken. Der Nachtportier hat sie entdeckt, als er hinausging, um eine Zigarette zu rauchen.«

»Ertrunken?«, fragte Max verwundert. »Ich habe sie gestern Morgen hier beim Schwimmen getroffen. Sie hat sich im Wasser bewegt wie ein Fisch.«

Einer der Polizisten hatte sich neben die beiden gestellt. »Sie kennen also das Opfer? Wer sind Sie bitte?«

Der Hoteldirektor antwortete für Max. »Das ist Baron von Steyn, ein geschätzter Gast unseres Hauses. Ein sehr sportlicher Mann, wie man sieht.«

»Kennen wäre übertrieben«, sagte Max und beschloss, zunächst nichts von der abendlichen Verabredung mit Christina zu erzählen. »Wir haben uns, wie gesagt, hier beim Schwimmen getroffen. Ich weiß, dass sie an der Rezeption arbeitet. Oder arbeitete, muss ich wohl besser sagen. Ich habe sie gestern Abend gegen halb elf noch gesehen, als ich zu einem Abendspaziergang ging. Da saß sie am Empfang.«

Der Ältere der beiden Polizisten hatte sich zu ihnen gestellt. »Ich glaube, unser Job ist erledigt. Wir warten jetzt auf die Kripo.« Und zu Max sagte er: »Wenn Sie sich bitte zur Verfügung halten.«

»Sicher. Ich bin in meinem Zimmer. Die Lust zum Joggen ist mir deutlich vergangen.«

Max bestellte im Vorbeigehen beim Empfang eine Kanne Kaffee auf sein Zimmer. Essen konnte er jetzt sicher nichts. Doch zunächst musste er Sonja anrufen. In Kürze würde die Polizei bei ihm sein und da würde es schwer, den wirklichen Grund seines Aufenthaltes zu verschweigen.

»Du bist es«, hauchte Sonja mit verschlafener Stimme, »ich habe gerade von dir geträumt. Und es war sehr schön.«

»Sonja, wach auf, hier ist etwas passiert«, antwortete Max irritiert. In einer anderen Situation hätte ihn Sonjas Traum sicher interessiert, doch mit dem Bild der toten Christina vor den Augen verging ihm jeder Anflug morgendlicher Erotik.

In knappen Worten schilderte Max die Geschehnisse der vergangenen Nacht. »Ich glaube nicht, dass Christina ertrunken ist.«

»So, so, du nennst sie schon beim Vornamen. Max, ich muss sagen, du gehst ganz schön schnell ran.«

»Sonja, bitte lass das jetzt. Ich war so froh, dass Christina bereit war, mir zu helfen.« Sicher hatte ihm die junge Frau gefallen. Aber was tat das jetzt zur Sache?

»Dein Mann ist seit über eine Woche verschwunden. Die Frau, von der ich mir Informationen erhoffte, liegt tot unten am See. Und gestern Abend hat jemand versucht, mich totzufahren. Das können wir nicht mehr als Privatangelegenheit der Familie Berger betrachten und selbst ein wenig recherchieren. Wir müssen rausfinden, ob dein Mann wirklich hier im Sanatorium ist. Und ich denke, diese Arbeit überlassen wir am besten der Polizei.«

In diesem Moment klopfte es an der Tür. »Herein«, rief Max, der den Zimmerservice erwartete. Doch anstelle der Kellnerin stand ein etwa 50-jähriger, kräftig gebauter Mann mit einem leicht angegrauten Schnauzbart in Max' Zimmer. Sein fordernder Blick und die schwarze Lederjacke verrieten Max auf Anhieb, dass er einen Kriminalbeamten vor sich hatte. Wann immer er es in seiner Zeit als Gerichts- und Polizeireporter mit Kripobeamten zu tun hatte, dieser Typ billige Lederjacke gehörte ebenso dazu wie der Schnauzbart. Ab Gehaltsklasse A 11 wechselten sie dann zu schlecht sitzenden Anzügen von C&A.

Das schien bei der österreichischen Polizei nicht anders zu sein.

»Brunnhuber, Bezirkspolizeikommando Zell am See«, stellte er sich vor. »Sie sind Baron von Steyn?« Er verzichtete darauf, Max einen guten Morgen zu wünschen. Was vielleicht nicht das Verkehrteste war.

Max nickte dem Mann zu, wies auf das Telefon in seiner Hand und sagte zu Sonja: »Ich bekomme gerade Besuch von der Polizei. Wir hören voneinander.« Bevor er den roten Knopf drückte, um das Gespräch zu beenden, hörte er Sonja noch sagen: »Mach, was du für richtig hältst. Ich vertraue dir.« Etwas anderes blieb ihr ja auch kaum übrig.

Der Kriminalbeamte war in der offenen Tür stehen geblieben. Hinter ihm kam das Zimmermädchen mit dem Kaffee.

»Trinken Sie einen mit?«, fragte Max den Polizisten und bat ihn mit einer einladenden Handbewegung, in der Sitzecke Platz zu nehmen. Ohne auf ein Trinkgeld zu warten, verschwand das Zimmermädchen, brachte kurz darauf eine zweite Tasse und zog dann die Tür leise hinter sich zu.

»Sie wissen, was passiert ist?«, fragte der Polizist geradeheraus und trank gierig von dem heißen Kaffee. Er machte den Eindruck, als habe er eine lange Nacht hinter sich und eigentlich keine Lust mehr auf eine morgendliche Leiche.

»Als ich zum Joggen gehen wollte, kam ich unten am See vorbei und sah die tote Frau.«

»Kannten Sie sie?«

Max musste schnell entscheiden, ob er dem Kommissar die Wahrheit sagen sollte oder nicht. Wenn er mit der Geschichte sofort herausrückte, stand er selbst gleich im Mittelpunkt des Verbrechens – sofern es eines war. Aber diese Frage stellte sich für Max nicht mehr.

Spielte er den unbeteiligten Zeugen, der nur zufällig am Tatort vorbeikam, würde es großen Ärger geben, wenn die Wahrheit später herauskam. Und das musste sie über kurz oder lang, schließlich wollte Max ja weiter nach dem verschwundenen Siegfried Berger suchen, und zumindest der Wirt der Almhütte hatte Christina und ihn am Tag zuvor zusammen gesehen. Und er war möglicherweise nicht der Einzige.

»Ich habe gefragt, ob Sie Frau Kerner kannten?«, wiederholte der Kommissar.

»Ja, ein wenig. Aber ich glaube, ich muss Ihnen dazu eine etwas längere Geschichte erzählen.«

Als Max geendet hatte, seufzte der Kommissar: »Oh, wie ich es liebe, wenn sich jemand in unsere Arbeit einmischt. Am schlimmsten sind blutige Amateure, gefolgt von Journalisten und Ausländern. Und Sie vereinigen alle drei Merkmale auf sich.«

»Ich hätte Ihnen das alles auch verschweigen können«, sagte Max und tat etwas beleidigt. Wobei er sich aber eingestehen musste, dass er dem Polizisten zwar das Wesentliche, aber nicht alle Details berichtet hatte. Ein paar Trümpfe wollte er doch noch in der Hand behalten.

»Sie wären zum Hauptverdächtigen geworden, wenn wir es doch herausbekommen hätten.« Versöhnlich fügte er hinzu: »Und das hätten wir. Verlassen Sie sich drauf. Zurück zu Frau Kerner: Sie glauben nicht, dass sie ertrunken ist?«

»Es wäre doch ein ziemlicher Zufall, dass eine erfahrene Schwimmerin, die täglich in den kalten See hüpft, ausgerechnet dann ertrinkt, wenn sie sich am Vorabend heimlich mit mir treffen wollte.«

»Warten wir die Obduktion ab«, antwortete der Kommissar und beugte sich zu Max herüber. »Nach den ersten Untersuchungen unseres Polizeiarztes könnten Sie recht haben. Aber das habe ich Ihnen nicht gesagt.«

»Vertrauen gegen Vertrauen. Ich denke, wir haben das gleiche Ziel. Aber zunächst sollte ich dringend herausfinden, ob Siegfried Berger noch hier ist.«

»Überlassen Sie das mal mir. Ich werde mit Dr. Wenger reden.«

»Wenn der Ihnen die Wahrheit sagt. Irgendetwas ist da oberfaul im Sanatorium. Es würde mich nicht wundern, wenn der Notfall gestern Abend etwas mit Siegfried Berger zu tun hatte. Und dann würde ich doch gerne wissen, wer mitbekommen hat, dass ich mich mit Christina Kerner treffen wollte.«

»Ich wäre Ihnen dankbar, wenn Sie die nächsten Stunden in Ihrem Zimmer bleiben und mich meine Arbeit tun lassen würden. Ich melde mich bei Ihnen.«

»Ist das eine Bitte oder ein Befehl?«, setzte Max nach.

»Nehmen Sie es als Bitte und befolgen Sie es wie einen Befehl. Alleine können Sie hier im Moment gar nichts ausrichten.«

Max nickte ergeben, und als Brunnhuber gegangen war, bat er telefonisch am Empfang darum, ihm die Morgenzeitungen aufs Zimmer zu bringen.

Doch weder die neueste Entwicklung des Irak-Krieges noch die Debatten um den Afghanistan-Einsatz der Bundeswehr, die auch in der österreichischen Presse Beachtung fanden, konnten Max ablenken. Immer wieder ließ er die Zeitung sinken und ging auf den Balkon, um zu schauen, was sich unten am See tat. Doch da passierte gar nichts mehr. Christinas Leiche war schon abtransportiert, viele Spuren gab es für die Kripo offenbar nicht zu sichern. Immer wieder sah er Menschen, die einzeln oder in kleinen Gruppen auf den Steg hinausgingen, sich fragend umsahen und dann den Ort schnell wieder verließen. Max hätte gerne gewusst, ob Christinas Freund Martin auch unter ihnen war.

Im Moment lag der See ruhig und still unter ihm. Plötzlich verspürte Max einen Luftzug und bemerkte, dass jemand hinter ihm stand.

»Was haben Sie mit ihr gemacht?«, schrie ein aufgeregter, etwa 30-jähriger Mann, der in seinem weißen Kittel aussah wie eine junge Kopie von Dr. Wenger. Er packte Max an den Schultern, schüttelte ihn und drückte ihn in Richtung des Balkongeländers. »Was haben Sie mit Christina gemacht?«

Max holte tief Luft, winkelte die Arme an, so dass die Handflächen nach vorne zeigten und schob den Unbekannten von sich weg. Auf einen Kampf am Balkongeländer hatte er wirklich keine Lust.

»Sie müssen Martin sein. Ich habe gar nicht gemerkt, wie Sie in mein Zimmer gekommen sind«, sagte er zu dem Mann, der daraufhin verdutzt von ihm abließ. »Christina hat mir von Ihnen erzählt. Es tut mir sehr leid, was passiert ist.«

»Leid, leid«, äffte ihn der andere nach. »Meine Freundin ist tot. Und Sie haben irgendetwas damit zu tun.«

»Ich?«, fragte Max und versuchte, möglichst überrascht zu wirken. »Was soll ich mit dem Tod von Christina zu tun haben?«

»Sie waren doch gestern mit ihr in den Bergen.«

»Wer sagt denn das?«

»Sie sind gesehen worden. Hier wird man immer gesehen.«

Max war froh, dass er dem Kommissar die Wahrheit gesagt hatte. Hätte der durch Martin von dem gemeinsamen Ausflug erfahren, wäre es nur eine Frage der Zeit gewesen, bis die Handschellen geklickt hätten.

»Passen Sie mal auf, Martin. Leider weiß ich Ihren Nachnamen nicht.« Max machte eine kleine Pause, um seinem Gegenüber die Gelegenheit zu geben, sich vorzustellen. Doch der reagierte nicht. »Ich war mit Ihrer Freundin beim Wandern«, fuhr Max fort. »Sie hatte sich bereit erklärt, mir ein wenig die Gegend zu zeigen. Mehr aber auch nicht. Was soll ich nun mit dem Tod Ihrer Freundin zu tun haben? Dr. Wenger hat doch gesagt, sie sei ertrunken. Ich habe Christina zum letzten Mal gesehen, als ich gestern Abend noch mal rausging. Da saß sie quicklebendig an der Rezeption.«

»Und danach?«

»Keine Ahnung. Aber warum wissen Sie das denn nicht? Wohnten Sie denn nicht zusammen?«

»Nein, ich wohne bei meinen Eltern, die haben ein kleines Hotel im Dorf, und Christina hatte ein Zimmer hier im Haus. Wir wollten demnächst zusammenziehen. Aber hier findet man ja keine bezahlbaren Wohnungen. Die Leute vermieten lieber an Fremde. Das bringt mehr Geld. Ich habe ein Grundstück von meinen Großeltern geerbt. Da wollten wir gleich nach der Hochzeit bauen.«

»Und Sie haben gestern Abend nichts von ihr gehört?«

»Ich hatte Nachtdienst im Sanatorium und gerade einen Notfall, als Christina Dienstschluss hatte. Ich dachte, sie wäre gleich ins Bett gegangen.«

»Wie lange ging denn Ihr Dienst?«, hakte Max nach. Martin hatte sich ein wenig beruhigt, und das wollte er gerne ausnutzen, um ein paar Informationen über das Sanatorium zu bekommen. »Um fünf hat mich Dr. Wenger abgelöst. Ich sollte ein bisschen schlafen, weil wir heute mehrere Operationen vor uns haben. Und ein unausgeschlafener Anästhesist ist da nicht so hilfreich.«

»Was war denn das für ein Notfall?«, wollte Max wissen, doch das Gesicht seines Gegenübers verfinsterte sich plötzlich. In seinen Augen standen Tränen.

»Christina ist tot und Sie fragen mich, was für einen Notfall wir im Sanatorium hatten? Wer sind Sie eigentlich und was wollen Sie hier?«

Und wieder stand Max vor der Frage: Offenheit oder Tricksen?

Wenn Martin irgendetwas mit den Vorgängen zu tun hatte, dann wusste er ohnehin Bescheid. Wenn nicht, gelang es Max vielleicht, ihn als Verbündeten zu gewinnen. Und das konnte nur hilfreich sein. Zumal er als Arzt vielleicht auch die Vorgänge bei »Berger Pharmaceuticals« besser bewerten konnte als er selbst.

»Ich will es Ihnen erzählen. Und ich hoffe, dass Sie mein Vertrauen nicht missbrauchen.« Ein kleiner moralischer Appell konnte nicht verkehrt sein bei einem Mann, der gerade die größte Krise seines Lebens durchmachte.

»Erzählen Sie endlich.«

Max strickte eine Light-Version der Ereignisse. Falls sich Martin als ein guter Verbündeter erweisen würde, könnte er ihn immer noch in die Details einweihen. Und so wusste der Arzt am Ende kaum mehr, als dass Max im Auftrag einer Bekannten ein wenig nachforschen sollte, wo deren Gatte abgeblieben war. Und dass die Spur ins Alpen-Spa führte.

»Und da steh ich nun und hatte auf die Hilfe Ihrer Verlobten gehofft.«

Max sah seinem Gegenüber in die Augen. »Es tut mir so leid um Christina. Sie liebte Sie sehr. Als ich sie bat, mir die

Gegend zu zeigen, warnte sie mich gleich davor, mehr von ihr zu wollen – was für mich klar war. Ich bin ebenfalls in den besten Händen.« Max versuchte, ein liebevolles Lächeln aufzusetzen.

Martin dagegen standen die Tränen in den Augen. »Ebenfalls stimmt ja nun nicht mehr«, sagte er mit belegter Stimme und griff, ohne hinzusehen, nach der Kaffeetasse, aus der der Kommissar zuvor getrunken hatte.

»Ich lasse Ihnen eine neue bringen«, bot Max an, doch der Arzt winkte ab: »So giftig ist die Welt auch wieder nicht.«

»Ich habe den Verdacht, dass Siegfried Berger im Sanatorium sein könnte. Deshalb habe ich Sie eben nach dem Notfall gefragt.«

»Das war nichts wirklich Dramatisches. Ein Blutdruckabfall nach der Operation. Wir haben das in den Griff gekriegt. Das ist ja unser Job.«

»Kennen Sie Siegfried Berger denn? Immerhin ist er ein Freund Ihres Chefs und war wohl öfter hier.«

»Mein Chef und ich verkehren privat kaum miteinander. Ich kenne seine Freunde nicht.«

»Was ist Dr. Wenger denn für ein Mensch?«

»Er ist ein exzellenter Chirurg und ein strenger Chef ...«

»... der aber auch ein paar dunkle Flecken auf der weißen Weste hat«, fiel ihm Max ins Wort.

»Was meinen Sie damit?«

»Sie wissen doch ganz genau, warum Dr. Wenger seinerzeit von Wien hierherkam. Waren Sie damals schon bei ihm?«

»Nein, ich gehöre erst seit zwei Jahren zum Team. Natürlich kenne ich die Geschichte. Aber Dr. Wenger ist damals freigesprochen worden.«

»Aber nicht wegen erwiesener Unschuld«, sagte Max ins Blaue hinein.

»Sie wissen sehr gut Bescheid.«

»Das sollte man in meinem Job«, erwiderte Max und versuchte, eine Spur arrogant zu klingen. »Aber leider weiß ich noch viel zu wenig. Zum Beispiel weiß ich nicht, wo Siegfried Berger steckt.«

»Ich kenne keinen Siegfried Berger. Wir haben keinen Patienten mit diesem Namen.«

»Und wie heißt der Patient mit dem Notfall?«

»Franz Funke. Aber das darf ich Ihnen eigentlich gar nicht sagen.«

Max spürte, dass Martin ihm etwas verschwieg, doch er merkte an dessen Tonfall, dass er gerade innerlich zugemacht hatte. Seine Augen füllten sich wieder mit Tränen, die langsam das braungebrannte Gesicht hinunterliefen.

»Wenn ich Ihnen irgendwie helfen kann, sagen Sie es mir«, bot Max mit sanfter Stimme an.

»Helfen?«, fragte Martin tonlos. »Mir?«

Als der Arzt gegangen war, rückte Max den Stuhl, der vor dem handgeschnitzten Schreibtisch stand, an die Balkontür, setzte sich und schloss die Augen. Er ließ die Luft durch seine Nase in die Lunge strömen und merkte, wie sich seine Bauchdecke hob und wieder senkte, als er den Atem langsam und gleichmäßig losließ. Schon nach wenigen Atemzügen spürte Max, wie er sich innerlich beruhigte.

Durch seinen Kopf schwirrte wieder einmal die Frage, worauf er sich eigentlich eingelassen hatte. Doch er schob sie beiseite. Jetzt gab es kein Zurück mehr. Christina war tot, Siegfried Berger immer noch verschwunden. Und er, der Kleinstadt-Journalist, steckte mittendrin. Die Polizei ermittelte, und Christinas Freund Martin verdächtigte ihn, etwas mit deren Tod zu tun zu haben.

Woher wusste Martin von dem Ausflug auf die Almhütte? Max konnte sich nicht erinnern, jemandem begegnet zu sein. Er schloss die Augen wieder und ging den Weg in Gedanken noch mal durch. Er hörte Christinas fröhliches Lachen, ihren heftigen Atem, als sie eine Steigung hinaufmussten, und sah ihr entspanntes Gesicht, als sie vor der Almhütte saßen. Sie waren die einzigen Gäste.

Blieb nur der Wirt.

Obwohl der Kommissar ihn gebeten hatte, im Zimmer zu bleiben, zog es Max nach draußen. Er musste wissen, ob es eine Verbindung zwischen Martin und dem Almwirt gab.

Er ging in die Hotelhalle hinunter und wollte an der Rezeption nach dem Kommissar fragen, um sich ordnungsgemäß abzumelden. Doch die elegante Holztheke war verwaist. »Wäre ich ein Qualitätsprüfer, gäbe das gleich einen Punktabzug«, dachte Max, legte seinen Zimmerschlüssel auf die Theke und wandte sich dem Ausgang zu.

Weit und breit war nichts von der Polizei zu sehen. Max wandte sich nach links und schlug den Weg bergauf ein. An der Jagdhütte verharrte er kurz. Hier schien sich seit der vergangenen Nacht nichts verändert zu haben. Die zusammengeklappte Bank, die ihn am Tag zuvor so erschreckt hatte, lehnte immer noch an ihrem Platz, in Tür und Fensterläden steckten die schweren Riegel.

Die Sonne stand schon ziemlich hoch, als er die Almhütte erreichte. Er wählte den gleichen Tisch, an dem er tags zuvor mit Christina gesessen war. Max bestellte ein Radler und fragte den Wirt, als er das Glas und einen kleinen Teller mit Käsestückchen brachte: »Sagen Sie, können Sie sich an mich erinnern?«

»Ja freilich. Sie waren doch gestern mit der Braut vom Martin hier.«

»Ach, Sie kennen Martin?«

»Ja freilich«, tönte es wieder in der gurgelnden Mundart, »der Martin ist doch mein Cousin. Warum fragen Sie?«

»Haben Sie Martin erzählt, dass ich mit Christina hier war?«, fragte Max und versuchte, seine Stimme gleichgültig klingen zu lassen. Er wollte den Wirt nicht in die Enge treiben.

Der rieb sich die Stirn, legte den Kopf beim Nachdenken ein wenig nach hinten und sagte dann: »Schon. Der Martin hat mich auf dem Handy angerufen, weil unser Opa nächste Woche achtzig wird. Aber warum fragen Sie das alles?«

»Wissen Sie denn nicht, was passiert ist?«

»Passiert? Ich kriege hier oben nichts mit. Und jetzt ist auch noch der Akku meines Handys leer.«

»Christina, die Braut ihres Cousins, ist tot. Wahrscheinlich im See vor dem Hotel ertrunken.«

Das Gesicht des Wirts verfinsterte sich. »Der arme Kerl. Letztes Jahr sein bester Freund. Und jetzt das.«

»Was war denn mit seinem Freund?«

»Absturz beim Gleitschirmfliegen. Der Martin und der Heiner sind frühmorgens vom Spitzkogel gestartet. Ist eigentlich verboten, aber die Burschen machen das alle. Und mit Heiners Schirm stimmte irgendwas nicht. Wie ein Stein ist er nach unten geplumpst. Aus 800 Metern Höhe.«

Max wollte sich gar nicht vorstellen, wie ein solcher Leichnam aussah.

»Und was hat der Martin dazu gesagt, dass ich hier mit seiner Braut war?«, versuchte Max nachzuhaken.

»Nichts. Der Martin sagt eigentlich nie sehr viel.«

Max dachte an den Wortschwall, mit dem der Arzt ihn kurz zuvor belegt hatte, und sofort überkam ihn Mitleid mit dem Mann.

Er hob das Glas, leerte es in einem Zug, legte ein paar Münzen auf den Tisch und stand auf. »Stimmt so, ich muss wieder los. Die Polizei will noch mit mir reden. Sagen Sie mir bitte noch eins: Wann haben Sie denn mit Martin telefoniert?«

»Das war so gegen acht am Abend. Aber dann hatte er es plötzlich ganz eilig. Irgendein Notfall in seinem Sanatorium.«

Max stand auf und ging ein paar Meter bergab. Still und friedlich lag das Tal unter ihm. Die Sonne leuchtete die weißen Häuser an, die Autos rollten wie Spielzeug durch das Tal. Ein bisschen beneidete Max den Hüttenwirt um den Frieden, der hier auf knapp 1800 Metern Höhe herrschte.

»Eigentlich ein idealer Ort für jemanden, der mit sich im Reinen ist«, dachte Max. »Doch wer ist das schon wirklich?« Die meisten Menschen, die sich so weit von den anderen zurückziehen, hatte er als echte Eigenbrötler kennengelernt, die den Umgang mit anderen einfach nicht aushielten. Und was tat jemand wie der Hüttenwirt im Winter? Auf der anderen Talseite, wo die große Skiabfahrt entlang führte, war auch im Winter Saison. Und wesentlich mehr Betrieb als hier im Sommer.

Plötzlich vermisste Max sein kleines Häuschen. Wahrscheinlich war auch er bis zu einem gewissen Grad so ein Eigenbrötler. Er genoss es, sich in die Stille der Maxau zurückzuziehen, konnte aber, wann immer er es wollte, in die Kleinstadt eintauchen, im Café alte Bekannte treffen oder auch ein mal ein paar Tage bei Veronika in München verbringen.

»Veronika«, schoss es ihm durch den Kopf. Er müsste sich dringend bei ihr melden. Sein Zorn über den Streit mit ihr war schon lange verraucht. Doch so wie sich die Ereignisse überschlagen hatten, hatte er einfach nicht an sie gedacht. Ob das ein schlechtes Zeichen war?

Max verwarf diesen Gedanken. Früher hatte er immer versucht, in Beziehungen das zu tun, was die Frauen von ihm erwarteten. Oder das, wovon er dachte, dass sie es von ihm erwarteten. Doch das hatte auch nicht geholfen. Seit er es geschafft hatte, sich davon zumindest etwas frei zu machen, lief es besser. Und den Traum, dass eine Beziehung dauerhaft gut laufen könnte, hatte er ebenfalls aufgegeben.

Auch hier war das Laufen ein guter Lehrmeister gewesen. Es ging auf und ab, es gab Tage, da spürte er Kraft ohne Ende und an anderen verließ ihn die Energie schon nach wenigen Metern. Es hatte ihn viel Schweiß gekostet, bis er das akzeptieren konnte.

Den Berg hinunter verfiel Max in einen leichten Dauerlauf, der ihn in nur einer halben Stunde zum Hotel zurückbrachte. Keuchend blieb er am Beginn des Steges stehen, auf dem er wenige Stunden zuvor die tote Christina gesehen hatte. Das Wasser lag ganz ruhig da, nur ab und zu streckte ein

Fisch sein Maul an die Oberfläche und verschwand, gleichmäßige Kreise hinter sich herziehend, wieder in der Tiefe. Max war fest entschlossen, das Geheimnis des Sees zu lüften.

An der Rezeption saß der Nachtportier. Die dunklen Ringe unter seinen Augen zeigten, wie viel Schlaf ihm fehlte. Der Mann war sicher schon ein gutes Stück über sechzig, da steckte man so etwas nicht mehr so leicht weg.

»Müssen Sie Überstunden machen?«, fragte Max mit aufmunternder Stimme.

»Ja, eigentlich hätte Christina heute die Frühschicht gehabt, weil eine Kollegin krank ist. Doch nun ...« Der Mann zuckte mit den Schultern und drehte sich zu dem großen Holzregal mit den Zimmerschlüsseln um. In dem Fach mit der Nummer 205 lag ein Briefumschlag. Der Portier reichte ihn Max gemeinsam mit dem Schlüssel. »Hier ist noch eine Nachricht für Sie. Die hätte ich Ihnen wohl schon gestern Abend geben sollen. Ich fand sie aber erst später hier auf dem Tisch.«

Max bemühte sich, sein Erstaunen zu verbergen. Wer kannte ihn hier und sollte ihm eine Nachricht hinterlassen? Er steckte den weißen Umschlag, auf dem lediglich die Zimmernummer stand, in seine Jackentasche und ging nach oben.

In seinem Zimmer angekommen, machte Max den Umschlag sofort auf. Er kümmerte sich nie darum, Briefe sorgfältig zu öffnen. Mit einem Ruck riss er eine Ecke des Umschlags auf und fuhr mit dem linken Zeigefinger in das Loch, um einen Schlitz zu ziehen. Das musste als Brieföffner genügen.

Die Nachricht war auf einen weißen Zettel mit dem Werbeaufdruck einer Kaffeefirma geschrieben.

»Hallo Max!«, las er. »Ich kann leider nicht kommen, weil Martin etwas mitgekriegt hat und richtig eifersüchtig ist. Ich habe morgen Frühschicht, lass uns dann irgendwie reden. Christina.«

Max ließ sich in den Sessel fallen und starrte auf den Brief. Christina hatte eine offene, sehr runde Schrift, die Max gut gefiel. Ein Schauer lief seinen Rücken hinunter, als er daran dachte, dass dies wahrscheinlich die letzten Zeilen waren, die Christina in ihrem Leben geschrieben hatte.

Max setzte sich auf den Balkon und schloss die Augen. Doch entspannen konnte er sich nicht. Vor seinen Augen tauchte Christina auf. Sie stand lächelnd hinter der Rezeption; schwamm in dem kleinen See; saß mit ihm auf der Alm; trieb leblos im Wasser; lag auf dem Steg, umgeben von einer Menschentraube.

Max schüttelte sich. So kam er nicht weiter. Er musste mit jemandem reden. Hier kannte er niemanden, dem er vertrauen konnte. Sonja wollte er im Moment etwas raushalten, da er sich nicht im Klaren darüber war, welche Rolle sie spielte.

Blieb nur Veronika. »Eigentlich das Naheliegendste«, dachte Max. Normalerweise telefonierten sie immer, wenn einer von beiden mit irgendwelchen Recherchen oder Überlegungen in der Sackgasse steckte. Max erschrak ein wenig, als ihm klar wurde, dass sie seit dem dummen Streit schon fast eine Woche lang nichts mehr voneinander gehört hatten. Eigentlich seltsam, dass sich Veronika nicht auf dem Handy gemeldet hatte. Wo es sonst nie mehr als zwei oder drei Tage dauerte, bis sie ihre Streitigkeiten aus der Welt schafften.

Für Max war das eine ganz neue Erfahrung gewesen, als ihre Beziehung damals begann. Gestritten hatte er sich auch mit seiner früheren Frau viel, doch mit dem Versöhnen hatte es nie so recht geklappt. Natürlich waren sie am Ende heftiger Auseinandersetzungen immer mal wieder im Bett gelandet, doch sie hatten es nie geschafft, über die Dinge wirklich zu reden. Das war mit Veronika anders. Sie hatte keine Scheu, die wunden Punkte anzusprechen. Weder bei sich noch bei Max. Und so gelang es ihnen, immer wieder zusammenzukommen.

Doch was war diesmal anders? Als Max das Handy aus seiner Jackentasche zog, ertönte das altmodische Klingeln, das er sich vor kurzem aus dem Internet heruntergeladen hatte. Er mochte weder das moderne Schnarren, das viele Telefone einprogrammiert hatten, noch die Ausschnitte aus irgendwelchen bekannten Kompositionen, mit denen sich Hinz und Kunz als Musikliebhaber auszuweisen versuchten. Deshalb klang sein Handy genauso wie seinerzeit das erste schwarze Wählscheiben-Telefon seiner Oma.

»Das wäre doch zu viel Zufall, wenn jetzt Veronika anruft«, dachte Max, als er auf den kleinen Bildschirm schaute. Doch es war Sonja, der er ja vor ein paar Stunden versprochen hatte, sich noch mal zu melden.

»Max, warum meldest du dich nicht?«, fragte Sonja anstelle einer Begrüßung ganz aufgeregt. »Wir sitzen hier wie auf Kohlen.«

»Wir?«, fragte Max zurück.

»Ja, Gabi Thiele ist doch bei mir.«

An die Forschungsleiterin hatte Max gar nicht mehr gedacht. »Die kannst du laufen lassen, nachdem die Polizei im Sanatorium nach deinem Mann suchen will«, antwortete Max und fragte: »Kannst du reden?«

»Reden? Ich habe die ganze Nacht geredet. Und zwar mit Gabi Thiele. Die ist übrigens eine ganz patente Frau. Ich kann ihr gar nicht böse sein, dass sie mit Siegfried etwas angefangen hat. Sie hat einfach die Lücke besetzt, die zwischen ihm und mir entstanden war. Ich glaube, sie liebt ihn wirklich. Sie macht sich fast noch größere Sorgen als ich.«

»Oh, ist das vielleicht der Beginn einer wunderbaren Freundschaft?«, frage Max mit leiser Ironie.

»Spare dir deinen Spott. Ist es denn nicht normal, dass zwei Frauen, die den gleichen Mann lieben, irgendetwas gemeinsam haben?«

Max verkniff es sich, Sonja zu fragen, ob sie denn die Liebe zu ihrem Mann wiederentdeckt habe. Das war wohl der ungeeignetste Zeitpunkt. Und außerdem: Was ging es ihn an? Er wollte herausfinden, was mit Siegfried Berger passiert ist. Und warum Christina sterben musste.

Er berichtete Sonja von den Ereignissen des Vormittags. »Mehr weiß ich leider nicht. Ich hoffe, das sich der Kommissar noch mal meldet.«

Sonjas Vorschlag, sofort zu ihm zu kommen, blockte er ab. Erst wollte er mit Veronika sprechen.

Als Max Veronikas Stimme auf ihrer Mailbox hörte, wurde ihm ganz warm ums Herz. So wie damals, als er sie zum ersten Mal hörte. Veronika Waldbusch, Reporterin einer bekannten Illustrierten, hatte bei ihm in der Redaktion angerufen, weil sie ein paar Informationen über einen Geschäftsmann aus der Stadt brauchte, der wegen illegaler Exporte in den Irak angeklagt war. Und unter Kollegen half man sich gerne gegen ein kleines Informationshonorar.

Doch an Geld mochte Max gar nicht denken, als er Veronikas Stimme hörte. Einerseits klang sie samtweich, andererseits auch bestimmt und klar. Und dazu der leichte bayerische Akzent, den Max so mochte. Nicht das überdeutlich rollende R, mit dem bayerische Moderatoren im Fernsehen ihren Heimatnachweis ablieferten, nein, bei Veronika klang das alles viel dezenter. Mit ihrem offenen Lachen hatte sie Max sofort gewonnen. Und als die beiden sich dann bei dem Prozess kennenlernten, war es um sie geschehen. »Wie im Film. Nur noch kitschiger«, dachte Max immer wieder.

Und noch heute weckte Veronikas Stimme in Max das Verlangen, sie sofort in den Arm zu nehmen.

»Liebste, ich muss dringend mit dir reden. Ruf mich bitte auf dem Handy an«, sagte Max und fügte mit einem Lächeln hinzu: »Ich freu mich!«

Er trennte die Verbindung und steckte das Telefon in seine Hosentasche, um ihren Rückruf auf keinen Fall zu verpassen. Und es dauerte tatsächlich nur ein paar Minuten, bis das Gerät wieder klingelte.

»Vroni«, rief Max erleichtert in das Telefon, als er die Nummer sah.

»Na, du Verschollener«, lachte sie. »Nachdem du dich zuhause in Klausur verabschiedet hast, wollte ich dich nicht stören. Bist du noch böse auf mich?«

»Böse? Warum?«, fragte Max. »War ich dir schon jemals länger als 24 Stunden böse?«

»Allerdings«, rief Veronika. »Damals, als ich das Angebot hatte, nach Hamburg zu wechseln.«

»Was du dann aus lauter Liebe zu mir nicht getan hast«, entgegnete Max, der genau wusste, dass das nicht ganz stimmte. Als Veronikas Chef erfuhr, dass sie von der Konkurrenz umworben wurde, machte er ihr ein Angebot, das sie nicht ablehnen konnte.

»Du änderst dich auch nie. Zum Glück!«, hörte er Veronika vergnügt sagen. »Aber jetzt erzähl mal, wo du steckst. Dein Anruf klang ja richtig alarmierend.«

Veronika ließ Max reden. Als gute Journalistin wusste sie, dass man eine sprudelnde Quelle nicht ohne Not unterbrechen sollte.

»Wow, richtig spannend. Das gibt eine gute Story. Krieg ich sie?«, fragte sie schließlich, als Max fertig war.

»Wenn mein Honorar stimmt, natürlich. Aber darüber sollten wir persönlich und nicht am Telefon verhandeln.«

»In diesem Fall gerne. Spaß beiseite. Ich habe heute früh gerade eine Geschichte fertig gemacht und habe eigentlich Zeit. Soll ich zu dir kommen?«

Max blickte auf das Bett, das das Zimmermädchen während seiner Abwesenheit frisch bezogen hatte, und dachte an die unruhige letzte Nacht. »Meine Hormone sagen: sofort. Doch wenn ich den Kopf einschalte, habe ich eine bessere Idee. Du könntest als Patientin in die Schönheitsklinik einziehen.«

»Was hättest du denn gern? Einen noch größeren Busen? Ein paar Falten weniger? Oder ist dir mein Hintern zu dick geworden?«

»Wehe, du lässt irgendetwas ändern. Außer deinen krummen Zehen. Die kannst du wegen mir von Dr. Wenger begradigen lassen. Wenn sich der Schönling für so etwas nicht zu schade ist.«

Max liebte Veronikas Körper. Sie war das, was man allgemein mit dem Wort vollschlank umschrieb. Also eher voll als schlank, aber auch weit entfernt davon, wirklich dick zu sein. »Richtig Weib eben«, dachte Max, der nie verstanden hatte, warum viele Frauen die Bohnenstange zum Schönheitsideal erhoben hatten. Die waren zwar am Strand nett anzuschauen, sofern sie sich den Busen noch nicht total abgehungert hatten, aber im Bett?

»Eigentlich müsste ich mir die Sachlage nach so langer Abstinenz erst genauer anschauen«, rief Max vergnügt. »So schwer es mir auch fällt, ich glaube, die Idee, dich als Patientin bei Dr. Wenger unterzubringen, ist gar nicht so schlecht. Dann können wir uns ja in der Sauna treffen – und sind vielleicht sogar alleine.«

Veronika ließ sich von Max die Telefonnummer des Sanatoriums geben und versprach, noch am Nachmittag zu kommen.

Max beschloss, im Hotel zu Mittag zu essen. Falls der Kommissar käme, wollte er nicht zu weit weg sein. Gerade als er vom Foyer aus nach rechts ins Restaurant abbog, kam Brunnhuber durch die Drehtür.

»Zu Ihnen wollte ich gerade.«

»Sollen wir zusammen essen?«, fragte Max. Und da er ja ohnehin auf Spesen reiste, fügte er großzügig hinzu: »Ich lade Sie gerne ein, sofern das in Österreich nicht als Beamtenbestechung gilt.«

»Essen war in Österreich noch nie eine Schande«, erwiderte der Kommissar und sah auf seinen Bauch hinunter. »Ich komme gerne mit.«

So viel Freundlichkeit konnte nur bedeuten, dass er ihm gegenüber keinerlei Verdacht mehr hegte, überlegte sich

Max. Oder das Gegenteil: den Verdächtigen mit Freundlichkeiten ködern und dann aushorchen. Wäre auch keine schlechte Taktik. Doch da Max nichts zu verbergen hatte, war ihm das letztlich egal. Schließlich war er es, der auf Informationen hoffte.

Sie wählten einen Platz am Fenster, von wo aus sie hinaus auf den See schauen konnten. Nichts deutete darauf hin, dass hier erst vor wenigen Stunden eine junge Frau gestorben war. Die Tische neben ihnen waren leer und Max hoffte, dass dies so bleiben würde.

Das leichte Mittagsmenü, das das Hotel anbot, klang verlockend. Kürbiscremesuppe, gefolgt von einem bunten Salat und einer mit Currysauce servierten, gegrillten Hähnchenbrust. Zum Nachtisch winkte dann hausgemachter Topfenstrudel.

Als der Kommissar wohlwollend nickte, bestellte Max für sie beide. Den Wunsch, dazu ein Glas Weißwein zu trinken, verkniff er sich in Anwesenheit des Kriminalbeamten.

Doch der verlangte, nachdem Max eine große Flasche Wasser bestellt hatte, nach einem Viertel grünen Veltliner. »Aber einen gescheiten«, schärfte er der Bedienung ein. Die sah Max fragend an und sagte, als dieser nickte: »Gerne, zwei Viertel Veltliner.«

»Und das im Dienst?«, fragte Max scherzhaft.

»Was heißt hier Dienst? Wir zwei machen doch gerade Mittagspause. Im Dienst würde ich nie Alkohol trinken.«

Max lachte freundlich über den Scherz. »Dürfen wir dann eigentlich über den Fall reden?«

»Das ist doch ganz einfach. Im Dienst darf ich zwar nichts Privates machen, wenn ich aber in meiner Freizeit arbeite, hat niemand etwas dagegen.«

Die Bedienung kam schon mit den Getränken. Der Kommissar und Max prosteten sich zu. »Auf dass wir Siegfried Berger finden – und den Mörder von Christina Kerner«, sagte Max.

»Kein schlechter Tropfen«, antwortete der Kommissar, nachdem er einen kräftigen Schluck genommen hatte. Er hielt das Glas noch mal hoch, schwenkte den Wein hin und her und sog die Aromen durch die Nase tief in sich hinein. »Wäre ja auch seltsam, wenn sie in einem Laden wie diesem schlechten Wein ausschenken würden – und dann auch noch an die Polizei.«

Er machte eine kurze Pause und fuhr fort: »Sie liegen gar nicht so falsch. Frau Kerner wurde allem Anschein nach ermordet. Wir haben an ihrem Hals Würgemale gefunden. Möglich, dass der Täter sie bewusstlos in den See warf, wo sie dann tatsächlich ertrank.«

»Sie erzählen mir das so freimütig. Heißt das, dass Sie mich nicht verdächtigen, irgendetwas mit Christinas Tod zu tun zu haben?«

»Im Moment nicht, wobei wir ja noch ganz am Anfang stehen. Aber alles, was ich Ihnen gesagt habe, steht morgen ohnehin in der Zeitung. Und einen kleinen Vorsprung können Sie ruhig haben.«

»Und Siegfried Berger? Gibt es eine Spur von ihm im Sanatorium?«

»Leider nein. Dr. Wenger hat derzeit nur einen männlichen Patienten, der Rest sind alles Frauen. Und dieser Mann ist einwandfrei Österreicher aus Graz. Ich habe seine Papiere gesehen.«

»Wie sieht der Mann aus?«

»So, wie man nach einer großen kosmetischen Operation aussieht. Einbandagiert bis oben hin. Den würde nicht mal seine eigene Frau erkennen. Dr. Wenger sagte, der Mann habe Brandverletzungen im Gesicht, weshalb er größere Stücke Haut transplantieren musste. Das war auch der Notfall von gestern Abend. Dem war der Kreislauf abgesackt. Aber Dr. Wenger hat das schnell wieder in den Griff bekommen.«

»Und es besteht kein Zweifel an der Identität des Mannes?«

»Für uns nicht. Die Kollegen in Graz sind sogar bei ihm zuhause vorbeigefahren. Niemand da. Und die Nachbarin hat bestätigt, dass er im Krankenhaus liegt.«

»Das wäre auch zu schön gewesen. Aber was sagt denn der Doktor zur Aussage von Bergers Geliebten? Die behauptet doch, er habe den Verletzen in sein Sanatorium gebracht.«

»Das streitet Dr. Wenger gar nicht ab. Doch der Zusammenbruch sei harmlos gewesen. Ein paar Spritzen – und Berger sei schon am Nachmittag wieder fit gewesen. Nur wollte er nicht zurück zu seiner Geliebten. Er bat Dr. Wenger, der Frau zu erzählen, er liege im Koma. Berger sei dann am Tag darauf abgereist. Und seitdem hat Dr. Wenger nichts mehr von ihm gehört. Sagt er. Und es klingt glaubhaft.«

Wenn das tatsächlich stimmte, war Berger nicht nur vor seiner Frau, sondern auch vor seiner Geliebten geflüchtet. »Wohin er wollte, hat er nicht gesagt?«

»Offenbar nicht. Wissen Sie, ob Berger vielleicht Geld im Ausland deponiert hat?«

»Keine Ahnung, aber ich kann seine Frau fragen.« Max zückte sein Handy.

In diesem Moment kam die Kellnerin mit den Suppentellern. »Da kommt es auf eine halbe Stunde auch nicht an«, sagte der Kommissar und griff zum Löffel. »Lassen Sie uns erst mal essen.«

Als die beiden beim Kaffee auf der Terrasse saßen, klingelte Max' Handy. Er erkannte Sonjas Nummer. Sie brannte vor Neugier. »Ich sitze hier und kann gar nichts tun. Das ist fürchterlich.«

Max sah den Kommissar an, der genussvoll seinen Kaffee trank und ihn mit einem Nicken aufforderte, weiterzutelefonieren.

»Gar nicht dumm, der Kerl«, dachte Max. »So kriegt er nebenbei mit, was ich mit Sonja zu besprechen habe.« Doch obwohl ihm Brunnhuber durchaus sympathisch war, musste der nicht alles wissen.

So berichtete er Sonja nur kurz von den Erkenntnissen des Kommissars und fragte, ob ihr Mann Auslandskonten habe. Doch Sonja wusste von nichts.

»Was unternehmen Sie jetzt?«, fragte Max, nachdem er aufgelegt hatte.

»Wir spulen erstmal unsere Routine ab und befragen alle Leute, die gestern Abend hier gewesen sein können. Irgendjemand hat bestimmt etwas bemerkt.«

Als der Kommissar gegangen war, zog sich Max auf den Balkon seines Zimmers zurück, schloss die Augen und dachte an Veronika.

Er sah ihr fröhliches Gesicht vor sich, ihre halblangen dunklen Haare und auch die eine Strähne, die ihr immer in die Augen hing, die sie aber auf gar keinen Fall abschneiden wollte. Sie wusste zu gut, wie kokett es aussah, wenn sie mitten im Gespräch ihren Kopf nach hinten warf, um die Strähne aus ihrem Gesicht zu verbannen – was ihr aber meist nur für kurze Zeit gelang. Ihre Gesichtshaut war glatt und zart, nur ein paar Falten in den Augenwinkeln verrieten, dass sie die Dreißig auch schon hinter sich gelassen hatte.

Veronika war damals mit solcher Wucht in Max' Leben geplatzt, dass er noch heute, gut drei Jahre später, lächeln musste, wenn er an ihre erste gemeinsame Nacht dachte. Stundenlang hatten sie über den Prozess gesprochen, bei dem sich sie getroffen hatten, über ihren gemeinsamen Beruf und irgendwann auch über ihr Privatleben.

Veronika hatte sich gerade von ihrem Freund getrennt, der sie zur Familienmutter machen wollte. »Bei der Vorstellung, jeden Morgen meinen Kindern die Schulbrote zu schmieren und meinem erfolgreichen Mann einen Abschiedskuss auf die Wange zu hauchen, bin ich richtig erstarrt«, hatte sie damals erzählt und in Max jemanden gefunden, der dies nur zu gut nachvollziehen konnte. Nur dass es bei ihm umgekehrt gewesen war.

Als Maria, mit der er seit seinem zwanzigsten Geburtstag zusammen war, schwanger wurde, bestand sie darauf, dass Max, der gerade sein Studium begonnen hatte, das Kind hütete, während sie als Ärztin Karriere machte. Zwei Jahre ging das gut, dann fiel Max die Decke auf den Kopf. So sehr er seine kleine Tochter auch liebte, er hatte sich sein Leben anders vorgestellt. Eines Morgens, als die Kleine bei der Oma war, packte er seine Sachen und suchte das Weite. Drei Monate lebte er an einem Strand in Südspanien, bevor er sich wieder bei Maria meldete – und ihr sagte, dass er nie zur ihr zurückkehren werde.

»Und heute ist das kleine Kind von damals schon erwachsen und macht dich vielleicht bald zum Opa«, dachte Max und versuchte, die Gedanken an die Vergangenheit beiseitezuschieben.

Veronika war an diesem ersten Abend wie selbstverständlich bei ihm geblieben, und als sie im Morgengrauen erschöpft und glücklich einschliefen, hielten sie sich umschlungen wie zwei Ertrinkende, die sich gegenseitig retten möchten. Max spürte, dass das der Beginn eines ganz neuen Lebensabschnitts war.

Und nun würde es nur noch ein paar Stunden dauern, bis Veronika als Patientin von Dr. Wenger ins Alpen-Spa käme. Der Streit in seinem Garten schien Max unendlich lange herzusein. So war es meistens bei ihnen. Beide waren sie sehr starke und nicht ganz einfache Charaktere, zwischen denen es immer knisterte und manchmal auch krachte. Doch bislang hatten sie sich immer wieder versöhnt.

Er zwang sich, die Augen zu öffnen, um seine Gedanken wieder auf die Geschehnisse der letzte Tage zu richten. Hier im Alpen-Spa war es jetzt so ruhig und friedlich, dass er sich wünschte, alles sei nur ein Traum. Gleich würde er die Treppe hinuntergehen und Christina sehen, die ihm von der Rezeption aus zulächeln würde. Und dann käme Siegfried Berger gut gelaunt von einer Wanderung zurück und würde sich wundern, dass seine Frau ihn tatsächlich vermisste.

Doch Christina war tot und Siegfried Berger verschwunden. Max konnte nicht so recht glauben, dass Berger tatsächlich nicht im Sanatorium war. Warum sollte seine Geliebte lügen? Das Einfachste für sie wäre ja gewesen, gar nichts von dem Ausflug ins Alpen-Spa zu erzählen. Hätte sie gesagt, Siegfried Berger wäre nach dem Kongress allein abgereist, hätte wohl niemand daran gezweifelt. Aber andererseits hatte Kommissar Brunnhuber den einzigen männlichen Patienten einwandfrei identifiziert.

Max stand auf, stellte sich ans Balkongeländer und steckte die Hände gedankenverloren in die Hosentaschen. Ganz automatisch spielte er mit einem runden Stück Plastik, das in der linken Tasche steckte. Erst als er es herausholte, nahm er wahr, dass es sich um den Chip handelte, der alle seine Bewegungen registrierte und weit nach oben zu irgendwelchen Satelliten schickte. »Hätte Siegfried Berger sein Gerät auf Dauerbetrieb gestellt, wüssten wir schnell, wo er steckt«, dachte Max. »Aber er wollte ja mit seiner Geliebten gar nicht gefunden werden.« Vielleicht hatte er das Notebook zu Hause gelassen, weil er sich mit nichts anderem als mit Laufen, Wandern und der Liebe beschäftigen wollte. Die Auswertungen hätte er ja später vornehmen können. »Das«, dachte Max, »spricht doch eigentlich dagegen, dass er von sich aus das Weite gesucht hat.«

Er ging ins Zimmer zurück, holte sein Handy aus der Tasche und wählte Sonjas Nummer.

»Max, was passiert bei dir? Ich sitze hier wie auf Kohlen und erfahre nichts«, sagte sie anklagend und hatte wohl vergessen, dass sie Max den gleichen Vorwurf kurz zuvor schon einmal gemacht hatte.

»Du kannst doch alle meine Bewegungen verfolgen«, antwortete Max, der sich aber sicher war, dass sie das nicht mehr tat. Und selbst wenn: Er lief im Moment ja nur im Hotel hin und her.

»Sonja, kannst du überprüfen, ob dein Mann irgendwo Geld abgehoben oder seine Kreditkarte benutzt hat? Wenn es stimmt, dass er putzmunter von hier weggefahren ist, braucht er ja Geld.«

Sonja schien froh darüber zu sein, etwas tun zu können. »Ich kläre das sofort. Da die Konten auf uns beide laufen, dürfte das kein Problem sein.«

»Und noch was«, fuhr Max fort, »ich möchte, dass mein Freund Georg sich noch mal die Läufe deines Mannes vornimmt. Vielleicht findet er ja noch Hinweise auf frühere Aufenthalte hier im Hotel oder sonstwo.«

Die beiden vereinbarten, dass Sonja das Notebook zu Georg bringen würde, sobald Max mit ihm telefoniert hatte.

Georg war Feuer und Flamme. »Das ist mal was anderes als zu überprüfen, ob die Sekretärin des Landrats auch ja den billigsten Flug gebucht hat.« Aber Max wusste, dass Georg seine Arbeit gerne tat – und auch froh war, dass sie ihm nicht zu viel Energie nahm, die er ja lieber in seine Passion, das Laufen, steckte. »Ich geh das mal durch und schick dir dann eine SMS«, versprach sein Freund und versicherte hoch und heilig, niemandem etwas zu erzählen.

Die SMS, die sich eine knappe Stunde später mit einem leisen Klingelton ankündigte, stammte aber nicht von Georg. »Bin beim Schönheitsgott und gehe in einer halben Stunde in die Sauna. Hast du Lust auf was Heißes? Kuss. V.«

»Ich koche innerlich schon«, schrieb Max zurück und holte Bademantel und -schuhe aus dem Schrank.

Als er die Tür zum Saunabereich mit seinem Zimmerschlüssel aufschloss, empfing ihn ein angenehmer Sandelholzduft, den er aus den Räucherstäbchen-Zeiten seiner Jugend kannte. Von irgendwoher erklang leise Meditationsmusik. »Jetzt ein Joint, und du bist fünfundzwanzig Jahre jünger«, dachte er und sah sich um. Doch von den Hippies aus seiner Jugend war niemand zu sehen – sie hätten auch kaum in das vornehme Ambiente gepasst. Die Wände waren in sanften Gelb- und Brauntönen gestrichen, die ineinander verflossen und ständig neue Muster bildeten. Im Ruheraum stand ein gutes Dutzend Korbliegen im Halbkreis, durch ein großes Fenster ging der Blick hinaus in einen von hohen Hecken abgegrenzten Garten. Drei verschiedene Saunen standen zur Auswahl, vor der mittleren, an deren Tür ein Schild auf die Temperatur von 90 Grad hinwies, stand ein Paar Badeschuhe von dem gleichen Modell, das auch Max aus seinem Zimmer mitgebracht hatte.

Durch die Scheibe in der Tür warf er einen Blick in das schummrig beleuchtete Innere. Auf der oberen Bank lag tatsächlich Veronika. Sie hatte die Augen geschlossen, ihre Arme lagen verschränkt auf dem Bauch, die Beine hatte sie leicht angewinkelt. Max lächelte und ließ seinen Blick noch eine Weile auf ihr ruhen. Wie oft hatte er ihren Körper schon betrachtet, und jedes Mal war er aufs Neue erregt, wenn er ihren kräftigen Busen sah, der sich hob und senkte. Max sah die vielen kleinen Schweißtropfen und wünschte sich, sofort jeden einzelnen davon wegzuküssen.

Er hängte seinen Bademantel an einen Haken im Ruheraum und holte ein großes Handtuch von dem Stapel in der Ecke. Bevor er die Tür ganz leise öffnete, nahm er das Schild mit der Aufschrift »Aufguss – bitte nicht eintreten« und hängte es vor die Glasscheibe.

Veronika hatte Max längst bemerkt, doch sie schien seine Blicke auf ihrem nackten Körper auskosten zu wollen. Halb öffnete sie die Augen, lächelte erwartungsvoll und streckte ihre Arme aus. Er kniete sich auf die untere Bank und beugte seinen Kopf über ihren. Sie zog ihn sanft zu sich heran, presste ihren Mund auf seinen und küsste ihn heftig. »Max, du hast mir gefehlt«, flüsterte sie.

»Und du mir!« Max küsste sie erneut. Mit einer Hand hielt er ihren Kopf umfasst, die andere glitt langsam an ihrem nassen Körper entlang. Er streichelte ihren weichen Bauch, und als seine Hand sich ihrem mit leichtem Flaum bewachsenen Hügel näherte, öffnete sie bereitwillig die Beine und begann ihrerseits, Max zu streicheln. »Komm, bitte«, hauchte sie und zog ihn auf sich. Max spürte die Hitze zwischen ihren Beinen. Aus den Augenwinkeln heraus blickte er noch einmal zur Tür, um sich zu vergewissern, dass sie wirklich alleine waren. Max nahm gar nicht wahr, dass seine Knie auf dem harten Fichtenholz der Bank scheuerten, als eine weiche, warme Welle seinen Körper erfasste.

»Sie gehen aber ganz schön ran, junger Mann«, sagte Veronika mit einem schelmischen Grinsen, als Max wenig später neben ihr auf dem Handtuch lag. »Ist das hier im Hotel so üblich?«

»Selbstverständlich, Gnädigste, dafür bin ich ja da.«

»Wehe, du Schuft, wenn du das mit einer anderen machst«, drohte Veronika und zog Max wieder zu sich hin. »Jetzt ist mir aber ganz schön heiß.«

»Nichts anderes hast du ja in deiner SMS bestellt. Aber ich glaube, ich kann jetzt auch eine Abkühlung gebrauchen. Sex bei 90 Grad ist für einen alten Mann wie mich schon anstrengend.«

»Hab ich dir gar nicht angemerkt«, sagte Veronika und stand auf. »Vielleicht sollten wir zur Abwechslung im Tauchbecken weitermachen.«

Wenig später schob Max im Ruheraum zwei Liegen aneinander. Beide trugen sie die gleichen Hotelbademäntel. Veronika hatte ein Handtuch um ihren Kopf gebunden. »So kann man es doch aushalten, oder?«

»Sehr gerne. Aber wir sollten zwischendurch nicht vergessen, warum wir hier sind.«

»Jawohl, Herr Detektiv. Welchen Auftrag haben Sie für mich?«

»Ich glaube, dass Siegfried Berger im Sanatorium ist. Halt doch mal die Augen offen, ob dir irgendwas auffällt.«

Vor dem Abendessen hatte Veronika noch einen Termin bei Dr. Wenger, um die Behandlung zu klären. Sie hatte sich als gestresste Textchefin einer großen Münchner Werbeagentur vorgestellt, die vor dem Start einer umfangreichen neuen Kampagne dringend etwas Erholung brauchte. Und nebenher noch ein paar Krampfadern loswerden wollte.

Sie beschlossen, sich nach dem Abendessen an der Hotelbar zu treffen, um sich dort, möglichst vor vielen Zeugen, »rein zufällig« kennenzulernen.

Doch das erwies sich gar nicht mehr als nötig. Als Max zum Abendessen ging, empfing ihn der Oberkellner schon an der Tür. »Eine Bitte, Herr Baron«, sagte er betont freundlich. »Wir haben einen neuen Gast, eine Dame aus München. Und die hat darum gebeten, einen Platz direkt am Fenster zu bekommen. Jetzt wollte ich Sie fragen, ob Sie eventuell tauschen würden oder ob wir die Dame an Ihrem Tisch platzieren dürften?«

Max musste sich bremsen, um nicht spontan ein freudiges Ja auszustoßen. So viele Münchnerinnen waren heute wohl nicht gekommen.

»Meinen Sie, ich könnte mal einen Blick auf die Dame werfen?«, fragte er und lächelte verschmitzt. Der Kellner sah sich um und deutete mit einem sehr diskreten Kopfnicken in Richtung der Bar. »Sie nimmt dort gerade ihren Aperitif.«

»Dann werde ich mich doch mal zu ihr gesellen«, antwortete Max und schlenderte in Richtung Bar.

»Guten Abend, mein Name ist Max von Steyn. Der Kellner sagte mir gerade, dass Sie um einen Fensterplatz gebeten haben. Wenn Sie mir die Freude machen würden, an meinem Tisch Platz zu nehmen ...«

»Du vornehmer Pinkel«, flüsterte Veronika, so dass es niemand hören konnte, und setzte lauter hinzu: »Veronika Waldbusch, freut mich sehr, Sie kennen zu lernen. Ich nehme Ihr Angebot sehr gerne an. Darf ich Sie als kleines Dankeschön zu einem Glas Champagner einladen?«

»Gerne, ich liebe Champagner.« Max lächelte verführerisch. Ein guter Champagner hatte schon so manche lustvolle Nacht der beiden noch prickelnder gemacht.

Da die Tische neben ihnen alle besetzt waren, mussten sie ihr Spielchen zunächst fortsetzen. Dankbar dachte Max wieder an das Smalltalk-Seminar und spulte das ganze Programm ab. Veronika zeigte sich als gute Gesprächspartnerin, die es ebenfalls gelernt hatte, eine leichte Konversation zu führen und dabei trotzdem so manches Detail aus ihrem Gesprächspartner herauszukitzeln. Und als sich dann zeigte, dass der Verlagsmanager Max und die Werbeexpertin Veronika im weitesten Sinne auch noch in verwandten Berufen arbeiteten, war es an der Zeit, so laut auf das Du anzustoßen, dass es ihre Tischnachbarn keinesfalls überhören konnten. Als Max mitbekam, wie die ältere Dame neben ihnen zu ihrem Begleiter etwas von »jugendlichem Urlaubsflirt« sagte, wussten die beiden, dass ihre Tarnung stimmte.

»Du bist eine bemerkenswerte Frau«, sülzte Max, als sie nach dem Essen wieder an der Bar standen. »Ich kenne dich gerade mal eine Stunde und habe doch den Eindruck, es wäre schon ewig.«

»Ganz meinerseits«, erwiderte Veronika und blinzelte ihm verschwörerisch zu. »Ich glaube, das liegt an der guten Luft hier im Pinzgau.«

»Es könnte schon sein, dass da was in der Luft liegt«, sagte Max vieldeutig und verstummte, als er sah, dass sich Dr. Wenger ihnen näherte.

»Guten Abend, Frau Waldbusch. Ich sehe, Sie haben schon Anschluss gefunden.«

»Ja, darf ich Ihnen Herrn von Steyn vorstellen? Er ist so freundlich, seinen Tisch am Fenster mit mir zu teilen.«

»Das ist mir doch ein Vergnügen«, fiel Max ihr ins Wort. »Dr. Wenger und ich kennen uns ein wenig.«

»Herr von Steyn hatte ebenfalls die Absicht, ein paar Tage bei uns im Sanatorium zu verbringen. Doch leider wurden unsere diesbezüglichen Gespräche unterbrochen«, sagte Dr. Wenger und blickte Max und Veronika vielsagend an.

»Dann haben wir ja noch viel mehr gemeinsam als unseren Tisch beim Essen«, rief Veronika entzückt, und Max bewunderte ihr schauspielerisches Talent. Sollte Dr. Wenger versucht haben, die beiden aufs Glatteis zu führen, war ihm das deutlich misslungen.

»Derzeit stelle ich meine Pläne zurück«, sagte Max in Richtung des Arztes. »Aber aufgeschoben ist nicht aufgehoben.«

»Dann wünschte ich Ihnen beiden noch einen angenehmen Abend.« Dr. Wenger lächelte vieldeutig. »Und wir zwei, Frau Waldbusch, sehen uns morgen früh um neun.«

Als Wenger außer Hörweite war, sagte Max: »Der hat was zu verbergen. Da bin ich mir sicher. Und wir werden herausfinden, was.«

Schweren Herzens verabschiedete er sich von Veronika. »Vielen Dank für den zauberhaften Abend.« Er hauchte ihr einen Kuss auf die Wange und flüsterte: »Und für die Vorspeise in der Sauna.«

»Ganz meinerseits«, erwiderte Veronika. »Gerne wieder.« Und setzte flüsternd hinzu: »In der Sauna oder anderswo.«

Die kühle Abendluft strömte Max entgegen, als er die Balkontür seines Zimmers öffnete. Die Sonne hatte sich schon lange hinter den Bergen verabschiedet, die der Mond jetzt in ein düsteres Licht tauchte. Max atmete ein paar Mal tief ein und aus und beschloss, einen kleinen Abendspaziergang zu machen. Etwas oberhalb des kleinen Sees sah er einen Felsvorsprung, von dem aus man einen guten Blick auf das Hotel haben müsste. Er steckte sein Handy ein, trennte den Überwachungschip vom Ladekabel und ließ ihn ebenfalls in seine Hosentasche gleiten.

Von dem Felsvorsprung aus wirkte das Hotel wie ein richtiger Palast. Max stellte sich vor, wie hier vor vielen Jahren Kutschen vorfuhren, elegant gekleidete Männer und Frauen zu abendlichen Empfängen kamen, umsorgt von Heerscharen von Untertanen. Wirklich anders war es ja heute auch nicht. Nur dass die Gäste kräftig zahlten.

Als Max das Handy herausholte, um auf die Uhr zu schauen, bemerkte er das kleine Briefsymbol auf dem Bildschirm. Georg hatte eine SMS geschickt. »Hochinteressant. Ruf mich an. Egal wann.«

Zehn Sekunden später hatte er ihn an der Strippe. »Unser Freund ist ein echtes Laufwunder. Komisch, dass wir den nie bei irgendwelchen Wettkämpfen gesehen haben. Der läuft die zehn Kilometer in gut 38 Minuten. Da wäre er beim Zirbelwaldlauf sicher unter die ersten zehn gekommen. Aber weißt du, was mich stutzig macht?«

»Georg, bitte stelle keine rhetorischen Fragen, sondern sag mir, was du weißt«, drängelte Max.

»Schon gut. Der Mann hat eine Wahnsinnssteigerung hingelegt. Ich habe mir mal seine alten Ergebnisse angeschaut. Noch vor einem Jahr lief der die 10 Kilometer in 55 Minuten. Also so schnell – oder langsam – wie du. Und die Trainingsumfänge hat er eigentlich nicht gesteigert.«

»Und was schließt du daraus?«

»Eigentlich gibt es nur eine Erklärung. Der hat nachgeholfen.«

»Du meinst Doping? Bei einem Hobbyläufer, der nicht mal bei Wettkämpfen antritt?«

»Das wundert mich auch. Doping generell ist schon ein Thema. Oder besser gesagt, es sollte eins sein, auch wenn wir alle lieber nicht drüber reden. Ich kenne genügend, die beim Marathon vor den letzten zehn Kilometern ein paar Aspirin einwerfen, damit es nicht so weh tut und das Blut flüssiger bleibt.«

»Ist das schon Doping?«

»Streng genommen schon. Oder denk an Günther Hirschberg, deinen speziellen Freund.«

»Du hast wohl recht«, sagte Max. Günther Hirschberg gehörte zu den wenigen Menschen unter den Läufern, die er überhaupt nicht leiden konnte. Als Hirschberg mit dem Laufen anfing, war er leicht übergewichtig und arbeitete als Geschäftsführer des größten Bekleidungshauses der Stadt. Und da sah es nicht so vorteilhaft aus, wenn ihm der Bauch zu sehr über die Hose hing.

Von Anfang an nervte Max die große Klappe des Mannes, der lieber japste und keuchte als den Mund zu halten. Immer war er der Beste und Tollste, kannte sich überall aus. Und doch war nichts dahinter. Seinen Geschäftsführerposten war er bald los, als herauskam, dass er die Bilanz ein wenig geschönt hatte, und sich immer mehr Mitarbeiter über seinen Führungsstil beschwerten.

Doch beim Laufen ging es aufwärts. Schon bald wechselte er beim wöchentlichen Lauftreff in die schnellste Gruppe. Sein Bauch schwand, aber seine Gesichtszüge wurden immer härter, nachdem die letzten Fettreserven verbraucht waren. Und dann sah ihn jemand, wie er vor einem Lauf ein Asthmaspray benutzte – eins der beliebtesten Dopingmittel bei Ausdauersportlern, weil es die Sauerstoffaufnahme im Blut erleichtert. Seitdem hatte Max kein Wort mehr mit Günther Hirschberg gewechselt.

Ihm war klar, warum Hirschberg das tat: Übersteigerter Ehrgeiz als Folge seiner Midlife-Crisis. Wie so viele andere hatte sich Hirschberg von seiner Frau getrennt. Doch als es in der neuen Partnerschaft genauso wenig klappte, verfiel er aufs Laufen. Nun hatte er die Fünfzig hinter sich und freute sich jedes Mal riesig, wenn er einen Jüngeren schlug. Und wenn eine Frau schneller war als er, zog er ein langes Gesicht und fand tausend Entschuldigungen.

Aber all das passte nicht auf Siegfried Berger. Er lief offenbar nur für sich, nicht einmal seine Frau wusste von seiner enormen Leistungssteigerung.

»Vielleicht wollte er ja irgendwann als Shooting-Star auftreten. Läuft den ersten Marathon seines Lebens und bleibt unter 2 Stunden 30«, mutmaßte Max.

»Überzeugt mich nicht. Warum sollte er? Wäre er so ein Wichtigtuer wie Hirschberg, dann hätte er sich schon lange mal bei uns gezeigt«, entgegnete Georg. »Aber sag mal, was macht der Mann denn beruflich?«

»Der ist Geschäftsführer eines Pharmaunternehmens. Studierter Mediziner.«

»Vielleicht stellen die ja irgend so ein Zeug her. Und er probiert es aus.«

»Soweit ich weiß, machen die ganz andere Sachen. Die erforschen neue Malariamittel und impfen Erdbeeren Anti-Matsch-Gene ein.«

»Na ja, vielleicht hat er ja die Turbo-Erdbeere entwickelt. Da isst du ein halbes Pfund und rennst wie ein junger Gott.«

»Vielleicht hast du ja Recht, Georg. Ich schau mal, ob ich was rauskriege. Wann hat er den Erdbeer-Turbo denn eingeschaltet?«

»Das begann ziemlich genau vor einem halben Jahr. Er steigerte sich von Woche zu Woche. So was ist mit normalem Training nicht drin.«

»Georg, vielleicht haben wir ja eine Spur. Wenn dir noch was auffällt, melde dich.«

Max wünschte dem Freund eine gute Nacht und legte das Handy neben sich. Er musste dringend mit Sonja Berger reden. Und mit Gabi Thiele. Als Forschungsleiterin müsste sie ja wissen, woran in der Firma gearbeitet wurde.

Eine innere Unruhe erfasste ihn. Hatte er wirklich den Schlüssel zu dem Fall gefunden? Aber selbst wenn Siegfried Berger gedopt durch die Gegend gelaufen war, wo steckte er jetzt? Warum war er verschwunden? Und welche Rolle spielte Dr. Wenger in der ganzen Geschichte?

Max griff wieder zum Handy, um Veronika anzurufen. Er musste ihr von Georgs Entdeckung berichten und dann so schnell wie möglich heimfahren, um mit Sonja und Gabi Thiele zu sprechen.

Als Max Veronikas verschlafene Stimme hörte, stand er auf, um besser zum Hotel hinuntersehen zu können. »Mach mal das Licht an und stell dich ans Fenster, damit ich dich sehe«, sagte er, und ein warmes Gefühl erfasste ihn, als Veronika die Vorhänge zurückzog. »Was soll das, Max? Wo steckst du?«

Max erklärte ihr, wo er war und was Georg herausgefunden hatte, als er plötzlich mitten im Satz innehielt. »Da unten am See ist jemand. Ungefähr da, wo Christina ins Wasser gefallen sein muss.«

Von seinem Standort aus konnte Max zwischen den Bäumen hindurchsehen. Leicht schwankend näherte sich ein kräftiger Mann, Max schätzte ihn auf 1,80 Meter, dem Wasser. Er geriet ins Stolpern, fing sich aber sofort wieder. Vom Hotel aus war er sicher nicht zu sehen, da die Büsche am Ufer den Blick versperrten. »Veronika, ich schau mir das mal an und melde mich nachher wieder.«

»Max, pass auf dich auf. Meinst du nicht, dass das eher was für die Polizei ist?«

»Und wenn das nur ein betrunkener Hotelgast ist? Dann hält mich Kommissar Brunnhuber doch für einen totalen Spinner.«

Max lief den Berg hinunter, so schnell es der schmale Pfad erlaubte. Sein Herz klopfte. Er glaubte selbst nicht daran, dass es sich um einen Betrunkenen handelte. Wer vom Hotel aus zum See ging, lief direkt auf den Steg zu. Diese Stelle war zu abgelegen, um dort zufällig hinzukommen.

Als Max noch etwa 150 Meter vom See entfernt war, verlangsamte er seinen Schritt. Der Unbekannte sollte ihn nicht zu früh bemerken. Max blieb hinter einer dicken Buche stehen und blickte sich um. Seine Augen hatten sich schon an die Dunkelheit gewöhnt, so dass er den Mann ohne Schwierigkeiten ausmachen konnte. Er saß jetzt ganz ruhig im Gras, den Blick starr aufs Wasser gerichtet. Plötzlich hob er den Arm und bewegte ihn nach vorne. Kurz darauf hörte Max ein leises Platschen.

Max hob einen Ast vom Boden auf und zerbrach ihn mit einem deutlich vernehmbaren Knacken. Keine Reaktion. Auch als Max einen Teil des Astes in einen nahe gelegenen Busch warf, rührte sich der Mann nicht.

Max konnte nicht länger warten, er wollte wissen, was dort los war. Mit möglichst lauten Schritten näherte er sich der Gestalt. Wieder keine Reaktion.

»Guten Abend, kann ich Ihnen irgendwie helfen?«, fragte Max, als er noch zwei Meter von dem Mann entfernt war.

Die Gestalt schüttelte den Kopf. »Mir kann niemand mehr helfen.«

Max kannte die Stimme. Beim letzten Mal hatte sie noch viel kräftiger und aggressiver geklungen.

»Martin, was ist mit Ihnen los?«, fragte Max und blickte Christinas Freund an. Dessen Augen hatten jeden Glanz verloren. Mit tonloser Stimme sagte er: »Lassen Sie mich. Jetzt ist sowieso alles vorbei.«

»Was meinen Sie damit? Was ist vorbei?«

»Mit mir. Ohne Christina will ich nicht mehr leben. Nach allem, was passiert ist.« Martin schloss die Augen, sein Körper legte sich etwas zur Seite. Bevor er umkippen konnte, hielt Max ihn fest. »Martin, hören Sie mich? Was ist passiert?«

»Ich …« Martin stockte. Das Sprechen schien ihm schwerzufallen. »Ich habe Christina getötet.«

»Sie? Warum? Und warum haben Sie mich dann beschuldigt, etwas mit ihrem Tod zu tun zu haben?«

»Ich war eifersüchtig.« Martin stockte erneut.

»Weiter«, drängte Max.

»Mein Cousin hatte mir erzählt, dass Sie mit Christina auf der Alm waren. Was wollten Sie von ihr?«

»Nur das, was ich Ihnen schon gesagt habe: Ein wenig Hilfe bei der Suche nach Siegfried Berger.«

»Und ich dachte, sie geht fremd. Deshalb haben wir gestritten. Hier, an dieser Stelle. Ich bekam so einen Zorn, dass ich sie gepackt habe. Und plötzlich ist sie zusammengesunken.«

»Und dann haben Sie sie ins Wasser gestoßen.«

Martin reagierte zunächst nicht auf Max' Worte, sondern blickte apathisch auf den See. Erst als Max ihn an beiden Schultern packte und schüttelte, antwortete er: »Ja, ich hatte Angst. Ich habe noch nie einer Frau wehgetan. Christina hätte mir das nie verziehen.«

»Und jetzt?«

»Jetzt ist gleich alles vorbei. Und ich bin wieder bei Christina.«

»Was heißt das?«

Martins Körper wankte wieder. »Ich habe mir Xylosolin, ein starkes Sedativum, gespritzt. In zehn Minuten bin ich hinüber.« Er machte wieder eine Pause.

Als Martin sah, dass Max sein Handy aus der Tasche zog, setzte er matt hinzu. »Und niemand kann das verhindern. Xylosolin gibt es bislang nur in Amerika. Deshalb bekommen Sie hier nirgends ein Gegenmittel. Sie brauchen keinen Arzt zu rufen. Ich bin selbst einer. Und mit Beruhigungsmitteln kenne ich mich aus. Schließlich bin ich Anästhesist. Und zwar ein guter.«

Das Sprechen schien ihn anzustrengen. Max musste die verbleibenden Minuten nutzen, um so viele Informationen wie möglich aus Martin herauszubekommen. Bevor er weiterfragen konnte, hörte er Martin sagen: »Und Wenger, das Schwein, ziehe ich mit rein.«

»Was hat Dr. Wenger damit zu tun?«

»Er hat das mit Christina gesehen. Und mich erpresst. In der Klinik ist ein Mann gestorben. Kunstfehler von Wenger. War ja nicht sein erster. Zunächst hat er mir Geld geboten, wenn ich ihm helfe, die Sache zu vertuschen. Und dann gedroht, mich wegen Christina anzuzeigen, wenn ich etwas sage.«

»Aber dann wäre er doch auch dran gewesen«, wandte Max ein und vergaß für einen Moment, dass jetzt keine Zeit für lange Diskussionen war. Wenn es stimmte, was der Arzt sagte, dann würde er in wenigen Minuten sterben.

»Er hat alle Hinweise auf seinen Fehler sauber vernichtet. Und von mir und Christina hat er ein Video aufgenommen. Mit seinem Handy. Da ist alles drauf. Er muss mir gestern Abend gefolgt sein.« Martins Stimme wurde immer schwächer. Und Max wollte noch so viel ihm wissen.

»Kennen Sie Siegfried Berger?«

»Natürlich. Das ist doch ein Freund von dem Alten. Den hat er dick bandagiert ins Bett des Toten gelegt, als die Polizei kam.«

»Und wo war er bis dahin?« Max merkte, dass er sich beeilen musste.

»Ich glaube, in Wengers Wohnung. Da kommt außer ihm niemand rein.« Martin atmete schwer, drehte den Kopf zu Max und blickte ihn an. Noch einmal war ein Funkeln in seinen Augen zu sehen, dann senkten sich die Lider langsam und Martins Körper sackte in sich zusammen. Max fing ihn auf und ließ ihn ins Gras gleiten. Mit den Fingern seiner rechten Hand griff er an Martins Hals. Der Puls war nicht mehr zu spüren.

Der Notarzt, der sich zwanzig Minuten später über Martins Körper beugte, schüttelte den Kopf und sagte: »Da können wir nicht mehr helfen.«

Max spürte, wie sich eine schwere Hand auf seine Schulter legte und hörte die Stimme von Kommissar Brunnhuber: »Herr von Steyn, Sie sind hier wohl bei jeder Leiche.«

»Ich bin zufällig bei meinem Abendspaziergang vorbeigekommen.« Bevor Max erzählen konnte, was geschehen war, trat ein uniformierter Polizist auf Brunnhuber zu. »Herr Kommissar, schauen Sie sich das mal an. Diesen Zettel habe ich in der Jackentasche des Toten gefunden.« Er reichte dem Kommissar ein zusammengefaltetes Blatt Papier, das dieser mit spitzen Fingern entgegennahm, um keine Spuren zu verwischen. »Wenger hat mir Xylosolin gespritzt. In seinem Büro. Ich weiß zu viel«, las Brunnhuber vor. »Die Unterschrift könnte von Martin Schütz stammen.« Max hörte Martins Nachnamen zum ersten Mal. Plötzlich kam ihm Christina wieder in den Sinn. Die beiden wollten ja heiraten. Christina Schütz klang auch nicht übel. Doch daraus wurde zumindest im Diesseits nichts mehr.

Max blickte die Polizeibeamten irritiert an. Ihm gegenüber hatte der Arzt doch behauptet, sich das Mittel selbst gespritzt zu haben. Doch es erschien ihm klüger, Brunnhuber davon genauso wenig zu berichten wie von Christinas letzter Nachricht. Wenn die Polizei Wenger in die Mangel nahm, könnte dies auch seiner Suche nach Siegfried Berger nutzen. So beschränkte er sich darauf, den Rest des kurzen Gesprächs wiederzugeben.

»Ich glaube, wir sollten uns das Sanatorium mal genauer anschauen«, erwiderte Brunnhuber. »Schon alleine wegen Siegfried Berger. Wenn es stimmt, was Dr. Schütz Ihnen berichtet hat, dann liegt da ja wohl einiges im Argen. Ich bin mal gespannt, was Dr. Wenger dazu sagt.«

Max hängte sich einfach an den Kommissar dran, als dieser zum Sanatorium ging. Vor der Tür drehte sich Brunnhuber um und sagte: »Das ist zwar auch in Österreich nicht so ganz nach den Vorschriften, aber meinetwegen können Sie mitkommen. Eins ist aber klar: Die Ermittlungen führe ich. Sie kennen sich doch im Hotel aus. Wie kommen wir ins Sanatorium, ohne gesehen zu werden?«

»Da kann ich Ihnen helfen«, antwortete Max nicht ohne Stolz und zog sein Handy heraus. Er drückte die Wahlwiederholung und sagte: »Veronika, frag jetzt bitte nichts, sondern komm so schnell es geht hinunter in die Sauna und mach die Verbindungstür zum Hotel auf.«

»Mit wem haben Sie denn da schon wieder angebändelt?«, wollte der Kommissar wissen. »Ihre letzte Bekanntschaft hielt ja nicht sehr lange.«

»Dass Sie nach Mitternacht noch so einen schwarzen Humor haben ...« Max schüttelte den Kopf und erzählte dem Kommissar von Veronika. Kurz darauf stand sie ihnen im Bademantel gegenüber und warf Max einen verschwörerischen Blick zu, als dieser in Richtung der Saunakabine schaute.

»Wissen Sie, ob Dr. Wenger im Haus ist?«, fragte Brunnhuber, als sie an der Tür zur Krankenstation standen.

»Keine Ahnung. Ich habe nur die Nachtschwester gesehen. Aber die schläft jetzt wohl auch.«

»Das haben wir gleich«, rief der Kommissar und stürmte in das Zimmer, in dem der angebliche Brandpatient gelegen war. Das Bett, in dem er noch am Vormittag den bandagierten Patienten gesehen hatte, war leer. Das Zimmer schien frisch geputzt. Brunnhuber drückte auf die Notfallklingel neben dem Bett. »Mal sehen, wie lange die Nachtschwester braucht.«

Sie hörten vom Flur her schnelle Schritte und nur Sekunden später stand die Frau im Zimmer. »Was ist denn hier los? Wer sind Sie?« Und als sie Veronika erblickte: »Frau Waldbusch, was machen Sie denn hier?«

Brunnhuber fiel der Frau ins Wort und erfuhr wenig später, dass Dr. Wenger gegen 22 Uhr gegangen sei. Wohin, konnte die Schwester allerdings nicht sagen. Der Patient sei am Nachmittag entlassen worden. Sie habe dann bei Dienstbeginn das Zimmer hergerichtet.

»Wo ist die Bettwäsche?«, fragte Max und fing sich einen tadelnden Blick des Kommissars ein.

»Da drüben in der Wäschekammer, wo denn sonst«, antwortete die Krankenschwester. Max stürmte an ihr vorbei auf den Gang. Bevor Brunnhuber ihm folgte, holte er sein Telefon aus der Jackentasche und gab die Anweisung, nach Dr. Wenger zu suchen. »Was um alles in der Welt wollen Sie denn in der Wäschekammer?«, rief er Max hinterher.

»Wenn in dem Bett tatsächlich Siegfried Berger lag, dann lässt sich das feststellen. Seine Frau hat DNA-Vergleichsmaterial von ihm.«

Eine knappe Stunde später saßen Max und Veronika in dem Audi und rasten über die Autobahn Richtung München. In einer Tasche auf dem Rücksitz steckte der Kopfkissenbezug, den Max in der Wäschekammer gefunden hatte. Brunnhuber hatte noch die ganze Klinik durchsuchen lassen, doch es fand sich weder ein Spur von Wenger noch von Siegfried Berger. In Wengers Büro hatten sie aber eine interessante Entdeckung gemacht: Eine Spritze und eine Ampulle mit der Aufschrift »Xylosolin«.

Max setzte sich an den Computer des Arztes und wusste innerhalb von wenigen Sekunden, worum es sich bei Xylosolin handelt: Um ein neuartiges Beruhigungsmittel, das in

Amerika zu einigen Todesfällen geführt hatte und deshalb nicht mehr verkauft werden durfte. Es gab zwar ein Gegenmittel, doch das musste innerhalb weniger Minuten gespritzt werden. Martin hatte also recht gehabt: Er war ein guter Anästhesist. Gewesen.

Blieb die Frage: Hatte der Klinikchef seinem Mitarbeiter tatsächlich das Mittel gespritzt, wie es auf dem Zettel stand? Oder hatte Martin Schütz das selbst getan, so wie er es Max gegenüber gesagt hatte? Doch die Antwort drängte nicht wirklich. Auch Brunnhuber war es viel wichtiger, Dr. Wenger zu finden und zu klären, ob Siegfried Berger tatsächlich der vermummte Patient war, den ihm der Arzt als Brandpatienten aus Graz verkauft hatte.

Brunnhuber hatte zwar ein wenig gezögert, als Max den Kopfkissenbezug mitnehmen wollte, um ihn bei Berger Pharmaceuticals untersuchen zu lassen. Doch er sah schließlich ein, dass es keinen schnelleren Weg gab. Zwar wollte er einen Teil der Bettwäsche ins Polizeilabor nach Salzburg schicken, doch dort gab es keine Gegenprobe, um festzustellen, ob es sich um Bergers Spuren handelte. Max versprach, die Auswertung der ersten DNA-Analyse so schnell wie möglich nach Salzburg zu schicken.

Während Veronika fuhr, rief Max bei Sonja Berger an und bat sie, Gabi Thiele in die Firma zu bestellen. »Weißt du eigentlich, wie spät es ist?«, fragte Sonja. »Bis du da bist, ist es halb sechs Uhr morgens.«

»Ein Detektiv ist immer im Dienst«, erwiderte Max. »Jetzt haben wir zumindest mal den Hauch einer Spur. Da können wir doch nicht einfach schlafen gehen.«

Sonja versprach, mit Gabi Thiele in der Firma auf ihn zu warten. Und eine Kanne Kaffee zu kochen.

Die Autobahn war leer, so konnten sie fast durchgehend 180 fahren. Selbst über den Mittleren Ring in München bretterte Veronika mit 90 und bremste nur vor den Blitzanlagen, deren Standorte sie zum Glück kannte.

Es war kurz vor halb sechs, als sie das Firmengelände von Berger Pharmaceuticals erreichten. Der Eingangsbereich war hell erleuchtet, vor dem Hauptgebäude standen zwei Sportwagen. Max kannte Sonjas weißen Porsche, auf dessen Nummernschild ihre Initialen prangten. Der andere Wagen, ein kleiner, ziemlich alter roter Flitzer, musste wohl Gabi Thiele gehören. Max schnalzte mit der Zunge: »Ein Karmann Ghia Cabrio, nicht schlecht. So, wie der dasteht, kostet der mindestens 40 000 Euro.« Worauf Veronika entgegnete: »Im Vergleich zum Porsche, den die Dame des Hauses fährt, ein richtiges Schnäppchen.«

Als sie an die Schranke fuhren, ging diese wie von Geisterhand auf. Der Sicherheitsmann, der ihn beim letzten Mal noch durchsuchen wollte, grüßte Max freundlich. »Geht doch«, sagte dieser halblaut vor sich hin und winkte dem Mann zu, der gerade zum Telefonhörer griff.

Als Max aus dem Auto stieg, kam Sonja zur Tür heraus und sagte anstelle einer Begrüßung. »Ich habe mit Gabi gesprochen, sie weiß nichts von dem Doping.«

»So, so, seid ihr schon beim Du?«, gab Max zurück und streckte sich. Trotz der bequemen Sitze des Leihwagens steckte ihm die Fahrt in den Knochen.

»Ich habe dir doch gesagt, dass Gabi eine ganz patente Frau ist. Und was bringt es, wenn wir zwei jetzt herumzicken?«

So viel Sachlichkeit war Max von Frauen eigentlich nicht gewohnt. Er sagte so trocken wie möglich: »Ganz klar. Ich würde es nicht anders machen«, und grinste in die Richtung von Veronika, die jetzt ebenfalls aus dem Auto stieg. »Dann bin ich mal gespannt, ob uns eure geballte Frauenpower weiterbringt.«

Erst in diesem Moment nahm Sonja Max' Begleiterin wahr. Er stellte die Frauen vor, die sich kritisch musterten.

Sonja führte die beiden in das Chefbüro im zweiten Stock. Der große gläserne Schreibtisch war bis auf das Telefon und ein paar Schreibutensilien leer. In der Ecke gegenüber stand eine Sitzgruppe aus weißem Leder. Aus einem der Sessel erhob sich Gabi Thiele, als die drei eintraten.

»Hallo, Herr von Steyn, Sonja hat mir erzählt, was Sie vermuten.« Auch sie wollte sich offenbar nicht mit langen Vorreden aufhalten, was Max sehr gefiel. Er mochte das ewige Herumgeplänkel nicht, sondern liebte es, bei Gesprächen gleich zur Sache zu kommen. Obwohl er natürlich genau wusste, wie wichtig es war, erst einmal eine gute Gesprächsatmosphäre herzustellen. Er konnte gar nicht mehr zählen, in wie viel Seminaren er gehört hatte, dass der größte Teil der Kommunikation auf der Beziehungsebene abläuft und dass Botschaften nur dann ankommen, wenn genau diese Ebene stimmt. »Unter Männern ist das aber anders«, hatte Max mal einer Seminarteilnehmerin zugeflüstert, die ihn daraufhin gleich beim Kursleiter anschwärzte. Von da an war zumindest zwischen ihnen beiden die Beziehungsebene gestört, obwohl Max bald einsehen musste, dass er Unrecht hatte – was er der Frau aber nie eingestand.

Dennoch war er froh, jetzt keinen Zickenkrieg zwischen Ehefrau und Geliebter zu erleben. Die Damen hatten offenbar dasselbe Ziel: Sie wollten Siegfried Berger zurückhaben. Ob aus denselben Motiven, versuchte Max in diesem Moment gar nicht zu klären.

Max berichtete noch einmal ausführlich über die Ereignisse der Nacht, und Gabi Thiele versprach, sofort einen DNA-Abgleich zu machen.

»Das endgültige Ergebnis haben wir zwar erst in einigen Tagen, aber schon in ein paar Stunden kann ich mit ziemlich hoher Wahrscheinlichkeit sagen, ob die Haare von Siggi sind.«

Als sie Siggi sagte, zuckte Sonja leicht zusammen und zog eine Augenbraue hoch. So ganz schien es ihr nicht zu behagen, dass die andere Frau den Kosenamen ihres Mannes benutzte. Doch sie sagte nichts.

Draußen wurde es langsam hell, durch das geschlossene Fenster hörte Max, wie die ersten Mitarbeiter auf den Firmenparkplatz fuhren. Er trank seinen Kaffee aus und blickte Veronika mit einem verschmitzten Lächeln an.

»Wenn wir schon mal hier sind, dann lass uns kurz nach Hause fahren.«

Sonja versprach, anzurufen, sobald ein erstes Ergebnis des DNA-Vergleichs vorlag.

* * *

Veronika warf ihr nasses Haar so schwungvoll zurück, dass die Wassertropfen Max, der hinter ihr stand, genau im Gesicht trafen. Noch unter der Dusche hatten sich die beiden leidenschaftlich geliebt. Vor Jahren schon hatte Max sein Badezimmer umgebaut und dabei einen eigenen Duschraum geschaffen. Das Wasser prasselte wahlweise wie aus einer riesigen Gießkanne oder wie aus einem Wasserfall hinunter, mal sinnlich, mal leidenschaftlich.

Sie drehte sich zu ihm um und schlang ihre Hände um seinen Hals. »Alles vergessen?«, fragte sie.

»Fast«, antwortete er. »Bis auf das gerade eben.«

»Und die Sauna«, fügte Veronika hinzu und zog Max in Richtung Schlafzimmer.

Die beiden schliefen noch immer eng umschlungen, als sein Handy klingelte. Ohne auf die Nummer im Display zu schauen, drückte Max die grüne Annahmetaste und fragte: »Was ist, habt ihr etwas gefunden?«

»Du kannst mich ruhig in der Einzahl ansprechen«, hörte er die Stimme seines Freundes Georg sagen. »Was tust du eigentlich zu Hause?«

»Woher weißt du, wo ich bin?«

»Big brother is watching you!« Georg lachte. »Du trägst doch immer noch diesen Chip mit dir rum. Und ich habe das Notebook deines verschwundenen Superläufers. Hör zu: Ich habe etwas ganz Interessantes entdeckt.«

»Spann mich nicht auf die Folter. Was ist los?«

»Es gibt ein Signal von Siegfried Berger. Aber das zeige ich dir lieber am Computer.«

Lustvoll betrachtete Max den Körper der schlafenden Veronika, der sich unter der dünnen Sommerdecke abzeichnete. Er hob die Decke etwas an und küsste sanft ihre linke Brust. Siegfried Berger schien für einen Moment ganz weit weg zu sein.

An der Schlafzimmertür drehte sich Max noch einmal um. Konnte er sich ein Leben ohne Veronika eigentlich noch vorstellen?

Draußen empfing ihn ein warmer Spätsommermorgen. Er ließ den Audi stehen und schwang sich auf sein Fahrrad. So viel Zeit musste sein. Die letzten Tage war er zwar ständig in Bewegung gewesen, doch fehlte ihm das Ausdauertraining sehr.

Max rollte gemächlich den Berg hinunter und blickte in den Talkessel, in dem Stadt lag. Schon oft hatte er sich vorgestellt, wie schön es wäre, wenn hinter dem Hügel ein großer See läge, oder vielleicht sogar das Meer. Doch das einzige Gewässer war der Goldsee, wobei niemand so recht wusste, woher der Name stammte. Der Legende nach hatte hier jemand in der Zeit, als die Nachrichten über den amerikanischen Goldrausch in die alte Welt schwappten, ebenfalls Kieselsteine ausgewaschen und gehofft, Reichtümer zu finden. Doch die Ausbeute konnte nicht sehr spektakulär gewesen sein, sonst gäbe es heute noch Spuren. Dass die Stadt dennoch seit jeher eher reich war, lag daran, dass eine alte Handelsroute der Römer durch sie führte. Vier Stadttore und eine hohe dicke Mauer sorgten dafür, dass niemand ungesehen und ohne Zoll zu bezahlen durchreiste. Noch heute wirkte die Stadtmauer wie ein Ring, der die historische Puppenstube von der neuen Welt trennte.

In der hatte zunächst die Textilindustrie dominiert, die vielen Arbeit gab und einige wenige richtig reich machte. Die meisten der Fabriken waren zwar schon längst geschlossen, die Herren ließen mittlerweile im fernen Osten produzieren und verdienten sich immer noch eine goldene Nase.

Seit einigen Jahren lockten sie mit ihren Fabrikverkäufen Scharen von Kunden in die Stadt. Dass die Fabriken, in denen die Kleidungsstücke produziert wurden, Tausende von Kilometern entfernt lagen, daran störte sich niemand. Die

Menschen trugen tütenweise 1B-Ware aus dem Vorjahr davon und waren überzeugt, die Schnäppchen ihres Lebens gemacht zu haben. Max hatte vor Jahren einmal eine Reportage über »Einkaufen im Rabattrausch« geschrieben und dabei festgestellt, dass jeder der Kunden, die er befragte, mindestens doppelt so viele Dinge gekauft hatte wie ursprünglich beabsichtigt. Zu seiner großen Überraschung waren ihm die Menschen aber nicht dankbar für diese Aufklärung, sondern nannten ihn einen Spielverderber.

Die Stadt profitierte noch immer davon, dass nach dem Krieg etliche Unternehmen, deren Sitz plötzlich in der sowjetisch besetzten Zone lag, einen neuen Standort gesucht hatten. Und der Südwesten des Landes schien ihnen politisch stabil genug, um hier einen Neuanfang zu wagen. Dazu kam eine Vielzahl begnadeter Tüftler, die aus kleinsten Anfängen große Firmen schufen.

An einer dieser Firmen fuhr Max vorbei. Der fast neunzigjährige Inhaber hatte ihn erst kürzlich angerufen und gebeten aufzuschreiben, wie aus der kleinen Wagnerwerkstatt seines Vaters ein Unternehmen mit mehr als 300 Mitarbeitern wurde, das heute die wichtigsten Autohersteller der Welt mit Motorteilen beliefert. Der alte Mann, dessen Ehe kinderlos geblieben war, hatte sich jahrelang beharrlich geweigert, nach einem Nachfolger Ausschau zu halten. Schließlich fühlte er sich ja noch jung. Doch nachdem sein letzter Klassenkamerad kürzlich gestorben war, schien auch er an seinem ewigen Leben zu zweifeln, zumindest an dessen irdischer Variante.

Im Moment aber wollte Max den verschwundenen Siegfried Berger finden. Und er hatte das Gefühl, dass er ziemlich nahe dran war.

Direkt hinter dem Firmengelände bog Max nach links ab und strampelte keuchend den Berg hinauf, vorbei an den Paaren, die die Einkäufe vom Samstags-Markt in der Altstadt nach Hause trugen.

Georg stand an der Brüstung seines Balkons und winkte Max zu. »Gib Gas, Junge, ich habe Neuigkeiten.«

Doch die Neuigkeiten sorgten bei Max für noch mehr Verwirrung. Georg hatte das GPS-Programm am Morgen noch einmal gestartet, um nach weiteren Hinweisen zu suchen. Und plötzlich war die Mitteilung gekommen: »Daten von Chip 1 werden synchronisiert.«

»Chip 1 ist der des Verschwundenen. Ich dachte erst, das Programm spinnt«, erklärte Georg. »Schließlich hatten wir ja seit Tagen kein Signal mehr bekommen. Doch es war ganz deutlich. Schau her.«

Georg rief die Landkarte auf und zeigte mit dem Finger auf eine Stelle etwa 10 Kilometer vom Hotel entfernt. »Komisch ist nur, dass keine Bewegung verzeichnet ist. Der Chip hat das Signal heute früh um 0.50 Uhr gesendet. Genau fünf Minuten lang. Seitdem ist wieder Feierabend.«

»Fünf Minuten«, wiederholte Max. »Das ist genau die Zeitspanne, bis sich das Gerät automatisch abschaltet, wenn es nicht bewegt wird.«

Georgs Frau kam zur Tür herein, in den Händen ein Tablett mit Kaffee und frischen Brötchen. »Selbstgemacht«, sagte sie und freute sich über Max' leuchtende Augen. »Georg weiß das alles ja gar nicht mehr so richtig zu schätzen.«

Doch auch Max' Gedanken waren jetzt nicht so sehr bei den Backkünsten von Georgs Frau. »Danke. Georg ist wirklich zu beneiden«, sagte er so freundlich wie möglich und wandte sich wieder seinem Freund zu. »Was kann das bedeuten?«

»Ich habe nur eine Erklärung: Jemand hat den Chip, wahrscheinlich versehentlich, eingeschaltet. Und jetzt herrscht wieder Funkstille.«

»Ich muss sofort los und die Stelle suchen«, rief Max erregt. »Vielleicht lebt Siegfried Berger ja noch.«

»Selbst wenn dem so ist, dann ist er sicher schon halb verhungert, bis du ankommst«, warf Georg ein. »Willst du nicht lieber die Polizei anrufen?«

»Na klar, du hast Recht. Ich spreche sofort mit Kommissar Brunnhuber.«

Max kramte aus seiner Hosentasche die Visitenkarte, die ihm Brunnhuber bei seinem ersten Besuch in die Hand gedrückt hatte, natürlich mit dem üblichen Polizistenspruch: »Rufen Sie mich an, wenn Ihnen noch etwas einfällt.«

Ihm fiel jetzt eine Menge ein, was er gerne tun würde, doch leider war er etliche hundert Kilometer entfernt vom Ort des Geschehens. Zu gerne wäre er es gewesen, der Siegfried Berger findet – und womöglich auch rettet. Max von Steyn, ein richtiger Held. Davon hatte er schon als kleiner Junge geträumt.

In knappen Worten berichtete er Brunnhuber von ihrer Entdeckung und versprach, sofort zu kommen, was den Kommissar allerdings nicht sonderlich zu beeindrucken schien. »Wir schaffen das schon. Kümmern Sie sich bitte um den DNA-Vergleich. Von unserem Labor habe ich noch nichts gehört.«

Max schnappte sich das Notebook und verabschiedete sich schnell von Georg: »Du kannst nicht nur schnell laufen, sondern auch schnell denken. Kaum zu glauben, dass du Beamter bist!«

»Und weil du weder im Laufen noch im Denken schnell bist, bist du ein Schreiberling geworden«, gab Georg lachend zurück und wünschte Max viel Glück. »Wenn ich heute Nachmittag nicht das letzte Rennen der Sommer-Serie gewinnen müsste, würde ich glatt mitkommen.«

Max bedauerte, dass er mit dem Fahrrad gekommen war. Jetzt zählte jede Sekunde. Während er wie wild in die Pedale trat, rief er Veronika an und bat sie, dazubleiben und Kontakt zu Sonja Berger und ihrer neuen Freundin zu halten – ohne den beiden aber etwas von der neuen Spur zu erzählen.

* * *

Hätte es an diesem Tag auf der Strecke ins Pinzgau auch nur eine einzige Radarkontrolle gegeben, Max wäre seinen Führerschein wohl bis an sein Lebensende los gewesen. Er tat all das, wofür er die Fahrer dicker Autos sonst hasste: Die Tachonadel sank nur selten unter 180, die Lichthupe jagte im Dauerbetrieb alle Schleicher von der Überholspur. Max raste, als hinge irgendein Leben von ihm ab. Mitten in seiner wilden Fahrt versuchte er, Kommissar Brunnhuber anzurufen. Doch stets meldete sich nur der Anrufbeantworter.

Max hatte sich den Kartenausschnitt mit der Stelle, von der das Signal gesendet worden war, genau eingeprägt. So raste er, ohne anzuhalten, am Alpen-Spa vorbei den Berg hinauf. Die Jagdhütte, an der er auf Christina gewartet hatte, nahm er kaum wahr. Keine fünf Minuten dauerte die Fahrt über den holprigen Bergweg, einmal stand ein einsamer Wanderer mitten auf dem Weg und rettete sich mit einem Sprung zur Seite vor dem heranjagenden Wagen. Der Stein, den der Mann dem Audi wütend hinterherwarf, erreichte sein Ziel nicht mehr.

Max drosselte das Tempo erst, als er das laute Knattern eines Hubschraubers über sich hörte und im gleichen Moment ein paar Polizeiautos mitten auf dem Weg stehen sah. Brunnhuber stand an der geöffneten Tür eines Autos und sprach in ein Funkgerät.

»Der Tipp war gut«, sagte er zu Max, als dieser auf ihn zuging. »Da unten lag tatsächlich jemand. Den Papieren nach ist es Ihr Mann. Doch nach dem Sturz von hier oben war nicht mehr viel von ihm zu erkennen. Er trug aber Turnschuhe mit so einem Computerteil dran, haben mir meine Leute gesagt.«

Es hatte eine ganze Weile gedauert, bis Mitglieder der Bergwacht die Leiche Siegfried Bergers gefunden und mit dem Hubschrauber geborgen hatten. Allem Anschein nach war er von der Stelle, an der Max und Brunnhuber gerade standen, hinuntergestürzt – oder hinuntergestürzt worden. Max hatte nur einen kurzen Blick über den Abhang geworfen und sich dann mit leichtem Schwindel umgedreht. Der Fels ging an dieser Stelle ziemlich glatt nach unten. Mindestens hundert Meter, schätzte Max. Am Fuß der Felswand wuchs dichtes Gestrüpp.

»Ohne den Sender hätten wir die Leiche wohl in hundert Jahren nicht gefunden«, sagte Brunnhuber. »Ein idealer Ort, um jemanden loszuwerden. Jetzt müssen wir nur noch auf einen Kollegen der Spurensicherung warten, der sich da hinuntertraut. Die anderen sind alle nicht so ganz schwindelfrei.«

Max sah sich um. Von der idyllischen Ruhe der Berge war im Moment wenig zu spüren. An der Stelle, von der aus Siegfried Berger offenbar nach unten gestürzt war, sicherten ein paar Polizisten Spuren. »Wir haben Abdrücke eines Geländewagens gefunden. Vermutlich so ein Modell wie das von Dr. Wenger«, erklärte Brunnhuber. »Wenn der wirklich heute früh hier war, kann er ja noch nicht so weit sein. Wir haben die Fahndung nach ihm auch in die Nachbarländer gegeben.«

»So allmählich fügt sich das alles zu einem Bild zusammen«, sinnierte Max. Brunnhuber sah ihn interessiert an. »An dem Abend, als Christina starb, war ich doch an der Jagdhütte mit ihr verabredet. Und da wurde ich mit einem Geländewagen durch den Wald gejagt. Die Spuren können Sie da unten sicher noch finden. Dr. Wenger hatte ja den Streit zwischen Christina und ihrem Freund mitgekriegt und sogar ein Video davon gemacht, wie der sie würgte und ins Wasser warf. Dabei hat er wohl gehört, dass ich an der Jagdhütte auf Christina warte und die Gelegenheit gewittert, einen lästigen Zeugen loszuwerden. Doch habe ich leider keinen blassen Schimmer, was wirklich hinter dieser Geschichte steckt.«

»Das beruhigt mich ja, dass Sie genauso wenig wissen wie wir«, stichelte Brunnhuber und verfiel gleich wieder in einen sachlicheren Ton: »Was wissen Sie über das Verhältnis zwischen Siegfried Berger und diesem Dr. Wenger?«

»Die beiden kannten sich offenbar vom Studium her, wobei Wenger ein paar Jahre älter ist. Vielleicht gehörten sie ja zur gleichen Verbindung. Bergers Geliebte erzählte mir, dass sie Wenger eines Tages zufällig im Alpen-Spa getroffen hätten, das Berger als Liebesnest für die beiden ausgesucht hatte.«

»Kennen oder besser: kannten Sie Berger eigentlich?«

»Ich habe ihn wohl mal gesehen in meiner Zeit als Redakteur der Lokalzeitung. Schließlich war er Geschäftsführer der einzigen Gentechnik-Firma bei uns. Gesprochen haben wir aber nie miteinander. Die Wirtschaft fiel nicht in mein Ressort. Allerdings gingen in jüngster Zeit Gerüchte über illegale Machenschaften durch die Stadt.« Max sah Brunnhuber in die Augen und bekam ein aufmunterndes Lächeln zurück.

»Und was noch? Sie haben doch noch einen Trumpf im Ärmel, das sehe ich Ihnen an.«

Max zögerte einen Moment, beschloss dann aber, Brunnhuber alles zu erzählen, was er wusste. Schließlich war Berger tot.

»Wir haben Hinweise darauf, dass Berger etwas mit Doping zu tun hatte. Und wahrscheinlich war er ziemlich gedopt, als er zusammenbrach. Vielleicht helfen uns die Blutspuren dabei, das nachzuweisen.«

»Blutspuren? Von welchen Blutspuren sprechen Sie?«, fiel ihm Brunnhuber ins Wort. »Herr von Steyn, was für ein Spiel treiben Sie hier eigentlich?«

Von der freundlichen Kumpelhaftigkeit des Kommissars war nichts mehr zu spüren. Wobei Max glaubte, dass Brunnhuber ganz absichtlich den Ton wechselte. Erst etwas Druck erzeugen und dann wieder freundlich werden. So zumindest hatte er es damals bei seiner Hochgeschwindigkeits-Ausbildung zum Detektiv gelernt.

»Habe ich Ihnen nicht erzählt, dass ich an der Stelle, an der Siegfried Berger zusammengebrochen ist, Blutspuren entdeckt habe?«, fragte Max scheinheilig. »Und diese Spuren ließen wir dann im Labor seiner Firma untersuchen. Die waren identisch mit seiner DNA.«

»Ist ja interessant. Und was wissen Sie sonst noch so alles?«

»Ich glaube, ich habe Ihnen alles erzählt. Das mit dem Blut hatte ja bisher überhaupt keine Bewandtnis.«

»Sie haben ja Recht.« Brunnhuber versuchte, die Wogen mit sanfter Stimme zu glätten. »Ist da noch Blut zu finden?«

»Keine Ahnung«, sagte Max. »Ich habe zwei Steine mitgenommen, an denen Blut klebte. Einen davon habe ich übrigens noch im Hotel.«

»Dann holen wir ihn sofort und schicken ihn nach Salzburg. Haben Sie schon etwas über die Untersuchung gehört?«

Max holte sein Handy heraus, um Sonja anzurufen. Als er die Nummer eintippte, hielt er plötzlich inne. »Frau Berger weiß ja noch gar nichts von unserem Fund.«

»Wollen Sie das übernehmen?«, fragte Brunnhuber mit einer Freundlichkeit, die Max überraschte. »Ich tu mich noch immer schwer mit dem Überbringen von Todesnachrichten. Und schließlich hat Frau Berger Sie ja mit der Suche nach Ihrem Mann beauftragt.«

Max nickte, obwohl ihm alles andere als wohl dabei war. Aber wahrscheinlich war es für Sonja auch einfacher, die Wahrheit durch eine vertraute Stimme zu hören und nicht von einem ihr gänzlich unbekannten österreichischen Polizisten.

Max beschloss, zunächst Veronika anzurufen, um den Stand der Dinge zu erfahren.

Die drei Frauen saßen auf der Terrasse der Villa Berger zusammen. »Kannst du frei sprechen?«, sagte Max anstelle einer Begrüßung und hörte, wie Veronika zu den beiden anderen Frauen sagte: »Das ist geschäftlich, ich gehe mal kurz ums Eck.«

Als Max mit seinem kurzen Bericht fertig war, sagte Veronika nur: »Ich bin ja mal gespannt, für welche der Damen diese Nachricht schlimmer ist. Aber ich muss dir auch was erzählen: Du erinnerst dich doch an den alten Karmann Ghia, den Gabi Thiele fährt. Der hat ein ganz komisches Kennzeichen. Vorne zwar die üblichen Buchstaben, dann aber eine komische Folge aus Ziffern und einem Buchstaben. Und ganz am Ende etwas in einem roten Feld, das wie ein Datum aussieht.«

»Das scheint ein Ausfuhrkennzeichen zu sein. Komisch. Will die ihr Auto ins Ausland verkaufen?«

»Oder sie will abhauen«, vermutete Veronika.

»Ich glaube, da brauch ich meinen Freund Georg noch mal. Der kann doch im Landratsamt sicher rausfinden, was es mit dem Ausfuhrkennzeichen auf sich hat.« Max ließ sich von Veronika die genauen Zeichen durchgeben. »Aber zunächst muss ich mit Sonja sprechen. Ich warte jetzt ein paar Minuten, dann ruf ich sie direkt an.«

Sonja schien guter Laune zu sein, als sie ans Handy ging. »Max, wo steckst du denn? Veronika hat uns etwas von einer Spur erzählt, der du nachgehst. Hast du meinen Mann gefunden?«

Max registrierte erstaunt, dass sie plötzlich von ihrem Mann und nicht, wie sonst, von Siegfried, sprach. Vielleicht machte das ja die Anwesenheit von Gabi Thiele aus.

»Ich befürchte ja«, sagte Max zögerlich.

»Was heißt das, du befürchtest …«, Sonja sprach nicht weiter.

»Ich befürchte, dein Mann ist tot. Die Polizei hat in den Bergen die Leiche eines Mannes gefunden. Und die Papiere, die er bei sich trug, lauten auf den Namen Siegfried Berger.«

Stille. Und dann plötzlich ein lang gezogener Schrei: »Nein.« Max brauchte einen Moment, um zu merken, dass es nicht Sonja, sondern Gabi Thiele war, die den Schrei ausgestoßen hatte.

»Nein, nein, nein. Das kann nicht sein. Siegfried lebt. Er wartet auf mich«, hörte er Siegfried Bergers Geliebte schreien. Von Sonja kam kein Ton.

»Sonja, bist du noch dran?«

»Ja, Max, ich habe verstanden, was du gesagt hast. Ich glaube, tief in mir habe ich damit gerechnet.«

Dann legte sie auf.

Als Max seinen Freund Georg endlich ans Handy bekam, hörte er im Hintergrund ohrenbetäubenden Lärm. »Sitzt du in der Wirtschaft?«, schrie Max ins Telefon. »Ich dachte, du wärst beim Laufen.«

»Ich sitze gerade bei meinem schwer verdienten dritten Weizenbier«, antwortete Georg und nahm hörbar noch einen Schluck. »Schließlich habe ich gerade die Sommer-Serie in meiner Altersklasse gewonnen.«

Die Sommer-Serie war eines der wichtigsten Laufereignisse des Jahres. Fünf Vereine im ganzen Südwesten richteten den Wettbewerb aus. Die Strecken führten über etwa 10 Kilometer kreuz und quer durch den Wald. Max war einmal ein Rennen mitgelaufen, hatte sich aber beim Sprung über einen Bach gleich den Knöchel verstaucht und beschlossen, so einen Unfug künftig bleiben zu lassen. Jetzt aber spürte er, wie ein bisschen Neid auf den älteren und deutlich fitteren Freund in ihm aufstieg.

Georgs gute Laune war nicht zu überhören. »Komm doch vorbei und trink eins mit. Ich lade dich ein.«

»Scherzkeks, ich bin in Österreich, und mir ist gerade nicht so nach einem gemütlichen Weißbier zumute.« Und dann berichtete er den neuesten Stand.

Georg schien sich von den Ereignissen den Spaß nicht verderben lassen. »Das hört sich ja nicht gut an«, meinte er bloß und versprach, sich sofort um das Kennzeichen zu kümmern. »Gar nicht schlecht, wenn der Leiter der Zulassungsstelle mal dein Auszubildender war. Da kriegst du auch am Samstag, was du brauchst.«

Eine halbe Stunde später war Max im Bilde. Gabi Thiele hatte das Ausfuhrkennzeichen erst vor ein paar Tagen beantragt, weil sie auswandern wolle. »Und wohl schon bald«, sagte Georg, »denn sie hat sich das Kennzeichen nur für drei Wochen ausstellen lassen. Jetzt musst du nur noch rauskriegen, wohin sie wollte und mit wem.«

»Letzteres ist ja wohl ziemlich klar. Mit ihrem Geliebten. So, wie sie eben zusammengebrochen ist, als sie von seinem Tod erfahren hat, zweifele ich da keine Sekunde dran. Ich würde die Dame am liebsten sofort selbst in die Mangel nehmen.«

»Aber nimm Rücksicht. Schließlich ist ja auch sie so etwas wie Witwe geworden.«

»Gibt es eigentlich eine Situation, in der du komplett ernst bleiben kannst?«, fragte Max und verabschiedete sich. Aber nicht, ohne seinem Freund mindestens eine Kiste guten italienischen Rotwein versprochen zu haben.

Brunnhuber, der ja nur Max' Anteil an dem Telefongespräch mitbekommen hatte, schaute irritiert in die Luft. Nicht weit über ihnen drehte ein Gänsegeier seine Runden und bedauerte sicher, dass die Polizei Siegfried Bergers Leiche so schnell gefunden hatte.

»Was haben Sie erfahren?«

»Nur dass Bergers Geliebte bislang felsenfest davon überzeugt war, dass er noch lebt. Und dass sie ihr Auto ins Ausland bringen wollte.«

»Sie meinen, die beiden wollten zusammen abhauen.«

»Sieht doch ganz danach aus. Offenbar ging Gabi Thiele die ganze Zeit davon aus, dass ihr Freund sich bald bei ihr meldet. Also weiß sie mehr, als sie uns gesagt hat. Wir sollten schleunigst mir ihr sprechen.«

»Sicher. Doch kann ich bei Ihnen in Deutschland niemanden vernehmen. Ich muss die dortigen Kollegen einschalten.«

»Wissen Sie, wie lange das dauert? Bis Ihr Rechtshilfeersuchen in gutes Amtsdeutsch übersetzt ist, ist Gabi Thiele auf und davon. Nein, das übernehme jetzt ich. Und Sie können ja den Rest des Tages frei nehmen und mitkommen. Sie sagen ja immer selbst, dass Ihnen niemand verbietet, in Ihrer Freizeit zu arbeiten. Und ich rufe einen guten Bekannten bei unserer Polizei an. Der soll ruhig auch gleich mitkommen.«

Brunnhuber stimmte zu. Er übertrug die Ermittlungen seinem Stellvertreter und wies ihn an, ihm so schnell wie möglich Fotos der Leiche zu mailen, die er Sonja Berger zur Identifizierung vorlegen konnte.

Dann ging er auf den Audi zu: »Auf geht's. Wir haben keine Zeit zu verlieren. Steigen Sie ein und geben Sie endlich Gas, ich sorge schon dafür, dass Sie in Österreich keinen Strafzettel bekommen.«

Das ließ Max sich nicht zweimal sagen. Er wendete den Wagen, rauschte keine zwei Minuten später am Alpen-Spa vorbei und bog mit quietschenden Reifen in die Bundesstraße ein.

Sie hatten gerade München erreicht, da ertönte das blecherne Klingeln von Max' Handy. Veronika war dran. »Max, Gabi Thiele ist verschwunden. Sie wollte nur kurz in ihre Wohnung, um sich umzuziehen. Das war vor einer Dreiviertelstunde. Doch sie ist weder zuhause noch in der Firma. Und ans Telefon geht sie auch nicht. Ich denke, du hattest Recht mit deiner Vermutung, dass sie abhauen will. Doch wohin?«

»Wahrscheinlich so schnell wie möglich ins Ausland. Die nächste Grenze ist die nach Österreich. Ich glaube, da kann uns Kommissar Brunnhuber helfen. Der sitzt nämlich neben mir.«

Keine zehn Minuten später hatte Brunnhuber die internationale Fahndung nach Gabi Thiele organisiert. »Die kommt mit Ihrem tollen Karmann Ghia über keine Grenze mehr.«

Plötzlich merkte Max, wie wenig er in den vergangenen Tagen geschlafen hatte. An der nächsten roten Ampel öffnete er die Tür und forderte Brunnhuber auf, das Steuer zu übernehmen. »Fahren Sie einfach Richtung Lindau. Spätestens wenn wir die Iller überqueren, können Sie mich wecken.«

Brunnhuber war ein guter Fahrer und hatte sichtlich Spaß an dem schnellen Audi – und daran, dass es auf den deutschen Autobahnen kein Tempolimit gab. Max drehte die Rückenlehne des Beifahrersitzes zurück und schloss die Augen. Im Traum lieferte er sich mit drei Frauen ein Rennen auf der Autobahn. Er selbst saß in einer Seifenkiste, die von einer Schar österreichischer Polizisten angeschoben wurde. Als er so richtig Fahrt gewonnen hatte, rauschte Gabi Thiele an ihm vorbei. In der Hand hielt sie eine Spritze. Sie rief lachend: »Gedopt geht alles besser« und verschwand in einem tiefen, dunklen Loch.

»Halt«, rief Max und schreckte hoch. Um ihn herum war es dunkel, nur die Scheinwerfer des Audis erhellten die Szene.

»Schlecht geträumt, Herr Detektiv?«, brummte Brunnhuber und grinste Max an. »Keine Panik, wir sind nur in einem Tunnel. Gleich wird es wieder heller Tag. Und sogar heller deutscher Tag.«

»Dann passen Sie aber auf, dass er Sie nicht blendet. Kann passieren, wenn man nur das österreichische Dunkel gewöhnt ist«, gab Max, der jetzt wieder hellwach war, zurück.

»Verdammt«, rief Brunnhuber plötzlich und trat heftig auf die Bremse, als sie aus dem Tunnel fuhren. Direkt vor ihnen lag die untergehende Sonne wie ein riesiger Glutball und nahm dem Kommissar die Sicht.

»Hab ich Sie nicht gewarnt?«, frotzelte Max und blickte auf die Uhr des Autos. »Kurz vor halb acht. Da darf die Sonne um diese Jahreszeit auch schon an den Feierabend denken.«

Siedend heiß fiel Max ein, dass er ja noch die Polizei verständigen wollte. Zum Glück kannte er zumindest die Beamten der Führungsebene noch aus seiner Zeit bei der örtlichen Presse. Ein besonders gutes Verhältnis hatte er nach anfänglichen Schwierigkeiten zum Pressesprecher der Polizeidirektion entwickelt. Zunächst war der Mann gar nicht erfreut gewesen, als Max das Polizeiressort der Zeitungsredaktion übernommen hatte. Denn zuvor hatte der Beamte ganz allein entschieden, was veröffentlicht wurde. Täglich lieferte er eine Handvoll Meldungen ab, vom gestohlenen Fahrrad bis zum ungeklärten Todesfall. Und die Redakteure waren froh, damit keine Arbeit zu haben, und fragten so gut wie nie nach.

Max änderte das abrupt. Schon am ersten Tag schrieb er alle Meldungen um und strich die moralinsauren Hinweise des Polizisten. Als Max am nächsten Vormittag in die Redaktion kam, saß der Beamte schon in seinem Büro. Die Rede, die er während seiner Wartezeit offenbar geübt hatte, platze nur so aus ihm heraus. Eine Unverschämtheit sei das, eine Missachtung der Polizei, und was Max eigentlich glaube, wer er sei? Der liebe Gott?

»Nein, der sind ja offenbar Sie«, erwiderte Max. Sein trockener Konter nötigte dem Polizisten sogar ein Lächeln ab.

»Trinken Sie denn so etwas Irdisches wie Kaffee?«, fragte Max und holte zwei Tassen.

Als er anderthalb Stunden später wieder ging, hatte der Polizist eine Kurzeinführung in modernen Journalismus hinter sich, und Max seufzte: »Entweder ist das der Beginn einer wunderbaren Freundschaft oder ich habe jetzt einen neuen Feind fürs Leben.«

Es dauerte noch eine Weile, bis die Entscheidung gefallen war. Aber spätestens, als Max die Ermittlungen in einem Mordfall mit einer fingierten Meldung entscheidend voranbrachte, war an der Freundschaft zwischen ihm und Eberhard Walter nicht mehr zu rütteln.

»Servus, Ebe«, rief Max nun in sein Telefon. »Ich weiß, dass du schon Feierabend hast, aber ich brauche deine Hilfe.«

Die Polizei hatte keinen blassen Schimmer von den Vorgängen. »Mindestens drei Tote, unter ihnen der Geschäftsführer eines der wichtigsten Unternehmen der Stadt – und das erzählst du mir jetzt, wo ich gerade bei meinem Feierabendbier sitze«, beschwerte sich Eberhard Walter, nachdem er Max mehr als fünf Minuten lang schweigend zugehört hatte.

»Ebe, pass auf. Ruf doch jemand von der Kripo an, dann kommen wir bei dir vorbei und besprechen, wie es weitergeht. Und stell noch ein paar Bier kalt.«

Es war schließlich die Führungsspitze der örtlichen Polizei, die Max und Brunnhuber in Empfang nahm. Neben Eberhard Walter saßen der Polizeichef und sein Stellvertreter, der gleichzeitig die Kriminalpolizei leitete.

Da eigentlich niemand von ihnen offiziell im Dienst war, genehmigte sich die Männerrunde erst mal ein Bier, um auf den lauen Sommerabend anzustoßen. Dann berichtete Max, gelegentlich von Brunnhuber ergänzt, über die Geschehnisse.

»Das war's dann fürs erste mit dem Feierabend«, verkündete der Polizeichef mit ernster Stimme. »Wir leiten auch bei uns sofort die Fahndung nach Gabi Thiele ein. Herr von Steyn, wissen Sie, wo wir Frau Berger finden?«

»Ich gehe davon aus, dass sie gemeinsam mit meiner Freundin in der Firma auf uns wartet. Wir können sofort hinfahren.«

* * *

Mitternacht war lang vorbei, als Max, Veronika und Sonja mit einer Flasche Rotwein auf der Holzterrasse der Maxau saßen. Brunnhuber hatte es, nachdem Sonja ihren Mann auf den Fotos eindeutig identifiziert hatte, vorgezogen, mit dem Nachtzug Richtung Heimat zu fahren. Schließlich gab es für ihn ja ein paar ungeklärte Todesfälle zu bearbeiten.

Die deutschen Polizeibeamten hatten getan, was zu tun war: Die Fahndung nach Gabi Thiele lief, wobei sie offiziell allerdings nur als Zeugin gesucht wurde. »Wir haben ja nicht den geringsten Beweis, dass sie für Siegfried Bergers Tod verantwortlich ist«, hatte der Kripochef gesagt und erst nach längerem Zögern eine Durchsuchung ihrer Wohnung beantragt. Doch die hatte nichts ergeben. Alles sah so aus, als wollte die Bewohnerin gleich wiederkommen. In der Spüle stand das schmutzige Frühstücksgeschirr. Auch die Zahnbürste lag da, wo sie hingehörte.

Und den Tod Siegfried Bergers musste die österreichische Polizei untersuchen.

Sonja schien erstaunlich gefasst. Sie nahm ihr Rotweinglas an dem langen, dünnen Stiel und blickte durch den halb gefüllten Kelch zum Himmel. »Danke, dass ich dich habe«, sagte sie mit sanfter Stimme und sah Max tief in die Augen. »Ich habe das Gefühl, als sei Siegfried schon ganz lange tot.« Das Funkeln in Veronikas Augen nahm sie nicht wahr.

Als Max und Veronika später im Bett lagen, blickte Max lange aus dem Fenster und fragte schließlich: »Was wissen wir eigentlich mit Sicherheit?«

Veronika rückte näher an ihn heran. »Dass ich mich freue, hier zu sein«, sagte sie leise. »Wer weiß, vielleicht wärst du sonst noch zum Witwentröster geworden.«

* * *

Sonja hatte alle Mitarbeiter von »Berger Pharmaceuticals« für zehn Uhr zu einer Betriebsversammlung bestellt. Obwohl es Sonntag war, saßen sie, bis auf fünf, die krank oder im Urlaub waren, gespannt in der Cafeteria des modernen Gebäudes, in dem Büros und Labors untergebracht waren.

Die sonst so souveräne Firmeninhaberin stand mit versteinertem Gesicht am Rednerpult. Ihre traurigen Augen versprühten einen matten Glanz. »Liebe Mitarbeiterinnen und Mitarbeiter«, begann sie von ihrem Blatt abzulesen. »Ich habe Sie, obwohl heute Ihr freier Tag ist, hergebeten, um sie über dramatische Vorkommnisse zu informieren.« Ihre Stimme stockte. »Und wenn ich dramatisch sage, dann meine ich das auch. Sie kennen mich und wissen, dass ich nicht zu Übertreibungen neige.«

Sonja Berger blickte in die Gesichter der Mitarbeiter. Die meisten kannte sie persönlich. Denn obwohl sie sich immer aus dem Tagesgeschäft herausgehalten hatte, hatte sie doch zumindest an der Einstellung der Wissenschaftler und der leitenden Angestellten mitgewirkt.

»Ich habe gestern Abend die Nachricht erhalten, dass mein Mann tot ist.« Plötzlich standen ihr Tränen in den Augen. »Und ich wollte, dass Sie das nicht durch Gerüchte oder aus der Zeitung erfahren. Siegfrieds Leiche wurde in den österreichischen Bergen gefunden. Genaueres wissen wir noch nicht.«

Sie machte eine Pause, in der alle Augen gespannt auf sie gerichtet waren. Niemand sagte einen Ton. »Doch das ist leider noch nicht alles.« Sie machte wieder eine Pause. Die Mitarbeiter – und auch Max, der am Fenster stand – hingen an Sonjas Lippen. Doch sie schwieg fast eine Minute. Max bemerkte die Blässe in ihrem sonst so frischen Gesicht. »Doch das ist leider noch nicht alles«, wiederholte Sonja und stockte erneut.

Statt weiterzusprechen, senkte sie den Kopf und klammerte sich mit den Händen an das Rednerpult. Genau in dem Moment, in dem sie wie in Zeitlupe zusammensank, riss draußen der bewölkte Himmel auf und die Sonne schien ihr genau ins Gesicht. Max glaubte, so etwas wie ein Lächeln in ihren Augen zu erkennen. Er spurtete von seinem Fensterplatz zu Sonja, die benommen am Rednerpult hing. Von hinten griff er ihr unter die Arme und staunte, wie leicht sie war.

Bislang war sie ihm immer wie ein Energiezentrum erschienen, dessen Kraft durch einen unsichtbaren Akku immer wieder aufgeladen wurde. Doch jetzt schien der Akku zu versagen.

»Gibt es unter Ihnen einen Arzt?«, rief Max in die Runde der fassungslosen Mitarbeiter, nachdem er Sonja vorsichtig auf den Boden gelegt und ihr seine Jacke als Kissen untergelegt hatte. Gleich darauf wurde ihm klar, wie dumm die Frage war. Natürlich arbeiteten bei einem Unternehmen wie Berger Pharmaceuticals Mediziner. »Ich meine einen Arzt, der sich nicht nur im Labor, sondern auch mit echten Notfällen auskennt. Und bitte, rufen Sie einen Krankenwagen.«

An einem Tisch in der Mitte des Raums erhob sich ein etwa 30-jähriger Mann und eilte auf Sonja und Max zu. »Ich habe drei Jahre auf der Intensivstation gearbeitet«, sagte er und beugte sich über Sonja.

»Sie ist bewusstlos, aber der Puls ist deutlich da.« Der Arzt rollte Sonja auf die Seite, genau so, wie Max es vor Jahrzehnten im Erste-Hilfe-Kurs gelernt hatte. »Sollte ich mal wieder auffrischen«, dachte er. Man hat ja nicht immer das Glück, dass so ein Notfall in Anwesenheit von mindestens einem Dutzend Medizinern passiert.

In der Cafeteria machte sich Unruhe breit. Die Mitarbeiter standen in kleinen Gruppen zusammen und unterhielten sich angeregt. Als die Ersten zur Tür strebten, ergriff Max wieder das Wort.

»Meine Damen und Herren, bitte bleiben Sie. Ich habe Ihnen im Auftrag von Frau Berger noch einiges mitzuteilen.«

Zehn Minuten später lag Sonja Berger auf einer Trage und wurde von zwei Sanitätern in einen Rettungswagen geschoben. Max drückte ihre Hand. »Ich komme zu dir, sobald es geht.« Ob sie ihn hören konnte, wusste er nicht.

»Meine Damen und Herren, darf ich um Ihre Aufmerksamkeit bitten.« Max wartete, bis die Mitarbeiter wieder auf ihren Plätzen saßen. Irritiert blickten sie auf den Mann, den sie nicht kannten, der aber ein Vertrauter ihrer Chefin zu sein schien.

»Sie kennen mich nicht. Mein Name ist Max von Steyn. Frau Berger hat mich gebeten, sie in dieser schwierigen Situation zu unterstützen. Sie wollte mich Ihnen selbst vorstellen, aber sie haben ja gesehen, was passiert ist. Ich denke, die Vorkommnisse der letzten Tage waren etwas zu viel.

Sie erinnern sich, dass Frau Berger, kurz bevor sie zusammenbrach, sagte, dass der Tod ihres Mannes leider nicht alles sei, was sie Ihnen mitzuteilen habe.«

Max machte genau an dieser Stelle wieder eine Pause, hob den Kopf und blickte in die Runde. Die Gesichter der Mitarbeiter zeigten, wie ratlos sie waren. Nur ein älterer Mann, der ganz hinten saß, fiel Max auf. In seiner Miene spiegelte sich so etwas wie Zufriedenheit. Während die meisten der Anwesenden offenbar schockiert waren über den Tod von Siegfried Berger und den Zusammenbruch seiner Frau, so schien dieser Mann im weißen Laborkittel ganz andere Gefühle zu hegen. Max nahm sich vor, herauszufinden, welche.

Er holte hörbar Luft und fuhr fort: »Seit gestern ist Frau Dr. Thiele spurlos verschwunden.« Ein Raunen ging durch den Raum, die Mitarbeiter sahen sich fragend an.

»Ob es einen Zusammenhang mit Siegfried Bergers Tod gibt, wissen wir noch nicht«, erklärte Max und ließ ganz bewusst offen, wen er mit »wir« meinte.

»Was wir aber wissen, ist, dass bei Berger Pharmaceuticals gewisse Vorschriften bezüglich der Erprobung neuer

Medikamente verletzt wurden. Ich glaube, ich muss nicht deutlicher werden. Wer den Auftrag dazu gab und wer daran beteiligt war, das werden wir herausfinden. Handeln wir nicht, kostet es das Unternehmen möglicherweise die Existenz. Und Sie alle Ihre Arbeitsplätze.«

Das seltsame Lächeln, das Max zunächst bei einigen Mitarbeitern wahrnahm, als er über die Arzneiversuche sprach, sagte ihm deutlich, dass sie ihn für hochgradig naiv hielten. Doch die Drohung mit den Arbeitsplätzen saß. Denn ein Großteil der wissenschaftlichen Mitarbeiter war altersmäßig gerade in der Familienphase. Das heißt, sie hatten sich in der Stadt oder den Dörfern der Umgebung ein Haus gekauft, für das die Bank regelmäßige Raten sehen wollte.

»Ich möchte Sie nicht erschrecken«, sagte Max mit sanfter Stimme. »Doch wir müssen den Realitäten ins Auge sehen. Nicht nur die Aufsichtsbehörden stellen bereits kritische Fragen, auch die Presse recherchiert. Und negative Schlagzeilen sind fast schlimmer als Ärger mit den Behörden.«

Max griff zu dem Wasserglas, das auf dem Rednerpult stand. Nicht weil er so durstig war, sondern um Zeit zu gewinnen. Er wollte die Mitarbeiter noch ein wenig schmoren lassen und den Druck erhöhen. Denn nur so konnte er herausfinden, was in der Firma wirklich lief.

»Ich weiß nicht, ob es nötig ist, Sie darauf hinzuweisen, dass all diese Vorgänge streng vertraulich sind. Eigentlich müsste das klar sein. Und jeder von Ihnen hat in seinem Vertrag eine Geheimhaltungsklausel unterschrieben und sich gegebenenfalls zu Schadensersatz verpflichtet«, behauptete Max frei heraus, ohne auch nur einen Vertrag zu kennen. Doch er schien Recht zu haben. Niemand widersprach.

»Es kann gut sein, dass Sie in der nächsten Zeit von Außenstehenden auf die Vorgänge hier angesprochen werden«, fuhr Max fort. »Nein«, korrigierte er sich, »es kann nicht nur gut sein, es wird mit Sicherheit so sein. Denn schon allein der Tod Siegfried Bergers verursacht jede Menge Rummel. Deshalb ist es für das Unternehmen unabdingbar wichtig, dass weder etwas über das Verschwinden von Frau Dr. Thiele noch über Unregelmäßigkeiten in der Forschung nach außen dringt. Bitte helfen Sie alle mit, dass Berger Pharmaceuticals als Unternehmen und jeder von Ihnen persönlich eine Zukunft hat – und zwar eine gute Zukunft.«

Max hob die aktuelle Ausgabe der Zeitung mit den vier großen Buchstaben hoch, die er sich zur Unterstützung seiner Dramaturgie eigens besorgt hatte. Er sagte eindringlich: »Hüten Sie sich vor der Presse. Die werden wie die Geier einfallen. Am besten, Sie sprechen mit niemandem außerhalb der Firma über die Geschehnisse. Nicht einmal mit ihren Partnern. Der einzige, der im Moment Auskünfte gibt, bin ich.«

Wieder griff Max zum Wasserglas. Diesmal hatte er wirklich einen trockenen Hals.

»Und noch etwas zum Thema Presse. Jeder Journalist, der Sie aushorchen will, wird Ihnen neben einem Informationshonorar auch Quellenschutz zusichern. Das heißt, dass er niemandem sagt, von wem seine Informationen stammen. Aber ich warne Sie: Geheim bleibt auf dieser Welt nur etwas für Menschen ohne die richtigen Beziehungen. Glauben Sie mir das. Ich habe selbst zwanzig Jahre lang bei der Presse gearbeitet.«

Schon während Max diese Worte sagte, bat er innerlich seine Kollegen um Verzeihung. Denn der Informantenschutz galt sogar den Teilen der Presse als heilig, die das Grundrecht auf freie Meinungsäußerung nur dazu benutzten, Geschäfte zu machen oder die Machtinteressen ihrer politischen Freunde abzusichern. Doch das wollte er den Mitarbeitern von Berger Pharmaceuticals in dieser Situation wirklich nicht sagen.

Max blickte auf seine Uhr. Neun Minuten hatte er geredet. Und er hatte auch brav seinen Tucholsky im Kopf, der ja mal gesagt haben soll, man könne über alles reden, nur nicht über zehn Minuten.

Deshalb hob er zum Finale an: »Meine Damen und Herren, wir dürfen nicht gelähmt stehen bleiben, sondern müssen handeln. Auch im Interesse von Frau Berger, die sich im Krankenhaus jetzt hoffentlich schon erholt. Ich werde auf jeden einzelnen von Ihnen zukommen. Doch das schaffe ich sicher nicht innerhalb von ein paar Tagen. Deshalb meine dringende Bitte: Sollten Sie Informationen haben, die Ihnen wichtig erscheinen, sprechen Sie mich sofort an. Sie können mich auch gerne anrufen. Tag und Nacht.« Max schrieb seine Handynummer auf das Flipchart, das neben ihm stand.

»Frau Berger sichert Ihnen zu, dass es keinerlei negative Folgen für Sie haben wird, wenn Sie Ihr Wissen offenbaren, selbst wenn Sie selbst etwas falsch gemacht haben sollten. Doch eins hat mir Frau Berger auch ganz unmissverständlich erklärt: Wer in irgendwelche Machenschaften verstrickt ist und nicht hilft, diese aufzudecken, für den gibt es hier im Hause – und ebenso in der gesamten Branche – keine Zukunft.«

Max merkte, wie sich auf seiner Stirn Schweißtropfen bildeten. Er versuchte, sie möglichst unauffällig abzutupfen. Doch die Mitarbeiter beachteten ihn gar nicht mehr, sie waren zu sehr mit sich selbst beschäftigt. Sein Schlusswort hatte offenbar den gewünschten Eindruck hinterlassen.

* * *

Es kostete Max einige Mühe, im Krankenhaus zu Sonja Berger gelassen zu werden. Schließlich war er kein Verwandter und nicht einmal ein offizieller Mitarbeiter der Firma. Selbst mit seiner Drohung, einen öffentlichen Skandal zu entfachen, der sie ihren Job kosten werde, scheiterte er an der resoluten Stationsschwester. Sie war zwar höchstens dreißig Jahre alt, doch einschüchtern ließ sie sich nicht. »Was glauben Sie, wie oft ich meinen Job dann schon verloren hätte«, antwortete sie ungerührt.

Max sah ein, dass seine Strategie zu nichts führte. Ihm fiel das Interview mit einer Französin ein, die sich einen der berühmtesten Barone ihres Landes geangelt hatte. Ihre Waffe: das Lächeln. »Damit bekommst du alles. Überall«, hatte sie gesagt.

Und Max lächelte. »Entschuldigen Sie bitte, das war dumm von mir. Natürlich haben Sie Ihre Vorschriften. Und zwar zu Recht.«

Sein Gegenüber blickte ihn immer noch entschlossen an. »Sehen Sie.«

Max versuchte es mit seinem Konfirmanden-Lächeln. Das hatte ihm schon öfter geholfen. Dabei senkte er den Kopf ein wenig, um die junge Krankenschwester dann mit weit aufgerissenen Augen anzuschauen. Dackelblick hatte das mal eine Freundin genannt – und war dabei immer wieder schwach geworden. »Jetzt übertreiben Sie mal nicht«, sagte die Schwester schon ein paar Stufen freundlicher und konnte sich ein Lachen kaum verkneifen.

»Ich merke ja, wie wichtig es Ihnen ist, Frau Berger zu sehen. Nur darf ich Sie wirklich nicht zu ihr lassen.«

»Hätte ich das geahnt, hätte ich vorher sicher keinen Krankenwagen gerufen, sondern versucht, sie selbst zu retten«, erwiderte Max mit offensichtlich gespieltem Ernst.

»Sie waren dabei, als es passierte?«

»Ja, natürlich. Ich bin so etwas wie der Generalvertraute von Frau Berger. Sie wissen, dass sie gerade ihren Mann verloren hat?«

»Nein.« Die Schwester erschrak offensichtlich. »Wir wissen eigentlich gar nichts. Außer, dass sie bewusstlos zu uns gebracht wurde und dass sie, sagen wir mal, zu den nicht ganz unbedeutenden Menschen dieser Stadt gehört. Und dass sie jetzt wieder langsam zu Bewusstsein kommt.«

»Sie können sich vorstellen, wie wichtig vertrauter Beistand für Frau Berger in dieser Situation ist.«

»Herr von Steyn«, die Schwester lächelte jetzt schon viel entspannter, »wenn Ihre Geschichte stimmt, verstehe ich, dass Sie zu Frau Berger sollten. Wenn sie nicht stimmt, und ich lasse Sie hinein, bin ich meinen Job wirklich los.«

»Danke für Ihre Offenheit, Schwester ...« Max zögerte und blickte auf das Namensschild, das den üppigen Busen der Frau zierte. »Schwester Gerlinde. Ein schöner, wenn auch seltener Name.«

Sie schien seine Schmeichelei zu ignorieren.

»Bitte, Schwester Gerlinde, sagen Sie mir, was ich tun kann, um Sie zu überzeugen. Soll ich den Oberbürgermeister anrufen und ihn bitten, dass er für mich bürgt? Oder den Polizeichef?«

»Den schon eher«, sagte die Schwester zu Max' großer Überraschung. »Denn der ist mein Onkel.«

Max, der Atheist, fand mal wieder die Gelegenheit, ein Stoßgebet zum Himmel zu schicken.

Er zog sein Handy raus und rief seinen Freund Eberhard Walter an, der sofort einem Kontakt zu seinem Chef herstellte. Zwei Minuten später saß Max an Sonjas Bett, nicht ohne zuvor Schwester Gerlinde gefragt zu haben, wann er sie zum Kaffee einladen dürfe. Als sie sah, wie sehnsüchtig Sonja Berger nach Max' Hand griff, sagte sie: »Den Kaffee verschieben wir. Ich glaube, hier braucht Sie jemand wirklich dringend.«

In diesem Moment klingelte Max' Handy. Schwester Gerlinde sah ihn streng an. »Eigentlich sind Handys im Krankenhaus verboten.«

»Eigentlich weiß ich das«, sagte Max und lächelte wieder. »Aber ich befürchte, das ist der nächste Notfall.«

»Alter Charmeur«, schimpfte Schwester Gerlinde ebenfalls lächelnd und schloss die Zimmertür hinter sich.

Max bedeutete Sonja zu schweigen und nahm das Telefongespräch an. Etwa eine Minute hörte er schweigend zu und sagte dann nur: »Wann können wir uns treffen?« Und nach einer weiteren Pause: »Gut, dann sehen wir uns in zwei Stunden.«

»Was war das, Max?«, fragte Sonja ganz aufgeregt.

»Nichts weiter. Jetzt lass dich erst mal anschauen. Du hast uns allen einen ganz schönen Schrecken eingejagt.«

»Ich weiß auch nicht, was passiert ist. Plötzlich wurde mir ganz schwarz vor den Augen. Und dann bin ich hier aufgewacht, mit einer Infusion im Arm.«

»Sonja, ich habe ehrlich gesagt keine Ahnung, was in deiner Firma abgeht. Wer ist der junge Arzt, der dich versorgt hat?«

»Keine Ahnung, ich habe nichts mitbekommen.«

»Anfang dreißig, 1,80 groß, schlank, äußerlich ziemlicher Durchschnitt.«

»Das muss Markus Wegmeister ein. Der Assistent meines Mannes. Siegfried hält – ich muss wohl sagen: hielt – große Stücke auf ihn. Ich glaube, er ist ziemlich loyal.«

»Und der Ältere? Der saß ganz hinten an der Wand. Weißes Haar, kräftige Figur. Ich glaube, das war der Älteste in der Runde.«

»Professor Hausmann.«

»Ein echter Professor? Bei euch in der Firma?«, fragte Max verwundert.

»Ja, Professor Hausmann hat schon früh bei meinem Vater gearbeitet. Später ging er an die Uni und machte Karriere. Kurz vor seinem Tod holte Vater ihn wieder, als Forschungsleiter. Hausmann war den Massenbetrieb an der Uni ohnehin leid.«

»Aber Gabi Thiele ist doch Forschungsleiterin. Oder soll ich auch besser sagen: Sie war es?«

Sonja richtete sich so abrupt in ihrem Bett auf, dass der Infusionsständer wackelte. »Meinst du, sie ist auch tot?«

»Eigentlich nicht. Aber nach ihrem überraschenden Abgang gestern Abend kann ich mir nicht vorstellen, dass sie diesen Posten weiterhin besetzt. Ich befürchte, Gabi Thiele ist noch für manche Überraschung gut. Aber was ist mit dem Professor?«

»Er hatte vor fünf Jahren einen Herzinfarkt. Es sah gar nicht gut aus. Und wir steckten gerade mitten in wichtigen Entwicklungen. Gabi Thiele war damals seine Assistentin. Nachdem Hausmann drei Monate ausgefallen und kein Ende seiner Krankheit in Sicht war, drängte Siegfried darauf, sie zur Forschungsleiterin zu machen. Angeblich hatte sie ein gutes Angebot von der Konkurrenz. In dieser Situation konnten wir nicht auf sie verzichten.«

»Meinst du, die beiden hatten damals schon was miteinander?«

Sonja zuckte mit den Schultern. Ihr Blick wurde seltsam leer. »Keine Ahnung, wenn ich ehrlich bin. Ich schließe mittlerweile gar nichts mehr aus.«

Max lehnte sich an die Fensterbank und drehte den Kopf so, dass er in den Park sehen konnte. »Da unten ist Hausmann wochenlang spazieren gegangen. Ich habe ihn oft besucht«, hörte er Sonja sagen. »Er kam nach einem halben Jahr wieder. Es war nicht leicht für ihn. Schließlich war seine bisherige Assistentin jetzt die Chefin der Forschung.«

»Aber er blieb?«

»Was sollte er tun? Zurück an die Uni ging nicht. Und wer stellt einen kranken Mann mit über sechzig Jahren ein?«

»Also bekam er bei euch das Gnadenbrot?«

»Das kling sehr hart, Max. Aber irgendwie hast du wohl Recht. Wir haben ihm ein eigenes Labor eingerichtet, so dass er nicht direkt mit Gabi Thiele zu tun hatte. Weißt du, Vater hat ihn sehr gemocht. Und er hat sehr viel für die Firma getan.«

»Schön, wenn man eine so soziale Einstellung hat und sie sich auch leisten will«, sagte Max und dachte an einen Artikel in der Gewerkschaftszeitung, den er kürzlich gelesen hatte. Dort ging es um eine Kollegin, die zur Alkoholikerin geworden war. Jeder wusste es, bis in die Chefetage. Und jeder wusste, dass sie ihrem Job nicht gewachsen war. Doch keiner unternahm etwas. Eines Tages hatte sie sich bis zur Bewusstlosigkeit betrunken und war in letzter Minute von einer Nachbarin gefunden worden. Als sie nach vier Monaten Entziehungskur trocken und voller Elan wieder weiterarbeiten wollte, da überreichte ihr der Geschäftsführer erstmal eine Abmahnung. Wegen unentschuldigten Fehlens. In ihrem Suff hatte sie nicht sofort eine Krankmeldung gebracht.

Max schüttelte sich. »Was hast du?«, fragte Sonja besorgt. Er erzählte ihr die Geschichte und fragte: »Wie war das Verhältnis zwischen deinem Mann und Professor Hausmann?«

»Schwierig. Ich glaube, Hausmann verachtete Siegfried als Emporkömmling. Er hielt ihn für ungeeignet, die Firma zu führen. Er sagte es nie, aber wir alle spürten es.«

»Und war Siegfried geeignet?«

Sonja zog sich an dem Griff über ihrem Bett wieder in die Höhe und blickte Max ernst an. »Ich denke schon. Natürlich war er keine so schillernde und starke Persönlichkeit wie Professor Hausmann. Oder wie mein Vater. Doch die Zeiten solcher Firmenpatriarchen sind vorbei. Ich glaube, Siegfried hat wirklich gute Arbeit geleistet.«

»Wie geht es jetzt weiter in der Firma?«

»Ich wollte eigentlich heute verkünden, dass ich die Geschäftsführung fürs Erste übernehme.«

In diesem Moment polterte es an der Tür, und Sekunden später standen drei Weißkittel um Sonjas Bett.

»Wenn Sie so freundlich wären ...«, sagte der Älteste von ihnen in Max' Richtung.

»Ich glaube, der Herr ist so freundlich, bei mir zu bleiben«, entgegnete Sonja, deren Stimme schon wieder deutlich an Kraft gewonnen hatte. »Herr von Steyn ist mein Vertrauter.«

»Vertrauter!« Der Arzt schnaubte wie ein Pferd, dem man den Hafer entzogen hat. »Wenn das so ist. Bitte.«

»Herr Professor. Jetzt werden Sie mal nicht komisch«, mahnte Sonja, die es sich als Privatpatientin wohl leisten konnte, den Chefarzt zu maßregeln. »Sagen Sie mir lieber, wie es um mich steht.«

»Besser, als unserer Buchhaltung lieb ist.« Der Professor lächelte sogar schon wieder. »Es war nur der Kreislauf. Ich denke, die Geschehnisse der letzten Tage waren zu viel.«

»Heißt das, dass ich wieder nach Hause kann?«

»Ich befürchte, Sie sind ohnehin nicht zu halten. Aber passen Sie auf sich auf. Und nehmen Sie diese Tabletten hier. Die helfen Ihnen über die nächsten Tage.«

* * *

»Kompliment, dem Professor hast du es ja gut gegeben«, lobte Max, als Sonja zu Hause auf ihrem cremefarbenen Sofa saß. Auf dem Weg hatten sie noch Station bei einem befreundeten Notar gemacht, bei dem Sonja Max eine weitgehende Handlungsvollmacht erteilte. Nun hatte er Zugang zu allen wichtigen Informationen, auch für den Fall, dass Sonja nochmals ausfallen sollte.

»Sie wissen, welche Befugnisse Herr von Steyn hat, wenn er die Vollmacht benutzt«, hatte der Notar Sonja gewarnt. »Ich weiß. Aber wem soll ich noch vertrauen, wenn nicht ihm«, hatte Sonja mit einem Lächeln in den Augen geantwortet.

Max musste aufbrechen, um sich mit dem Informanten zu treffen, der ihn vorher im Krankenhaus angerufen hatte. Der Mann hatte seinen Namen nicht genannt. Es war aber zu vermuten, dass er zum Unternehmen gehörte.

Der Waldparkplatz, den der Unbekannte als Treffpunkt vorgeschlagen hatte, lag verlassen da. Max stellte den Audi so ab, dass er die einzige Zufahrt im Blick hatte. Fünf Minuten vergingen, ohne dass etwas geschah. Ungeduldig sah Max immer wieder auf die Uhr. Der Unbekannte hatte so bestimmt geklungen, dass Max keine Sekunde an seinem Erscheinen gezweifelt hatte.

Dann klingelte sein Handy. »Halten Sie mich bitte nicht für unzuverlässig«, sagte die Stimme, die er von dem vorherigen Gespräch kannte. »Ich muss nur sichergehen, dass Sie alleine sind und dass Ihnen niemand gefolgt ist.«

»Sie machen es aber spannend. Ich bin alleine. Und ich glaube nicht, dass mir jemand gefolgt ist. Wer auch?«

»Da wüsste ich schon jemanden. Hören Sie zu. Gehen Sie den Waldweg entlang, bis Sie nach etwa einem Kilometer an eine Lichtung kommen. Dort steht eine Hütte. Warten Sie dort auf mich. Ende.« Max hörte nur noch ein leises Knacken.

Vorsichtig sah er sich um. Noch immer stand kein anderes Auto auf dem Parkplatz. Auch sonst bemerkte er niemanden. Max kannte den Wald von seinen Läufen her sehr gut und wusste, welche Hütte der Unbekannte meinte. Um es einem möglichen Verfolger etwas schwerer zu machen, verfiel Max in einen leichten Dauerlauf, dessen Tempo er nach ein paar hundert Metern steigerte. Er merkte, wie sehr ihm das Joggen in den letzten Tagen gefehlt hatte, und beschloss, gleich am Abend noch eine größere Runde zu laufen.

Etwa nach der halben Strecke setzte Max zu einem Spurt an und drehte sich nach hundert Metern abrupt um. Sollte jemand hinter ihm sein, würde er es auf dieser geraden Strecke kaum schaffen, so schnell zu verschwinden. Doch nichts rührte sich. Beruhigt verfiel Max in einen langsameren Schritt, so dass sich Puls und Atmung schon normalisiert hatten, als er an der Hütte ankam. Mit dem Ärmel wischte er ein paar Schweißperlen von seiner Stirn. Als so still hatte er den Wald selten empfunden.

»Kommen Sie herein«, hörte er die Stimme aus dem Dunkel der Hütte.

Und wenn das nun eine Falle ist?, schoss es Max durch den Kopf. Erst jetzt realisierte er, dass er völlig unbewaffnet war. Schließlich gehörte er noch zu der Generation von Kriegsdienstverweigerern, die ihre pazifistische Gesinnung vor einem Tribunal darlegen musste. Und zu dem Ritual gehörte auch die Frage, wie man reagieren würde, wenn man beim Spaziergang mit der Freundin im Wald von einem Unbekannten angegriffen würde. Natürlich hätte man zufälligerweise eine Waffe dabei.

»Ich werde nie eine Waffe bei mir haben«, hatte Max geantwortet, wie schon Tausende vor ihm. »Aber nehmen Sie mal an, Sie hätten eine«, kam die ebenfalls tausendfach geübte Antwort. Und so ging es immer weiter, bis in Max schließlich Mordgelüste gegenüber den Mitgliedern des Tribunals aufloderten. Er verkniff es sich, dies laut auszusprechen, nachdem er seine Anerkennung als Kriegsdienstverweigerer schließlich in der Tasche hatte.

Jetzt wäre Max allerdings für irgendeine Waffe ganz dankbar gewesen. Doch außer seinem Schlüsselbund fand er nichts. Also umklammerte er ihn und steckte den längsten Schlüssel so zwischen Zeige- und Mittelfinger, dass er damit jemanden verletzen könnte – wenn er überhaupt dazu käme, zuzuschlagen.

Doch seine Vorsichtsmaßnahmen erwiesen sich als unbegründet. In der Hütte wartete ein älterer Herr auf ihn, der sich als gänzlich ungefährlich herausstellte.

»Sie sind das, Professor Hausmann«, sagte Max mit hörbarer Erleichterung.

»Wen haben Sie erwartet? Und woher kennen Sie meinen Namen?« Hausmann war sichtlich überrascht.

»Sie waren heute Morgen der Einzige, bei dem ich den Eindruck hatte, er sei nicht erschrocken über die Vorfälle, sondern sogar eher zufrieden.«

»Ich weiß, ich bin ein schlechter Schauspieler. Ich kann meine Gefühle nicht verstecken. Wissen Sie, Siegfried Berger war ein Idiot und seine Geliebte ein richtiges Ekel.«

»Sie wussten von dem Verhältnis der beiden?«

»Das wusste doch jeder. Mit Ausnahme seiner armen Frau. Aber ich brachte es nicht übers Herz, es ihr zu sagen.«

»Und was möchten Sie mir sagen?«

»Ich will Sonja helfen. Alles, was Sie heute früh angedeutet haben, stimmt. Ich kann Ihnen zwar leider keine Details nennen, dazu bin ich zu weit weg. Sie müssen wissen, seit meinem Herzinfarkt vor fünf Jahren bin ich kaltgestellt. Ich kann noch ein bisschen für mich forschen, aber es interessiert niemanden so richtig, was ich tue. Noch nicht.« Die letzten Worte des Professors klangen richtig trotzig.

»Das klingt ja hochinteressant. Woran arbeiten Sie denn? Und habe ich als Laie überhaupt eine Chance, das zu verstehen?«

Max' Interesse schien dem Professor gutzutun. »Ich verschone Sie mit Details. Im Kern geht es darum, gedopte Sportler schneller und sicherer zu überführen. Ich habe ein Verfahren entwickelt, das es erlaubt, entscheidende Veränderungen im Stoffwechsel nachzuweisen. Sie müssen nur von jedem Sportler einmal eine Vergleichsprobe nehmen – im ungedopten Zustand natürlich. Das macht man am besten schon frühzeitig. Dann können Sie durch den Einsatz gewisser, speziell veränderter Enzyme feststellen, womit der Körper im Lauf der Jahre gefüttert wurde.«

Jetzt musste Max darauf achten, seine Schauspielkünste einzusetzen. Der Professor sollte nicht merken, wie sehr ihn das Thema elektrisierte.

»Und niemand in der Firma hat sich dafür interessiert?«

»Ach wo, damit sind ja keine Millionen zu verdienen. Ich wollte mein Projekt in Kürze Sonja Berger vorstellen. Sie ist wie ihr seliger Vater. Offen und geradeheraus. Und grundehrlich.«

»Das kann ich nur bestätigen«, beeilte sich Max zu sagen.

Hausmann schwieg. Sonjas Schilderungen zufolge musste er inzwischen deutlich auf die Siebzig zugehen. Das Dunkel der Hütte ließ ihn noch älter erscheinen. Sein Aussehen erweckte in Max den Eindruck, vor ihm sitze ein Greis mit eingefallenem, zerfurchtem Gesicht. Doch geistig war der Professor auf jeden Fall auf der Höhe.

»Wusste Siegfried Berger denn, woran Sie arbeiten?«

»Ich habe es ihm mal erzählt. Er hat nur gesagt, unter dem Namen der Firma dürfte ich so etwas nicht publizieren. Schließlich arbeiten wir ja mit allen namhaften Pharmakonzernen zusammen – und da verdienen manche ganz gut am Doping. Ich muss zugeben, wenn ich in der wirtschaftlichen Verantwortung stünde, würde ich so etwas wahrscheinlich auch nicht erforschen. Aber irgendjemand muss es doch tun!«

»Wusste Siegfried Berger, wie weit Sie mit Ihren Forschungen sind?«

Der Professor dachte mit offenem Mund nach. »Jetzt, wo Sie danach fragen, fällt mir doch etwas Komisches ein. Vor ein paar Wochen kam Herr Berger zu mir und begann zu plaudern. Das hatte es schon ewig nicht mehr gegeben. Mein erster Gedanke war, dass es Ärger mit Frau Thiele gegeben hatte und er meine Hilfe brauchte. Und dann fragte er ganz vorsichtig, so dass ich es zunächst gar nicht merkte, nach meiner Arbeit. Ich blieb in meiner Antwort aber sehr vage, da ich nicht wusste, worauf er hinauswollte. Als ich ihn direkt danach fragte, beendete er unser Gespräch sehr schnell.«

Hausmann lehnte sich zurück. Das Treffen schien ihn anzustrengen. Doch Max spürte, dass er jetzt nicht lockerlassen durfte. Wer wusste, ob der Professor jemals wieder so gesprächig sein würde.

»Warum erzählen Sie mir das eigentlich alles?« Max entschied sich für den direkten Weg. Und er hatte damit Erfolg.

»Wissen Sie, dass ich Sonja Berger schon als kleines Mädchen kannte? Sie saß bei mir auf dem Schoß, wenn ich mit ihrem Vater diskutierte. Und mit dem alten Berger konnte man wirklich gut reden. Als Sonja dann heiratete und ihr Mann als Geschäftsführer in die Firma kam, da kühlte unser Verhältnis leider ab. Ich konnte Siegfried Thanner, wie er früher hieß, nie leiden. Und als er dann meine Krankheit nutzte, um mich abzusägen, da war der Ofen aus. Ich bin mir sicher, er und seine schöne Frau Thiele hätten mich rausgeschmissen, wenn Sonja mitgespielt hätte.«

»Wie wirkte Siegfried Berger auf Sie, als Sie ihm von Ihren Anti-Doping-Forschungen erzählten?«

»Seltsam. Einerseits wollte er Details wissen, die darauf schließen ließen, dass er sich mit der Materie beschäftigt hat, andererseits merkte ich deutlich, dass ihm das Ganze gar nicht gefiel.«

»Ich sage Ihnen, warum.«

Der Professor setzte sich kerzengerade auf die Holzbank und heftete seinen Blick auf Max. »Was wissen Sie?«

»Ich weiß, dass Siegfried Berger mit Dopingmitteln experimentierte.«

Max genoss die Überraschung des Professors und erzählte ihm, was er herausgefunden hatte.

»Jetzt wird mir vieles klar«, sagte Hausmann und griff sich an den Kopf. »Während er versuchte, das ultimative Dopingmittel herzustellen, forscht in seiner Firma jemand anders daran, jedes Doping zu erkennen. Dumme Sache, sehe ich ein.«

Max bewunderte den Realitätssinn des alten Professors. »Hat er denn nicht versucht, Näheres über Ihre Arbeit herauszufinden?«

»Ein paar Tage nach unserem Gespräch konnte ich mich nicht mehr in meinen Computer einloggen. Da kam immer die Nachricht: Kennwort abgelaufen. Als ich dann bei der EDV nachfragte, hieß es, ich hätte wohl dreimal das falsche Kennwort eingegeben. Das stimmte aber nicht. Möglich, dass Siegfried Berger versucht hat, an meine Daten zu kommen.«

»Hatte er denn Zugang zu Ihrem Labor?«

»Klar, als Chef hat er einen Generalschlüssel. Und zwar nur er. In mein Labor kommt nicht mal die Putzfrau, wenn ich nicht da bin.«

»Professor, Sie haben mir sehr geholfen. Ich danke Ihnen für Ihr Vertrauen. Auch im Namen von Sonja Berger.«

»Ach ja, Sonja. Sie war so ein süßes Kind. Grüßen Sie sie von mir. Wir sollten jetzt nacheinander fortgehen, damit uns niemand zusammen sieht.«

»Wenn es noch etwas gibt, was Sie mir mitteilen möchten, rufen Sie mich bitte an. Ganz egal, wann.« Der Professor versprach es und ging zur Tür. Max sah ihm nach, wie er in den Wald verschwand. Offenbar war er von der anderen Seite gekommen.

Kurz darauf trat auch Max ins Freie. Die Gestalt, die hinter der Hütte lauerte, bemerkte er nicht.

* * *

Es war sechs Uhr morgens, als Max' Handy klingelte. Er hatte das Gefühl, gerade mal eine halbe Stunde geschlafen zu haben. Bis lang nach Mitternacht hatte er Veronika von den Ereignissen des Tages berichtet. Und als er dann einschlafen wollte, hatte sie ihn überzeugend daran erinnert, dass sie ja so etwas wie seine Frau war – und dabei langsam, aber wirklich ganz langsam, den seidenen Bademantel geöffnet, den Max ihr zum letzten Geburtstag geschenkt hatte. Ein Narr, wer da gleich eingeschlafen wäre.

»Max, wach auf. Ebe hier. Eberhard Walter.« Und als Max nicht reagierte. »Polizei. Wachen Sie auf.«

»Ja, ja, ich mache schon auf«, brummte Max, der gerade davon geträumt hatte, in einer Bar am Meer zu sitzen und den Sonnenuntergang zu beobachten.

»Nicht aufmachen, aufwachen, lieber Max«, tönte die Stimme aus dem Telefon.

»Was gibt's denn so früh am Morgen. Ich bin doch gar nicht mehr bei der Zeitung.«

»Dann hätte ich dich auch nicht angerufen«, erwiderte Ebe, der schon furchtbar wach zu sein schien.

Auch das war ein langer Konflikt zwischen dem Lokalredakteur Max von Steyn und dem Pressesprecher der Polizei gewesen. Max wollte, dass die Polizei die Redaktion verständigte, wenn etwas Außergewöhnliches passierte, damit sich die Journalisten selbst ein Bild machen konnten. Eberhard Walter aber hatte die Ansicht vertreten, dass der Presse genügen sollte, was die Polizei – in der Regel am Tag darauf – verlautbarte. Auch diesen Kampf hatte Max mit Freundlichkeit und Beharrlichkeit schließlich gewonnen.

»Jetzt komm endlich zu dir, Max. Wie viel hast du denn gestern gesoffen?«

»Eigentlich nichts«, entgegnete Max. Zuerst hatte er mit Veronika eine Flasche Rotwein getrunken und dann, sozusagen als Vorspiel, noch eine Flasche Champagner, natürlich die Witwe vom Discounter. Schließlich kostete die nur die Hälfte der etablierten Marken und hatte bei diversen Blindverkostungen so manchen großen Namen aus dem Feld geschlagen.

»Jetzt sag mir doch endlich, was du um diese Zeit von mir willst«, quengelte Max.

»Na also, es geht doch«, freute sich Eberhard Walter. »Kennst du Professor Eusebius Hausmann?«

»Hausmann. Ja klar. Aber heißt der wirklich Eusebius?«

»Jetzt nicht mehr. Der ist nämlich tot. Vielleicht schmeißt du dich mal in deinen verknitterten Anzug und kommst vorbei. Aber dalli.«

»Du hast es ja richtig eilig. Wohin soll ich denn kommen?«

»In die Wohnung des Professors. Grafensteigle 27.«

»Ja, das ist wenigstens eine richtig schwäbische Adresse. Wo der Professor doch eher aus dem Norden kam.«

»Ich hatte nicht das Vergnügen, mit ihm zu plaudern. Als meine Kollegen kamen, lag er mit eingeschlagenem Schädel auf seinem Sofa.«

Am Eingang der Villa des Professors stand ein uniformierter Polizist, der Max um jeden Preis abwimmeln wollte. Nein, Presse sei nicht zugelassen. Dies sei ein Tatort und als solcher beschlagnahmt. Erst als es Max zu bunt wurde und er lautstark ankündigte, Hauptkommissar Eberhard Walter anzurufen, ließ ihn der uneinsichtige Beamte durch.

»Da bist du ja endlich«, murrte Ebe Walter, als er Max sah.

Der Tote war bereits in die Gerichtsmedizin gebracht worden, aber die großen roten Flecken auf dem hellen Sofa und auf dem Teppich davor genügten, um Max' Knie weich werden zu lassen. »Der arme Hausmann. Was ist passiert?«

»Die Haushälterin hat ihn gefunden. Die kommt jeden Morgen kurz nach fünf. Verrückt, wenn du mich fragst. Aber der Professor war wohl Frühaufsteher und seine Hausdame auch. Doch heute konnte der Professor nicht mehr aufstehen. Denn irgendjemand hat ihn offensichtlich erschlagen.«

»Und warum rufst du da mich an?«

»Der Professor arbeitet doch bei Berger Pharmaceuticals.« Eberhard Walter sprach den Firmennamen schwäbisch aus, so dass es nach »Farmascheutikäls« klang. Max konnte es sich gerade noch verkneifen, die Aussprache zu korrigieren. »Und da bist du doch jetzt der große Zampano.«

»Zampano ist gut. Ich hatte von Frau Berger den Auftrag, ihren Gatten zu finden. Was mir gelungen ist.«

»Auch wenn er in einem nicht mehr allzu guten Zustand war, als er entdeckt wurde.«

Max hasste den Polizisten für diese Schlagfertigkeit am frühen Morgen und ignorierte dessen Bemerkung. »Und auch jetzt stehe ich Sonja Berger mit Rat und Tat zur Seite.«

»Hoffentlich ist Veronika mit deinen Taten auch einverstanden«, setzte Ebe Walter nach, doch Max bleib wieder stumm.

Als er anfing, von seinem Gespräch mit Prof. Hausmann in der Waldhütte zu berichten, rief der Pressesprecher sofort Kommissar Auchter, der die Ermittlungen leitete, hinzu.

»Sind Sie sicher, dass niemand Ihr Gespräch belauscht hat?«, wollte der sofort wissen.

»Sicher, mein Lieber, ist der Tod«, erwiderte Max und blickte auf die Blutflecken. »Sagen wir so, ich habe niemanden bemerkt. Und wir waren wirklich vorsichtig.«

»Wir sollten den Arbeitsplatz von Prof. Hausmann in Augenschein nehmen«, sagte der Kommissar etwas gespreizt.

Sonja Berger erwartete die Abordnung der Polizei am Eingang des Werkes. Es war kurz nach sieben und in etlichen Büros wurde schon gearbeitet. Kommissar Auchter wedelte mit einem Schlüsselbund, den er im Haus des Professors gefunden hatte.

»Ist der Firmenschlüssel hier dabei?«, fragte er Sonja.

»Das ist sein Schlüsselbund, ich erkenne ihn an dem silbernen Anhänger. Den hat mein Vater ihm vor Jahren geschenkt.«

Sonja betrachtete die Schlüssel, es waren sechs. »Komisch, der Firmenschlüssel fehlt.«

»Das bedeutet, der Mörder hat ihn möglicherweise an sich genommen«, kombinierte der Kommissar.

»Selbst wenn«, antwortete Sonja, »in die Firma kommt er damit nicht. Der einzige Zugang führt über die Pforte, und da sitzt Tag und Nacht unser Werkschutz.«

»Wenn es sich aber um einen Mitarbeiter handelt ...«, warf Max ein und berichtete, was der Professor über seinen gesperrten Computerzugang gesagt hatte.

Im Labor herrschte die übliche Unordnung, die Sonja bei Professor Hausmann kannte. Für den Leiter der EDV-Abteilung, den sie gleich herbeigerufen hatte, war schnell klar, dass sich jemand in den Computer des Forschers eingeloggt hatte. Und zwar mit dem richtigen Passwort. Exakt um 6.12 Uhr hatte dieser Jemand den Rechner eingeschaltet und danach eine Reihe von Dateien auf ein externes Laufwerk kopiert.

Und ebenso schnell fand der EDV-Mann heraus, welche Mitarbeiter um diese Zeit bereits im Haus waren. Außer den vier Männern des Wachschutzes taten drei Putzfrauen und zwei Laborhilfen ihren Dienst – und ein einziger Wissenschaftler: Markus Wegmeister, der Assistent von Siegfried Berger.

Auchter wollte ihn sofort sprechen.

»Wissen Sie denn«, fragte er Sonja auf dem Weg ins Büro des Assistenten, »ob Herr Wegmeister immer so früh am Morgen arbeitet?«

»Der?«, fragte Sonja erstaunt. »Der achtete immer darauf, dass er kurz vor meinem Mann da war. Und Siegfried ging selten vor neun aus dem Haus.«

Das »Guten Morgen!«, das Auchter Wegmeister entgegenschleuderte, als die Gruppe, ohne zu klopfen, dessen Büro betrat, klang in Max' Ohren schon ein wenig siegesgewiss.

Wegmeister, der gerade an seinem Schreibtisch Unterlagen sortierte, blickte irritiert in die Runde. Als Auchter ihm seinen Dienstausweis unter die Nase hielt und fragte: »So früh schon im Dienst, Herr Wegmeister?«, verlor er ein wenig an Gesichtsfarbe, und auf seiner Stirn sammelten sich feine Schweißperlen.

»Was wollen Sie?«, presste er heraus.

»Tun Sie nicht so. Sie wissen genau, dass Professor Hausmann tot ist«, raunzte der Kripo-Beamte.

»Tot?«

Die Schweißperlen vereinten sich zu zwei kleinen Bächen, die über Wegmeisters Schläfen ihren Weg in den Kragen seines weißen Hemdes suchten.

»Ich verstehe nicht …«

»Da kann ich Ihnen helfen.« Auchter fixierte den Assistenten, der jetzt ein Stofftaschentuch herauszog und sich Stirn und Nacken abwischte.

»Aber sagen Sie mir erst, wo die Daten des Professors sind.«

»Welche Daten?« Ganz allmählich schien Wegmeister seine Fassung wiederzugewinnen.

»Verkaufen Sie mich nicht für doof«, bellte Auchter. »Heute morgen um 6.12 Uhr hat jemand im Labor des Professors Daten kopiert. Hausmann selbst war es nicht. Er lag zu dieser Zeit schon tot in der Pathologie. Und ich glaube kaum, dass die Wachleute, Putzfrauen und Laborhilfen, die außer Ihnen hier waren, wissen, wie man an die Daten kommt.«

Während Auchter auf Wegmeister einredete, sah sich Max die Unterlagen auf dem Schreibtisch an.

»Weißt du, was das ist?«, fragte er Sonja.

»Das ist Siegfrieds Handschrift«, sagte sie und zeigte auf die Anmerkungen. »Ich bin sicher, das hat mit seinen Forschungen zu tun.«

»Schaut mal, was wir hier haben«, rief Max aufgeregt, und griff in Wegmeisters Aktentasche, die am Boden stand. »Eine externe Festplatte.«

»Sind Sie verrückt!« Auchter schoss herum und warf Max einen wütenden Blick zu. »Sie können doch keine Beweismittel anfassen.«

Wie auf Kommando begann Wegmeisters Schweißquelle wieder zu sprudeln.

»Haben Sie mir vielleicht doch etwas zu den Daten zu sagen?«, fragte Auchter ganz sanft.

Der Assistent schnaufte tief, wischte sich immer wieder übers Gesicht und sagte zitternd: »Es ist nicht so, wie Sie denken.«

»Sie wissen, wie ich denke? Kompliment!« Der ständige Wechsel der Stimmlage schien Auchter ganz leicht von den Lippen zu gehen. »Wie denke ich denn?«

»Sie denken, dass ich den armen Herrn Hausmann ...« Das Wort umgebracht wollte nicht aus seinem Mund heraus.

Doch da half der Kommissar gerne: »Ja, umgebracht. Brutal erschlagen, wenn Sie es genauer haben wollen.« Das Zittern von Wegmeisters Händen war nicht mehr zu übersehen.

»Gut, ich habe die Daten des Professors kopiert. Aber nur, weil er mich darum gebeten hat.«

»Wie hilfsbereit. Und wohin wollten Sie jetzt mit den Daten abhauen?«

»Abhauen? Überhaupt nicht!« Wegmeister schien nicht zu merken, dass ihm keiner der Anwesenden auch nur ein Wort glaubte.

Er behauptete, er habe den Professor, mit dem er sich immer sehr gut verstanden habe, am Abend noch zuhause besucht, um ein fachliches Problem zu besprechen. Denn nachdem Siegfried Berger tot und Gabi Thiele verschwunden waren, war der Professor wissenschaftlich die höchste Autorität in der Firma. Beim Abschied habe Hausmann ihn gebeten, am nächsten Morgen die Datensicherung vorzunehmen, und ihm deshalb seinen Laborschlüssel mitgegeben.

Zum Beweis zog er einen flachen Schlüssel mit vielen kleinen Vertiefungen aus der Tasche, den ihm Auchter sofort abnahm.

Der Kommissar machte eine seiner beliebten Pausen und betrachtete mit offener Neugier, wie Wegmeisters Hemdkragen immer nasser wurde.

Er beendete die Pause, indem er die Luft mit einer waagerechten Handbewegung durchschnitt und sagte: »Schluss jetzt, wir machen auf der Wache weiter. Sie sind vorläufig festgenommen.«

»Aber meine Arbeit«, versuchte Wegmeister noch einmal zu protestieren.

»Die kann warten«, antwortete ihm Sonja.

»Ich glaube ihm kein Wort«, sagte sie ganz aufgeregt, nachdem Auchter und Wegmeister gegangen waren. »Dass er sich mit dem Professor gut verstanden hat – so eine Frechheit. Ich weiß ganz genau, dass Hausmann ihm abgrundtief misstraute. Schließlich war er ja Siegfrieds Assistent.«

»Er macht das aber nicht dumm. Die Polizei findet natürlich Spuren von ihm in Hausmanns Labor, und er hat dafür eine einleuchtende Erklärung. Lass uns mal sein Büro genauer unter die Lupe nehmen.«

»Meinst du, wir dürfen das?«

»Wer soll uns daran hindern? Außerdem: Wem gehört der Laden eigentlich? Dir! Und damit auch Wegmeisters Büro samt Inventar.«

In der obersten Schreibtischschublade lag Wegmeisters Handy. Im Display blinkte das Nachrichtensymbol. Max drückte lange die Eins. Auf dieser Taste war bei den meisten Telefonen der Zugang zur Mailbox programmiert.

»Hör dir das mal an«, rief er und spielte die Nachricht über den Lautsprecher noch mal ab: »Liebling, ruf mich sofort zurück. Es ist eilig.«

Max und Sonja sahen sich an. Sie kannten die Stimme. Es war die von Gabi Thiele.

»Liebling, so, so. Ganz schön ausgekocht, dieses Frauenzimmer.«

Sonja sagte nur: »Der arme Siegfried. Mit seinem Assistenten hat sie ihn betrogen.«

»Und er dich mit ihr. Vergiss das nicht.«

Als Kommissar Auchter die Nachricht wenig später Markus Wegmeister im Verhörzimmer des Polizeigebäudes vorspielte, brach dieser zusammen, und es sprudelte nur so aus ihm heraus:

Seit drei Monaten hatte er ein Verhältnis mit Gabi Thiele. Er war schon lange heimlich in die erfolgreiche Frau verliebt. Und eines Tages sei sie vor ihm gestanden und habe ihn einfach in die Arme genommen.

»Da war es um mich geschehen.« Natürlich wusste er, dass sie die Geliebte seines Chefs war. Doch sie versprach, dieses Verhältnis so schnell wie möglich zu beenden. Beide wollten sie nach neuen Stellen suchen, um miteinander leben zu können.

Zufälligerweise hatte er nach der Betriebsversammlung gehört, wie Professor Hausmann bei Max von Steyn anrief. Und dann folgte er ihm zu dem Treffen im Wald. »Das war ganz leicht. Der Professor war ja ein bisschen schwerhörig und hat nicht gemerkt, dass ich hinter ihm war.«

»Mich hat er fast verrückt gemacht mit seiner Angst, ich könnte verfolgt werden. Dabei stand er unter Beobachtung.« Max rang mit der Fassung.

»Und dann?«, drängte Kommissar Auchter.

»Ich rief Gabi an. Sie sagte, wir brauchen dringend die Unterlagen des Professors. Der macht uns sonst alles kaputt.«

»Was heißt das: Er macht alles kaputt?«, wollte Auchter wissen.

»Jetzt ist es doch sowieso egal«, seufzte Wegmeister. »Ich habe so viel Scheiße gebaut. Und das nur, weil ich diese Frau so sehr liebe.«

»Meinen Sie denn, sie liebt Sie auch?«, fiel Max ihm ins Wort.

Kommissar Auchter trat an Max heran und sagte ganz leise, aber mit deutlicher Schärfe in der Stimme: »Herr von Steyn, dass Sie überhaupt bei der Vernehmung dabei sind, ist am Rande der Legalität. Aber ich denke, wir müssen ganz schnell handeln – und dazu brauche ich Sie und Frau Berger. Aber wenn Sie mir noch einmal ins Handwerk pfuschen, schmeiße ich Sie raus. Ich leite die Ermittlungen. Klar?«

Max nickte ergeben, merkte aber kurz darauf, dass seine Frage wohl nicht so schlecht gewesen war. Denn der Kommissar wiederholte sie gleich noch mal. »Meinen Sie denn, Frau Thiele liebt Sie?«

Markus Wegmeister wurde rot wie ein Schuljunge, der beim Lügen ertappt wurde. »Ich, äh, ja, ich glaube schon.«

»Glauben heißt nicht wissen.«

»Sie hat es mir immer gesagt. Und ich war so glücklich.«

»So glücklich, dass Sie für sie einen Mord begangen haben?«

»Nein, das war doch ein Unfall. Ich war beim Professor. Das habe ich Ihnen ja schon gesagt. Und der hat mich ausgelacht. So, so, sind Sie auch auf das Flittchen reingefallen. Die verarscht euch doch alle, hat er gesagt. Und weiter: Wenn euch jungen Kerlen die Hormone durchgehen, lasst ihr doch alles stehen und liegen. Seine Unterlagen würde ich nie kriegen. Die lagerten sicher in der Firma. Und da käme nur er dran.«

»Und da haben Sie das Passwort für seinen Computer aus ihm rausgeprügelt und ihn dann erschlagen.«

»Nein, Herr Kommissar. So war es nicht. Das könnte ich doch gar nicht tun.«

»Ja, hat er es denn selbst gemacht?«

»Quälen Sie mich doch nicht so.«

»Ich quäle Sie? Sie sitzen hier, weil ich Ihnen vorwerfe, Professor Hausmann getötet zu haben. Vielleicht haben Sie ihn vorher gequält.«

»Nein, oder vielleicht doch. Es war so: Als er sich weigerte, die Unterlagen rauszugeben, habe ich ihn am Kragen gepackt. Gabi hat mir ja deutlich gesagt, ich solle nicht wagen, ohne die Unterlagen zu kommen. Ich habe den Professor also geschüttelt, und plötzlich ist er zusammengebrochen. Das Passwort fand ich dann auf einem Zettel in seiner Brieftasche. Hier, ich habe ihn noch.« Markus Wegmeister streckte dem Kommissar ein Stück Papier entgegen.

»Ein Unfall. Das ist ja eine ganz interessante Variante. Und wir kam der Professor dann zu der klaffenden Wunde am Hinterkopf? War es nicht eher so, dass Sie ihm eine übergebraten haben?«

Max staunte über die Wortwahl des Kommissars. Aber vielleicht war das ja die hohe Kunst der Vernehmung.

»Nein, wirklich nicht. Glauben Sie mir doch!« Markus Wegmeister klang in der Tat verzweifelt. So wie jemand, der doch nur das Beste will.

»Ich habe Ihnen schon mal gesagt, glauben heißt nicht wissen. Ich will aber wissen, was passiert ist. Glauben genügt mir nicht. Sonst wäre ich Pfarrer geworden. Dann würde ich Ihnen bei der Beichte alles glauben.«

»Ich hatte ihn am Kragen seines Sakkos gepackt. Und plötzlich ist er weggerutscht. Und mit dem Kopf gegen einen Zeitschriftenständer aus Metall gefallen. Und dann war alles voller Blut.«

»Aber auf dem Sofa. Und da stand ja wohl kein Zeitschriftenständer.«

»Ich habe ihn doch sofort aufs Sofa gehoben. Aber er war schon tot.«

»Ach so, Sie sind ja Mediziner. Da können Sie das feststellen.«

»Herr Kommissar, ich habe drei Jahre lang auf einer Intensivstation gearbeitet. Da sterben nun mal viele Leute.«

»Herr Wegmeister, haben Sie als Arzt eigentlich keinen Doktortitel?«

Nicht nur Wegmeister, sondern auch Max war irritiert von diesem Themenwechsel. Erneut tippte er auf höhere Fragetechnik.

»Ich wollte eigentlich nicht promovieren. Im Krankenhaus braucht man das heute nicht mehr. In der Forschung schon. Deshalb schreibe ich gerade an meiner Doktorarbeit.«

»Aber wohl nicht zum Thema ›tödliche Kopfverletzungen‹«, giftete Auchter ihn an.

»Sparen Sie sich Ihren Sarkasmus. Ich weiß genau, dass ich Mist gebaut habe. Aber ich weiß auch, dass ich den Professor nicht umbringen wollte.«

»Die Obduktion wird zeigen, ob Ihre Aussagen stimmen. Worüber promovieren Sie denn?« Auchters Stimme war plötzlich wieder ganz freundlich. Max hatte immer gedacht, für ein Verhör mit Zuckerbrot und Peitsche brauche es zwei Beamte. Doch Auchter schaffte das ganz alleine.

»Ich forsche darüber, wie sich die Stoffwechsel-Aktivitäten der menschlichen Zellen optimieren lassen, um so die Abwehrkräfte des Körpers zu steigern. Dieses Verfahren könnte zum Beispiel bei der Bekämpfung von Aids äußerst hilfreich sein.«

»Und wie machen Sie das?« Entweder war an Auchter ein Mediziner verloren gegangen oder er war tatsächlich ein äußerst wandlungsfähiger Fragesteller.

»Meine Arbeit basiert auf der biotechnischen Veränderung der Molekularstruktur bestimmter Eiweiße«, erklärte Wegmeister. »Wenn Sie mir ein großes Blatt Papier und einen Stift geben, kann ich Ihnen das Ganze mal skizzieren.«

»Ich denke, ich verstehe Sie auch so«, beeilte sich Auchter zu sagen. »Erklären Sie mir lieber, was das mit Doping zu tun hat.«

Wegmeister schien nicht sonderlich überrascht, dass der Kommissar dieses Thema ins Spiel brachte. Und da er ja schon am Beichten war, sprach er ganz offen weiter.

»Ich muss zugeben, das war Siegfrieds Idee. Und sie war einfach genial. Als ich ihm vor etwa einem Jahr meine ersten Ergebnisse zeigte, sah er sofort einen Weg, wie sich die Eiweiße so umbauen ließen, dass sie nicht die Abwehrkräfte der Zellen stärkten, sondern die Leistungsfähigkeit des Körpers, vor allem, wenn wir mit hochdosiertem tierischen Eiweiß arbeiten. Ganz ähnlich der Muttermilch. Nur viel konzentrierter.«

Jetzt konnte Max seinen Mund nicht mehr halten: »Ah ja, Stillen als Doping. Das heißt, die Sportler müssen vor dem Wettkampf erstmal an Mamis Brust. Klingt ja nicht schlecht.«

Kommissar Auchter verzichtete zu Max' Überraschung darauf, ihn für diesen Einwurf zu rügen. Vielmehr umspielte ein Grinsen seinen Mund. Er schien sich das Verfahren gerade ganz praktisch vorzustellen.

»Nein, ich sagte ja hochdosiert«, korrigierte Wegmeister betont sachlich.

»Und wie ging es weiter?« Jetzt nahm Auchter das Heft wieder in die Hand.

»Siegfried war ja ein begeisterter Läufer. Er probierte das Mittel gleich selbst aus.«

»Mit durchschlagendem Erfolg, falls ich das sagen darf«, warf Max ein. »Ich habe Siegfried Bergers Läufe am Computer ausgewertet. Er hat eine enorme Leistungssteigerung hingelegt.«

»Vielleicht bekommen Sie dann ja dafür den Doktortitel«, sagte Auchter. »Nur weiß ich leider nicht, ob Ihr Professor zum Rigorosum auch ins Gefängnis kommt.«

Max staunte, wie vertraut Auchter mit den akademischen Gepflogenheiten war.

»Und dann belauschten Sie das Gespräch zwischen Professor Hausmann und Herrn von Steyn. Und mussten plötzlich fürchten, das es schon eine Methode gab, um Ihr nagelneues Dopingmittel zu enttarnen. Ein richtig gutes Mordmotiv. Da freut sich jeder Richter drüber.«

»Das hätte meine Promotion doch in keiner Weise berührt.«

»Die vielleicht nicht. Aber durch das Dopingmittel witterten Sie das große Geld.«

»Das war für mich ehrlich gesagt zweitrangig.«

»Und warum starb Siegfried Berger?«

»Offen gesagt, ich weiß es nicht genau. Nach allem, was Gabi mir schilderte, vermute ich, er hat das Mittel überdosiert. So etwas kann im Extremfall den Stoffwechsel total durcheinanderwirbeln. Wenn man Pech hat, entsteht eine Kettenreaktion, die sich nicht mehr stoppen lässt.«

Wegmeisters Augen leuchteten, als er seine wissenschaftlichen Kenntnisse ausbreitete. »Wir nennen so etwas einen Zytokin-Sturm. Erinnern Sie sich an den Vorfall in England vor einiger Zeit? Da kam es beim Test eines neuen Medikaments gegen Multiple Sklerose zu solchen Zwischenfällen. Die Leute bekamen kurz nach der Injektion Herzrasen und wahnsinnige Kopfschmerzen. Das ganze Immunsystem brach zusammen. Die überlebten zwar alle, leiden aber heute noch an den Folgen. Inzwischen weiß man auch, woran das lag ...«

Auchter unterbrach den Vortrag genau an der Stelle, die Max besonders interessierte. »Kann es nicht sein, dass Sie Siegfried Berger eine zu hohe Dosis verpasst haben, um ihn loszuwerden? Um so nicht nur das Dopingmittel, sondern auch Gabi Thiele für sich zu haben?«

»Das, das ist ja ...« Markus Wegmeister rang nach Worten.

»Das ist ja logisch«, ergänzte Kommissar Auchter.

»Nein, ist es nicht.«

In diesem Moment klingelte Sonjas Handy. Sie bedeutete Max, mit ihr hinauszugehen.

In einer ruhigen Ecke des Gangs nahm sie das Gespräch an und schaltete den Lautsprecher ein.

»Küss die Hand, gnädige Frau, und mein tiefstes Beileid zum Ableben Ihres Gatten«, tönte es aus dem Gerät.

Max erkannte die Stimme sofort. »Das ist Wenger«, flüsterte er Sonja zu.

»Wer ... wer sind Sie?«, hauchte Sonja erschrocken.

»Sind Sie allein?«, fragte Wenger anstelle einer Antwort.

»Ja. Natürlich. Wer sind Sie und was wollen Sie von mir?«

»Ich glaube, ich darf Ihnen meinen Namen durchaus verraten«, hörte sie die Stimme mit dem deutlichen österreichischen Akzent sagen. »Mein Name ist Dr. Wenger. Dr. Franz Wenger. Ich bin ein alter Studienfreund Ihres gewesenen Gatten.«

»Und was wollen Sie?«

»Sehen Sie, gnädige Frau, ich bin in einer etwas misslichen Lage. Die Polizei verdächtigt mich, mit dem bedauerlichen Ableben Ihres Gatten, meines alten Freundes Siegfried, etwas zu tun zu haben. Und da musste ich leider kurzentschlossen meine Zelte im Alpen-Spa abbrechen. Obwohl dort noch drei Damen der Wiener Gesellschaft darauf warten, von mir wieder optisch in Höchstform gebracht zu werden. Für die ist die ganze Opernsaison im Eimer. Gnädige Frau, wenn Sie mal meine Dienste benötigen – ich stehe gerne zu Ihrer Verfügung. Unentgeltlich, versteht sich.«

»Jetzt sagen Sie mir endlich, was Sie von mir wollen«, fiel Sonja ihm ins Wort.

»Nur die Ruhe, gnädige Frau.«

»Sparen Sie sich Ihre gnädige Frau. Was wollen Sie?«

»Wenn Sie es wirklich ganz genau wissen möchten: Ich benötige einerseits etwas Geld, andererseits Unterlagen aus Ihrem Hause.«

»Wenger.« Max sprach den Namen des Schönheitschirurgen aus, dass es wie ein Peitschenhieb klang. »Hier spricht Max von Steyn. Sie erinnern sich an mich.«

»Natürlich, Herr Baron. Schön, von Ihnen zu hören. Es freut mich sehr, Sie an der Seite der gnädigen Frau zu wissen.«

Wengers Gesülze trieb Max die Zornesröte ins Gesicht. Statt dreimal tief durchzuatmen, wie er es sich für solche Situationen eigentlich vorgenommen hatte, schrie er ins Telefon. »Wenger, was haben Sie mit Siegfried Berger gemacht?«

»Bleiben Sie ruhig, Herr Baron. Ich dachte mir schon, dass Sie nicht zu mir gekommen waren, um sich zu erholen. Ich schlage der gnädigen Frau lediglich ein Geschäft vor.«

»Und wie soll dieses Geschäft aussehen?«

»Wie erwähnt, befinde ich mich in einer – sagen wir – etwas unkommoden Lage. Deshalb benötige ich 500 000 Euro und die Forschungsunterlagen dieses Professors Hausmann.«

»Und wie kommen Sie auf die Idee, dass Frau Berger Ihnen das alles geben sollte?«

»Das Einfachste wäre, sie täte es aus purer Nächstenliebe. Aber da ich davon derzeit nicht ausgehen möchte, könnte ich sie vielleicht damit motivieren, dass ich ihr im Gegenzug meine Kopien von Unterlagen übergebe, die belegen, dass ihr Unternehmen illegal Medikamente getestet und so das Leben vieler armer schwarzer Menschen aufs Spiel gesetzt hat.«

Max staunte, wie kompliziert sich Wenger in einer solchen Situation noch ausdrücken konnte. Fast so, als säße er in Wien am Hof der Kaiserin und mache Konversation.

»Was haben Sie denn für Unterlagen?«, fragte Max, während sich Sonja in einen Sessel sinken ließ.

»Wenn Frau Berger ihre E-Mails abruft, findet sie eine Kostprobe. Und wenn sie dann von meinen ehrlichen Absichten überzeugt ist, reden wir einfach weiter. Ich melde mich.«

Die Leitung war tot.

Sonja sank immer weiter in sich zusammen, so dass Max Angst bekam, sie würde wieder zusammenbrechen. Doch plötzlich erhob sie sich, reckte den Kopf nach oben und fragte: »Max, was bedeutet das alles? Woher hat der Mann meine Handynummer? Die kennen wirklich nur ganz ausgesuchte Leute.«

»Hast du die Nummer Gabi Thiele gegeben?«

»Ja, natürlich. Du meinst, die beiden hängen irgendwie zusammen?«

»Das würde Sinn machen. Lass uns sofort in dein Büro fahren. Und kein Wort zu Kommissar Auchter.«

Als Max den Kopf ins Vernehmungszimmer streckte, um sich zu verabschieden, sah er, dass Markus Wegmeister mit fahlem Gesicht am Tisch saß. Über seine Wangen lief ein Strom von Tränen, der nicht zu versiegen schien. Wegmeister stammelte nur: »Ich bin schuld, ich bin schuld.« Max signalisierte dem Kommissar, dass er ihn später anrufen würde.

Die Dokumente, die Wenger geschickt hatte, waren wirklich brisant. Sie belegten, dass Berger Pharmaceuticals einige hundert Ampullen des noch nicht zugelassenen Malaria-Impfstoffs nach Afrika geschafft hatte.

»Das ist ja wirklich eine Riesensauerei. Doch woher hat dieser Wenger die Dokumente?«

»Ich tippe auf Gabi Thiele. Sag mir lieber: Was tun wir jetzt? Und wozu will Wenger die Forschungsergebnisse des Professors?«

Max drehte die Augen nach oben zur Decke, als stünde dort die Lösung geschrieben. Drei Minuten verharrte er in dieser Position. Sonja wagte nicht, ihn zu stören.

»Lass uns doch mal eins und eins zusammenzählen. Soweit reicht mein mathematisches Genie vielleicht noch – obwohl Journalisten ja bekanntlich nicht rechnen können. Dein Mann hat mit Dopingmitteln experimentiert. Und dabei offenbar ein sehr wirksames Mittel erfunden. Gabi Thiele fängt ein Verhältnis mit ihm an. Ob aus Liebe oder Berechnung, wissen wir nicht. Wir können davon ausgehen, dass sie von Siegfrieds Forschungen wusste. Spätestens, seit sie parallel dazu mit seinem Assistenten ins Bett ging. Ganz schön skrupellos. Erst den Mann ihrer Chefin und dann dessen Assistenten. Wer weiß, mit wem sie noch alles in die Kiste gesprungen ist.«

Sonja erschauderte. »Weißt du, wie froh ich bin, dass zwischen ihm und mir schon länger nichts mehr lief?«

Max ging nicht darauf ein. »Nehmen wir mal an, sie war auch mit Wenger zugange. Das liegt eigentlich nahe, wenn wir vermuten, dass er die Unterlagen von Gabi Thiele hat. Dann wusste auch Wenger von den Doping-Forschungen. Und sah das gewaltige wirtschaftliche Potenzial. Es stand in letzter Zeit oft genug in der Zeitung, welche Summen dieser spanische Arzt für das Blutdoping der Radfahrer kassiert hat. Und diese Methode läuft ja nicht mehr.«

»Siegfried hätte Professor Hausmann nie etwas zuleide getan«, warf Sonja ein. »Vielleicht hat er sich in seinen Forschungen verrannt und wollte wirtschaftlich von mir unabhängig werden. Aber auf solchen Wegen? Nein, dazu kannte ich Siegfried gut genug.«

»Vielleicht war das sein Todesurteil.«

»Was meinst du damit?«

»Vielleicht wollten die anderen den Professor aus dem Weg räumen. Und weil Siegfried sich weigerte und damit drohte auszusteigen, wenn Hausmann etwas zustoßen würde, musste er sterben. Gabi Thiele hatte sicher Gelegenheit, das Doping-Mittel zu manipulieren.«

»Und da sie mit Siegfried, seinem Assistenten und auch mit Wenger schlief, kam sie an alle nötigen Informationen. Selbst ich blöde Kuh habe ihr am Schluss vertraut. Ich hatte schon richtig Schuldgefühle, weil ich Siegfried nicht mehr liebte.«

»Gegen die Waffen einer Frau sind wir Männer eben machtlos«, sagte Max ganz leise und sah Sonja an.

»Tu doch nicht so, als wärt ihr Männer so harmlos.« Sonja lächelte.

»Wenn ich ehrlich bin, ich glaube, ich wäre gegen Gabi Thiele immun. Viel zu knochig.«

»Das lässt mich ja hoffen«, erwiderte Sonja und legte die Hände an ihre Taille. In der Tat hatte sie trotz ihres geringen Gewichts ausgeprägt weibliche Formen.

Max beschloss, das kaum verhohlene Angebot zu ignorieren. »Um ein Druckmittel in der Hand zu haben, hat Gabi Thiele die Unterlagen über die Medikamentenversuche an sich gebracht. Und damit kann sie jetzt die Firma ruinieren – und verhindern, dass ihr ein sehr wichtiges Medikament gegen Malaria auf den Markt bringt – auch wenn jetzt klar ist, dass dein Mann mit den Medikamentenversuchen unsauber gearbeitet hat. Ich wünsche dir nur, dass dabei niemand zu Schaden kam.«

Sonja sagte nichts.

Max sah sich noch mal aufmerksam die Seiten an, die Wenger Sonja zugemailt hatte. »Weißt du, wo die Originale sind?«

»Wenn sie noch da sind, müssen sie irgendwo hier im Büro sein.«

Siegfried Berger hatte sich gar keine Mühe gegeben, die Unterlagen zu verstecken. Im Regal neben seinem Schreibtisch stand ein Ordner mit der Aufschrift »Lieferungen« – und darin lagen fein säuberlich abgeheftet die Unterlagen über den Versand der Ampullen.

»Schau mal, wer den Auftrag unterschrieben hat. Gabi Thiele. Jetzt weiß ich, was wir tun können, um die Erpressung ins Leere laufen zu lassen.«

»Spann mich doch nicht so auf die Folter. Was sollen wir tun?«

»Du erstattest eine Selbstanzeige und sagst, nach dem Tod deines Mannes seiest du in Gabi Thieles Büro auf diese Unterlagen gestoßen. Wir drehen das im Zweifelsfall so hin, dass sie die Sache eingefädelt hat und dein Mann sterben musste, weil er ihr auf die Schliche gekommen war und ihre Verführungskünste nicht mehr ausreichten, um ihn ruhig zu halten.«

»Klingt einleuchtend. Und was machen wir mit Wenger und seiner Erpressung?«

»Wir gehen zum Schein drauf ein. Ich möchte wissen, wo die beiden stecken. Die gehen sicher davon aus, dass du dir keinen Skandal leisten kannst. Sonst wäre er ja nicht so offen an dich herangetreten. Der ist sich verdammt sicher. Zu sicher. Ich würde zu gern mal einen Blick in Gabi Thieles Wohnung werfen. Vielleicht findet sich dort ein Hinweis darauf, wo die beiden stecken.«

»Willst du in ihre Wohnung einbrechen? Und dich selbst strafbar machen? Sollen wir nicht lieber mit der Polizei reden?«

»Ich habe eine bessere Idee.« Max stand auf. »Komm mit. Wir schauen mal in ihr Büro, ob wir dort einen Wohnungsschlüssel finden. Ich jedenfalls hatte früher immer einen Ersatzschlüssel im Schreibtisch deponiert.«

»Bingo«, rief Sonja aufgeregt, nachdem sie ein paar Minuten in Gabi Thieles Schreibtischschubladen gewühlt hatte. »Hier steht sogar ›Wohnung‹ drauf.«

Wenig später schloss Max die Tür auf, an der ein ovales Messingschild mit der Aufschrift »Dr. G. Thiele« hing. Beim Blick in die Küche stutzte er. Dort blitzte und glänzte es, als hätte sich gerade eine oberschwäbische Hausfrau ausgetobt.

»Die Polizei hat doch nach der Durchsuchung gesagt, in der Küche stehe noch das ungespülte Frühstücksgeschirr. Irgendjemand muss in der Zwischenzeit hier gewesen sein.«

»Du hast recht. Aber jetzt lass uns suchen.« Sonja blickte Max an. »Aber wonach suchen wir eigentlich?«

»Keine Ahnung. Nach irgendwelchen Hinweisen darauf, wohin sich die beiden abgesetzt haben könnten.«

Gabi Thiele hatte trotz ihres nicht geringen Einkommens sehr bescheiden gelebt. Die Möbel stammten unverkennbar aus dem Geschäft mit dem Elch, und Max fragte sich, welcher Liebhaber sie ihr wohl zusammengebaut hatte.

Während die beiden Schublade um Schublade durchsuchten, hörten sie, wie ein Schlüssel ins Schloss der Wohnungstür gesteckt wurde. Sekunden später stand eine etwa 65-jährige Frau mit weißen Haaren im Raum und rief erschrocken: »Was machen Sie denn hier?«

»Das Gleiche möchte ich Sie auch gern fragen«, antwortete Max ganz ruhig. »Ich bin ein Kollege von Frau Thiele. Sie hat uns gebeten, ihr ein paar Unterlagen herauszusuchen.«

»Da bin ich ja beruhigt. Ich bin Frau Schweiger, die Putzfrau. Ich komme alle zwei Tage zum Aufräumen. Aber warum holt Frau Thiele ihre Unterlagen nicht selber?«

»Hat sie Ihnen nicht gesagt, dass sie kurzfristig zu einem Kongress eingeladen wurde? Nach Amerika. Dort ist ein Referent ausgefallen, und da hat man dann Frau Thiele gebeten, ihn zu vertreten.«

»Ach, die Frau Doktor. Sie ist ja so erfolgreich.« Die Augen der Putzfrau bekamen einen sehnsüchtigen Glanz, der aber sofort wieder verschwand.

»Und was für Unterlagen suchen Sie?«, fragte sie, immer noch misstrauisch.

»Gabi hat angerufen, dass in ihrem Ferienhaus etwas repariert wird. Und dazu wird ein Grundriss benötigt.« Sonja hatte sich blitzschnell auf die Situation eingestellt. »Gerade, als sie mir sagen wollte, wo die Unterlagen sind, brach die Verbindung ab. Das amerikanische Telefonnetz stammt wohl noch aus dem vorletzten Jahrhundert.«

»Und der Schlüssel? Woher haben Sie den Schlüssel? Die Frau Doktor ist doch immer so vorsichtig.«

»Den hat sie im Büro deponiert.«

Frau Schweiger sagte erleichtert: »Ja, dann scheint das ja alles zu stimmen. Die Unterlagen über das Ferienhaus sind in dem Ordner dort. Der, auf dem Altersvorsorge steht.«

»Frau Schweiger, Sie sind ein Schatz«, rief Sonja entzückt. »Ich werde meiner Freundin Gabi sagen, wie toll Sie sind.«

Die alte Frau strahlte übers ganze Gesicht. »Wann kommt die Frau Doktor denn wieder?«

»Der Kongress dauert noch bis Sonntag. Aber wahrscheinlich bleibt sie noch ein paar Tage in Florida. Ich habe ihr angeboten, meine Wohnung dort zu benutzen.«

»Florida«. Aus Frau Schweigers Stimme klangen Sehnsucht und Begeisterung. »Da wolle ich auch schon immer hin. Bitte grüßen Sie die Frau Doktor ganz lieb von mir.«

Max schnappte sich den Ordner und zog Sonja zur Tür. »Das machen wir doch gerne, Frau Schweiger.«

Während Sonja fuhr, blätterte Max den Ordner durch. »Das ist eine wahre Fundgrube«, jubelte er. »Die Dame hat bei euch wohl nicht schlecht verdient. Die hat Immobilien in Österreich, Italien und auf den Kanarischen Inseln.«

»Tippen wir doch mal auf Österreich. Da ist Wenger zuhause.«

»Keine schlechte Lage«, murmelte Max, während er sich ein paar Blätter in dem Ordner genauer ansah. »Diese Wohnung hier liegt offenbar hoch über Bregenz. Sicher mit Blick auf den Bodensee.« Er summte eine Arie aus Tosca. Die Puccini-Oper hatte er erst vor kurzem auf der Bregenzer Seebühne gesehen.

Sonja erkannte die Melodie sofort und wusste, worauf Max anspielte. »Jetzt weiß ich auch, warum Siegfried nicht mit mir zu der Aufführung auf der Seebühne wollte. Wahrscheinlich war er mit ihr dort.« Das Wörtchen »ihr« betonte Sonja so, dass kein Zweifel blieb, was sie mittlerweile von dieser Frau hielt.

Max machte sich eigentlich nicht viel aus Opern, aber Veronika hatte nicht lockergelassen und einfach die Karten gekauft. Als sie spät in der Nacht wieder zu Hause ankamen, war Max immer noch ganz ergriffen von dem Abend. Selbst die Regenschauer, die während der Vorstellung niedergingen, schienen zur Inszenierung zu gehören. Sie tauchten die in den Bodensee gebaute Bühne in eine düstere Atmosphäre, die genau zum Drama um die hübsche Sängerin Floria Tosca passte. Als sie sich am Ende, verzweifelt über den Tod ihres Geliebten, in die Tiefe stürzte, riss der Himmel auf und der Mond strahlte das riesige Auge, das die Kulisse bildete, an. Das Publikum blieb minutenlang schweigend im Dunkeln sitzen, bevor der tosende Applaus losbrach.

»Ich fahre gleich nach Bregenz und schaue mir das Liebesnest mal an«, schlug Max vor. »Vielleicht stecken die beiden tatsächlich dort.«

»Ich komme mit«, sagte Sonja.

»Sonja, bitte. Du musst hierbleiben und auf Nachrichten von Wenger warten. Ich frage Veronika, ob sie mitkommt. Ganz alleine möchte ich da auch nicht hin.«

Widerstrebend stimmte Sonja zu. »Aber ruf deinen Kommissar Brunnhuber an. Der kann dir doch sicher helfen.«

Max murmelte irgendetwas Ausweichendes und machte sich auf den Weg, Veronika abzuholen und loszufahren.

* * *

Eine gute Stunde später lenkte Max den Audi durch die engen Gassen der Bregenzer Altstadt. Die Straße wand sich den Berg hinauf, vorbei an dem alten Martinsturm, der einen weiten Blick über die Stadt und den Bodensee erlaubte, wenn nicht, wie an diesem Tag, dichter Nebel über der Landschaft lag. Das Navigationssystem führte ihn zu der Adresse, die er in Gabi Thieles Unterlagen gefunden hatte.

Geld schien für die Wissenschaftlerin wirklich keine Rolle zu spielen. Was Max beim Blick in die Papiere für ein Ferienhaus gehalten hatte, entpuppte sich als ein wunderschön restauriertes Schlösschen. Links und rechts ragten Türme in den Himmel, das große hölzerne Tor schien schon so manchem Eindringling standgehalten zu haben. Ein Nebengebäude, früher vielleicht ein Stall, diente als Garage. Max erkannte Wengers Jeep und etwas versteckt dahinter auch den Karmann Ghia.

»Irgendetwas machen wir falsch, sonst würden wir auch so wohnen«, meinte Veronika.

»Tröste dich«, gab Max zurück. »In ein paar Stunden wohnen die beiden in einem Haus mit noch dickeren Mauern und wesentlich schlechterer Aussicht. Und das für viele, viele Jahre.«

»Sollen wir reingehen?«, fragte Veronika voller Tatendrang. Sie hatte schon ihre Digitalkamera herausgeholt und erste Fotos von dem Haus geschossen.

Max überlegte kurz, ob er nicht doch noch Kommissar Brunnhuber anrufen sollte. Doch dann siegte seine Neugier. Er wollte nur zu gerne das Gesicht von Dr. Wenger sehen, wenn er plötzlich aufkreuzte. Und dazu das von Gabi Thiele, die ja eine glänzende Schauspielerin zu sein schien.

»Vroni, pass auf. Lass mich da alleine reingehen. Wenn irgendetwas schiefgeht, rufst du die Polizei.«

»Und woher weiß ich, wann etwas schiefgeht? Wenn du in drei Stunden nicht wieder hier bist und mir Wenger und die Thiele gefesselt vor die Füße legst? Warum wollt ihr großen Buben eigentlich immer die Helden spielen?«

»Wir sind die Jäger und ihr Frauen seid die Sammler, das weißt du doch«, erwiderte Max und gab ihr schnell einen Kuss. »Nur bei dir, da bin ich doch gerne auch mal die Beute.«

Er nahm sein Handy vom Armaturenbrett und wählte eine Nummer. Sekunden später klingelte es in Veronikas Jacke. »Wir lassen die Handys zusammengeschaltet, dann kannst du mithören, was passiert. Und wenn es brenzlig wird, legst du auf und rufst Kommissar Brunnhuber an. Hier ist seine Karte.«

»Max, pass auf dich auf. Es hat schon genug Tote gegeben. Meinst du nicht, du solltest den Rest jetzt der Polizei überlassen?«

»Dass ihr Frauen immer so vernünftig sein müsst. Wer hat denn das Versteck der beiden entdeckt? Die Polizei oder wir? Also gönnen wir uns auch den Triumph.«

»Mit ›wir‹ meist du wohl dich?«, stichelte sie. »Ich spiel ja nur den Wachhund.«

»Vroni, sieh doch ein, dass es nichts bringt, da zusammen reinzugehen. Wenn einer von den beiden eine Waffe hat, können wir nicht mal Hilfe holen.«

»Kindskopf«, sagte Veronika mit zärtlicher Stimme. »Ich würde gerne mal deine Mutter fragen, ob du als kleiner Junge zu wenig Räuber und Gendarm spielen durftest.«

Max drückte ihr noch einen Kuss auf die Stirn, stellte sein Telefon auf Freisprechen und steckte es so in die Brusttasche seines Hemdes, dass das Mikrofon nach oben zeigte.

»Isar 12 ruft Zentrale. Hören Sie mich? Aber ab jetzt kein Wort mehr. Feind hört sonst mit.«

In das massive hölzerne Tor war eine kleinere Tür eingelassen, die sofort nachgab, als Max auf die Klinke drückte. Die beiden schienen sich ziemlich sicher zu fühlen.

In der Eingangshalle standen ein paar alte Möbel, aus einer Ecke grüßte sogar ein Ritter im Metallkleid. Max hob die Hand und flüsterte: »Edler Ritter, ich komme, um Euch von Eurer Herrschaft zu befreien. Seid so gut und leiht mir Euer Schwert.« Der Ritter schien nichts dagegen zu haben, dass Max ihm die Waffe aus der Hand nahm.

Auch wenn das Schwert lange nicht geschliffen worden war, gab es Max doch etwas Sicherheit. Im Zweifelsfall könnte er es Wenger ja auch an den Kopf werfen.

Auf Zehenspitzen stieg er die Treppe zum ersten Stock hinauf, konnte aber nicht verhindern, dass die alten Holzstufen knarrten. Doch oben rührte sich nichts.

Erst als Max auf dem Treppenabsatz stand, von dem aus es in die Wohnräume ging, hörte er leise Musik. Vorsichtig öffnete er die Tür einen Spalt und erkannte die Melodie. Es war die Szene, in der sich Tosca ihrem Geliebten Cavaradossi in der Kirche auf dessen Maltisch hingeben möchte. Max konnte sich vorstellen, was Gabi Thiele hinter der geschlossenen Schlafzimmertür gerade mit ihrem Liebhaber Nr. 3 machte.

Er war froh, dass die Schlüssellöcher in diesem historischen Gebäude noch die Größe von Schießscharten hatten. So konnte er mitverfolgen, wie Wenger gerade an Gabis BH herumnestelte, aber offenbar Schwierigkeiten hatte, den Verschluss zu öffnen. Galant öffnete Max die Tür, hielt das Schwert hoch und fragte: »Darf ich Ihnen assistieren, Herr Doktor?«

Es dauerte nur den Bruchteil einer Sekunde, und die beiden saßen aufrecht im Bett. Gabi Thiele zog züchtig die Decke bis zu ihrem Hals hoch, während Wenger die Hände vor seinem deutlich abstehenden Gemächt kreuzte.

»Was tun Sie hier?«, fauchte Gabi Thiele, und Wenger, ganz der Schlossherr, rief: »Verlassen Sie sofort den Raum!«

»Oh, ich wollte nur mal fragen, wie es sich mit so vielen Leichen auf dem Gewissen lebt?«, sagte Max leichthin und stützte sich auf das Schwert.

»Von welchen Leichen sprechen Sie?« Wenger hatte sich schon wieder etwas gefangen.

»Wenn ich mal aufzählen darf: Siegfried Berger, Martin Schütz, Professor Hausmann, Ihr Patient, dessen Namen ich leider nicht kenne, und Christina Kerner.«

»Ich trage an keinem dieser zugegebenermaßen äußerst bedauerlichen Todesfälle irgendeine Schuld«, gab Wenger von sich. »Und Gabi, ich meine Frau Dr. Dr. Thiele, ebenso wenig. Siegfrieds Tod war ein Unfall. Er hat das Dopingmittel überdosiert und ist kollabiert. Und Martin Schütz, das war Selbstmord. Das wissen Sie doch genau. Den Professor hat ganz alleine der junge Wegmeister auf dem Gewissen. So jedenfalls hat er es Gabi am Telefon gestanden. Und mein Patient? Der ist froh und munter nach Hause gegangen.«

»Wenn das alles so einfach wäre, warum sind Sie dann geflüchtet, Herr Doktor?«

Max betonte den Doktortitel besonders, fast so, als wäre schon das Führen eines akademischen Grades ein Indiz für Wengers Schuld.

Wenger richtete sich auf, hob matt die rechte Hand und öffnete den Mund.

»Schweigen Sie. Jetzt bin ich dran«, herrschte Max ihn an.

»Natürlich hat sich Martin Schütz das Zeug selbst gespritzt. Doch das weiß außer uns dreien niemand. Denn schließlich gibt es Martins Abschiedsbrief, in dem er Sie beschuldigt. Und zu allem Überfluss hat die Polizei ja die Ampulle mit Ihren Fingerabdrücken gefunden. Und zwar in Ihrem Büro. Genau so, wie es Martin Schütz mit letzter Kraft aufgeschrieben hat.«

»Hören Sie, Herr von Steyn ...« Wenger kam, nicht einmal mit einer Unterhose bekleidet, auf Max zu, der sich gerade noch ein Grinsen verkneifen konnte. Der Schönheitschirurg legte seine rechte Hand auf Max' Unterarm. Seine Stimme hatte jetzt einen äußerst flehentlichen Ton. »Ich biete Ihnen ein Geschäft an. Eine Millionen Euro in bar, wenn wir hier heil rauskommen.«

Mit einem Ruck befreite sich Max von der Berührung und hielt kurz inne. Gerade mal eine Woche war es her, da hatte schon mal jemand so die Hand auf seinen Arm gelegt, um eine Bitte zu unterstreichen. Es war Sonja, bei ihrer ersten Begegnung im Garten der Maxau. Damals hatte er seinen Arm bereitwillig liegen lassen, was nicht nur daran lag, dass Sonja eine attraktive Frau war.

»Sie kotzen mich an, Wenger. Glauben Sie wirklich, mit Ihrem Geld können Sie alles und jeden kaufen? Ich sage Ihnen mal was: Es kann sein, dass die Beweise nicht ausreichen, um Sie wegen Mordes an Siegfried Berger und wegen des Todes Ihres Patienten dranzukriegen. Im Fall von Martin Schütz bin ich mir aber sicher, dass die Indizien erdrückend sind. Auch wenn ich weiß, dass Sie es in diesem Fall nicht waren.«

Max machte eine kurze Pause.

»Ich rufe jetzt die Polizei. Die sucht Sie nämlich überall.«

»Nein, das tun Sie nicht«. Wengers Stimme hatte plötzlich wieder Kraft bekommen. »Eher bringe ich Sie um.«

Verzweifelt stürzte sich der Arzt auf Max, der sich mit einer schnellen Drehung in Sicherheit brachte, aber dabei seine Waffe fallen ließ. Wenger krachte gegen die Zimmertür. Während Max seinen Blick auf Gabi Thiele richtete, die wie paralysiert auf dem Bett saß, griff Wenger nach dem Schwert.

»Ich schlag dich tot, du verdammter Schnüffler.«

Wenger hob die Waffe in die Höhe und ging auf Max zu.

In diesem Moment ertönte Veronikas Stimme aus Max' Brusttasche. »Hier spricht die Polizei. Lassen Sie sofort die Waffe fallen.«

Wenger war so irritiert, dass er das Schwert tatsächlich losließ und Max ihn überwältigen konnte. Er stieß den Arzt aufs Bett, angelte sich mit einer Hand dessen Hemd und band ihm damit die Arme zusammen. Von Gabi Thiele war noch immer kein Ton zu hören.

»Toll gemacht, Vroni«, rief Max laut. »Der Trick hat funktioniert. Am besten kommst du jetzt auch hoch.«

Als Veronika ins Zimmer trat, riss Wenger die Augen auf. »Sie? Sie gehören zu diesem Mistkerl? Das hätte ich mir ja denken können.«

»Halten Sie endlich den Mund, Wenger«, schnauzte Max in Richtung des gefesselten Mannes. »Weiß Ihre schöne Freundin eigentlich, dass Siegfried Berger nicht an den Folgen seines Zusammenbruchs gestorben ist, sondern an den Verletzungen, die er sich zuzog, als Sie ihn den Felsen hinunterstießen?«

Max hatte zwar keine Ahnung, ob das stimmte, doch ein kleiner Bluff konnte nicht schaden.

Gabi Thiele lief rot an und sprang auf. Sie stürzte sich auf Wenger. Ihren halbbekleideten Zustand nahm sie gar nicht mehr wahr. »Du hast Siegfried umgebracht? Und mir erzählst du, es war ein Unfall? Du Schwein!«

Sie krallte ihre Fingernägel in Wengers Schultern. Veronika zog sie sachte zurück und fragte: »Was hat er Ihnen denn sonst noch erzählt? Vielleicht, dass er Sie liebt?«

»Franz und lieben? Dazu wäre er ja gar nicht fähig. Erst hat er mir erzählt, Siegfried wäre schon nach Lanzarote geflogen, wo wir unser Doping-Zentrum aufbauen wollten.«

Sie sprach das Wort Doping-Zentrum so selbstverständlich aus, als handle es sich um eine normale Landarztpraxis. »Und dann rückte er damit heraus, dass Siegfried in seiner Klinik gestorben sei. Den Leichnam habe er dann in den Bergen versteckt.« Sie drehte sich zu Max und blickte ihm in die Augen. »Woher wissen Sie, dass er noch nicht tot war?«

»Das hat die Polizei festgestellt. Wenn Sie wollen, rufen wir Kommissar Brunnhuber an. Er wird es Ihnen bestätigen.« Auch dieser Bluff funktionierte. Max merkte, dass Gabi Thiele am Ende war und fragte ganz direkt: »Wie kommt es eigentlich, dass eine so intelligente Frau wie Sie auf so einen Kleinstadt-Casanova wie Wenger reinfällt?«

Das Kompliment schien Gabi Thiele zu schmeicheln. »Wenn ich das jetzt noch wüsste. Ich kann gar nicht glauben, dass er Siegfried ...« Sie stockte.

»Erzählen Sie mir, wie es anfing«, sagte Veronika mit sanfter Stimme und legte Gabi den seidenen Morgenmantel um, der über dem Kleiderständer hing.

»Er lud mich im Alpen-Spa eines Morgens, als Siegfried schon beim Wandern war, zum Frühstück auf seine Terrasse ein. Er war ganz Gentleman, bediente mich von vorne bis hinten und fuhr teuren Champagner auf. Als ich kurz in seine Küche ging, um einen Marmeladenfleck von meinem Kleid abzuwaschen, folgte er mir. Ich stand vor der Spüle, als er mich von hinten umfasste und, ohne ein Wort zu sagen, mein Kleid hinaufschob. Dann drückte er mich auf den Küchentisch und nahm mich einfach in Besitz. Und mir erschien das alles so selbstverständlich, dass ich nicht einmal auf den Gedanken kam, dass ich Siegfried dadurch betrog.«

Mit weit geöffneten Augen blickte sie Veronika an: »Kennen Sie das nicht? Dass da plötzlich ein Mann ist, der alle Grenzen einreißt? Nur durch seine Präsenz?«

Veronika nickte kaum merklich und errötete. Max beschloss, sie später nach dem Grund zu fragen.

»Und dann?«

»Wir tranken noch eine ganze Flasche Champagner. Auf meine Frage, ob er nicht noch operieren müsse, sagte er lachend: ›Die beiden Nasen und den Hängebusen mache ich doch im Tiefschlaf.‹

Von da an trafen wir uns immer, wenn Siegfried in den Bergen war. Es war wie ein Sog. Ich musste immer wieder hin zu ihm. Er tat Dinge mit mir, von denen ich nie gedacht hätte, dass ich sie mag.«

»Und Sie haben nie überlegt, Siegfried Berger zu verlassen, um mit Wenger zusammenzuleben?« Veronika fragte ganz routiniert, als führe sie ein Interview.

»Mit einem Mann wie Wenger kann eine Frau nicht zusammenleben. Aber mit Siegfried ging das ja auch nicht. Der wäre nie von Sonja weggegangen. Dazu hatte er viel zu viel Angst um seinen Posten in der Firma.«

»Und Wenger war es egal, dass Sie weiterhin mit Siegfried Berger schliefen?«

»Das war nie ein Thema. Wir sprachen kaum über Siegfried. Die Welt mit Franz war eine ganz andere. Siegfried war immer so verständnisvoll, er wusste oft schon vor mir, was ich wollte. Und Franz war einfach er selbst. Er nahm sich, was er wollte. Eines Tages erzählte ich ihm beiläufig von Siegfrieds Doping-Experimenten. Wenger war wie elektrisiert. Er wollte mitmischen. Siegfried war zunächst einverstanden. Denn über Wenger hätten wir das Mittel relativ problemlos vertreiben können. Wem würde es schon auffallen, wenn ein paar Sportler im Hotel logierten und von dort zu Wenger in die Klinik gingen?«

Gabi Thiele hatte sich richtig warmgeredet. Veronika unterbrach sie nicht mehr und signalisierte nur durch gelegentliches Kopfnicken, dass sie zuhörte. Weder Max noch Wenger sagten ein Wort.

»Dann kam die Sache mit dem alten Professor. Der entwickelte doch tatsächlich ein Verfahren, das unsere Anstrengungen zunichte gemacht hätte. Franz zögerte keine Sekunde. Er sagte mit einem brutalen Grinsen zu uns: ›Der Alte muss weg. Sozialverträgliches Frühableben heißt das doch neuerdings bei Leuten in seinem Alter.‹

Doch Siegfried weigerte sich. Schließlich war der Professor ein alter Freund von Sonjas Familie. Deshalb schlug Franz vor, mit meinem Körpereinsatz Siegfrieds Assistenten zu ködern. Der sollte dem Professor die Unterlagen abjagen. Als die freundliche Tour nicht funktionierte, sagte Franz, wir müssten jetzt endlich mit härteren Bandagen arbeiten. Und dann ging alles schief, aber das wissen Sie ja.«

Gabi Thiele seufzte.

»Haben Sie denn überhaupt einen der Männer geliebt, mit denen Sie abwechselnd geschlafen haben?«

»Ob ich Siegfried geliebt habe? Oder Franz? Oder den Assistenten? In Siegfried war ich anfangs richtig verliebt. Wie ein junges Mädchen. Doch das hielt nicht sehr lange. Es war dann einfach bequem und auch schön mit ihm. Den hier«, sie drehte den Kopf zu Wenger und warf ihm einen verächtlichen Blick zu, »habe ich nie geliebt. Viel schlimmer. Ich war abhängig von ihm. Er war meine Droge. Und der Assistent? Komisch, mir kommt nicht einmal sein Name in den Sinn, wenn ich an ihn denke. Er ist nur der Assistent. Ich habe mit ihm das gemacht, was ich von Franz gelernt habe. Er war mein Werkzeug. Ein nettes Werkzeug.«

Gabi Thiele setzte sich aufs Bett, so weit weg von Wenger wie irgendwie möglich. Sie schien erschöpft.

»Und, Wenger, was sagen Sie dazu?« Max sah den Schönheitschirurgen eindringlich an. Der Habitus des Lebemanns war von ihm gewichen. Seine schmalen Lippen lagen dicht aufeinandergepresst und bildeten einen Strich. Er schwieg weiter. Max fasste ihn an den Schultern und schüttelte ihn. »Ich möchte etwas von Ihnen hören.«

»Das ist doch alles erlogen. Aber von mir hören Sie kein Wort mehr. Sie können mir doch gar nichts beweisen.«

»Und wenn ich die Wahrheit aus Ihnen herausprügle, Herr Doktor. Ich will endlich wissen, was passiert ist.« Er blickte zunächst Gabi Thiele und dann Veronika an. »Und ich glaube, da ich bin nicht der Einzige.«

»Sag endlich, was los war! Du elender Feigling!«, giftete seine Geliebte, mit der er wohl für lange Zeit zum letzten Mal das Bett geteilt hatte.

»Ich muss Ihnen etwas gestehen, Herr Doktor Wenger«, mischte sich Veronika ein, »ich bin gar keine Werbetexterin, sondern Journalistin. Und da erlebt man ja vieles. Appetitliches und Unappetitliches. Zu den unappetitlichen Dingen gehörte für mich ein Besuch in Guantanamo, da, wo die Amis ihr Gefängnis für sogenannte Terrorverdächtige aus aller Welt eingerichtet haben. Anfangs wurden die Menschen dort ganz offen gefoltert. Mit Prügeln und Stromschlägen, das kennt man ja.«

Max staunte, wie gelassen Veronika, die damals völlig aufgelöst von ihrer Reise zurückgekommen war, über diese

Grausamkeiten sprach. Er konnte sich nicht so recht erklären, worauf sie hinauswollte. Wenger offenbar auch nicht, denn er sah sie mit großen Augen an.

»Später dann haben die Amis feinere Techniken angewandt, die große Schmerzen auslösen, aber keine Spuren hinterlassen. Wir saßen eines Abends mit ein paar Ausbildern zusammen. Und die haben richtig angegeben damit und uns ihre Methoden geschildert. Zum Beispiel Schläge auf die Leber. Oder diese feinen Nadeln, die sie den Leuten unter die Fingernägel stießen.«

Veronika beugte sich zu dem gefesselten Wenger hinunter und hob sein Unterhemd hoch. »Hier, Herr Doktor, ist doch Ihre Leber. Und wissen Sie, wie gut das tut, wenn ich dort draufschlage? Oder wenn mein Freund Max das macht, der hat noch mehr Kraft. Oder wenn ich dort ein bisschen den Schraubstock ansetze, wo Sie viel lieber Lust empfinden?«

Wie oft hatte sich Max über Veronikas Vorliebe für amerikanische Action-Serien im Fernsehen geärgert? Jetzt liebte er sie dafür.

Wenger wand sich zur Seite. »Sie werden es nicht wagen ...«

»Sie werden sehen, was wir wagen, wenn Sie nicht den Mund aufmachen«, sagte Max, so gefühllos er konnte. Er packte Wenger an den Schultern und drückte ihn aufs Bett. »Los Vroni, ein Schlag genügt bei diesem feigen Sack.«

Veronika baute sich vor ihm auf und nahm die Kampfstellung ein, die sie vor Jahren im Kung Fu gelernt hatte. Wie eine Ninja-Kämpferin stand sie da, die rechte Faust nach vorne gestreckt, die linke klemmte unter ihrer Achsel.

»Du musst nur ›los‹ sagen, Max.«

Wengers Augen funkelten. Angstschweiß trat auf seine Stirn. »Bitte tun Sie es nicht.«

»Das liegt ganz an Ihnen«, erwiderte Max im Plauderton. »Entweder Sie erzählen uns jetzt, was passiert ist, oder ich sage wirklich ›los‹. Veronika hat eine ziemlich harte Hand.«

Max spürte, wie der Körper des Arztes erschlaffte. Sein Widerstand schmolz dahin.

»Gut, Sie haben gewonnen.«

Er richtete sich ein wenig auf und begann zu sprechen: »Ich lernte Siegfried vor Jahren an der Uni kennen. Er begann gerade sein Studium, ich arbeitete dort als junger Assistent. Wir verstanden uns sofort. Doch als ich nach ein paar Jahren zurück nach Wien ging, verloren wir uns aus den Augen. Bis er plötzlich mit seiner Geliebten im Alpen-Spa auftauchte. Gabi hat Ihnen ja erzählt, wie es mit uns anfing. Sie ist genau der Typ Frau, auf den ich stehe. Und Siegfried, dieser Idiot, ließ sie netterweise stundenlang allein im Hotel.«

Er blickte Gabi an, die sich aber sofort abwandte, und sagte dann zu Max: »Hätten Sie sich diese Chance entgehen lassen?« Ohne auf eine Antwort zu warten, fuhr er fort: »Siegfrieds Idee mit dem Eiweiß-Doping gefiel mir. Zumal die gesamte Branche auf der Suche nach neuen Wegen war. Epo und so weiter waren zu leicht zu entdecken. Dazu kam, dass ich mit dem Operieren aufhören wollte. Mir waren ein paar blöde Fehler passiert. Das Geschäft mit dem Doping erschien mir viel einfacher und lukrativer.

Wissen Sie, wenn man schon Tausende von Falten geglättet, Nasen geradegebogen, Tränensäcke ausgetrocknet und Brüste vergrößert oder verkleinert hat, dann reicht es irgendwann. Und je langweiliger das Leben, desto hilfreicher ist der Alkohol.«

Wengers Blick blieb an der Hausbar hängen. Langsam ging Max hinüber, öffnete eine Flasche Single Malt und schenkte sich einen guten Schluck ein. Er hielt das Glas Wenger unter die Nase, der den torfigen Duft gierig einsog.

»Sie kriegen später ein Glas, wenn wir miteinander fertig sind.«

Wenger wollte protestieren, überlegte es sich aber anders, als Veronika wieder die Fäuste ballte.

»Wir standen kurz vor dem Durchbruch. Siegfried testete das Zeug an sich selbst, mit durchschlagendem Erfolg. Ich hatte schon die ersten Kontakte zu Sportfunktionären in halb Europa angebahnt, da kam uns der alte Professor in die

Quere. Sein Verfahren hätte alles zunichtegemacht. Siegfried versuchte, mit ihm zu reden. Sinnlos.

Da passierte dann Siegfrieds Unfall. Er wollte wissen, welche Leistungssteigerungen mit einer höheren Dosierung noch drin wären. Doch dieses eine Mal nahm er zu viel. Sein Körper machte nicht mit, und er brach oben im Wald zusammen. Aber das wissen Sie ja. Als wir ihn fanden, war er fast tot. Herz-Kreislauf-Versagen, innere Blutungen ... Ich brachte ihn in meine Klinik, doch es war zu spät. Er wachte aus dem Koma nicht mehr auf. Aber ich konnte deshalb doch nicht unseren Plan sterben lassen!«

Max war versucht, ihm ins Wort zu fallen und zu fragen, ob er dafür dann lieber Siegfried hatte sterben lassen. Doch Veronika stoppte ihn mit einem strengen Blick.

»Gabi wusste nichts davon. Sie hing viel zu sehr an Siegfried. Deshalb erzählte ich ihr, er habe sich schnell wieder erholt und ins Ausland abgesetzt, von wo aus er sich melden wollte. So war sie die Verlassene, und ich hatte sie ganz für mich. Ein geschickter Schachzug, oder?«

Wenger schien es zu genießen, noch einmal im Mittelpunkt zu stehen. Doch keiner der Anwesenden applaudierte.

»Blöd war nur, dass Sie mir die Polizei auf den Hals schickten. Da passte es ganz gut, dass mir der Patient mit den Brandverletzungen weggestorben war. Bei dem war wirklich nichts mehr zu machen. Also bandagierte ich Siegfried, so dass er wie ein frisch operierter Patient aussah, und versteckte die Leiche des anderen. Der hätte dann später ganz normal einen Totenschein bekommen. In einer Klinik sterben eben manchmal Leute.«

Jetzt konnte Max sich nicht mehr zurückhalten: »Und was war mit Siegfried Berger? War der etwa schon tot?«

»Ich wusste, Siegfried würde nie wieder aufwachen. Deshalb zog ich ihm an diesem Morgen die Sportsachen an, die er bei seinem Zusammenbruch getragen hatte, legte ihn in mein Auto und fuhr in die Berge hinauf. Dort ließ ich ihn den Abhang hinunterfallen. Aber das wissen Sie ja. Siegfried war schon vorher klinisch tot. Das beschwöre ich. Wie hätte ich ahnen können, dass sich dieser blöde Computerchip beim Aufprall einschaltet. Sonst hätten Sie mich nie gekriegt.«

In Gabi Thieles Augen standen Tränen. »Und ich habe dir geglaubt.«

Max reichte ihr ein Glas Whisky. Ein zweites gab er Wenger. Als dieser das Glas an die Lippen setzte, sagte Max: »Trinken Sie langsam. Das wird für viele Jahre das letzte sein. Ich rufe jetzt Kommissar Brunnhuber an.«

»Herr von Steyn.« Brunnhuber dehnte jedes der drei Wörtchen so, dass es am Ende wie ein ganzer Satz klang. Und zwar wie einer, in dem viele Vorwürfe und Fragezeichen steckten. »Wissen Sie eigentlich, wie das für einen Polizisten ist, wenn ihm ein Laienspieler wie Sie immer einen Schritt voraus ist?«

»Mir kommen die Tränen. Ich weiß ja, was Sie nicht mögen: Wenn Ihnen Amateure, Journalisten und Ausländer in Ihre Arbeit hineinpfuschen.«

»Das haben Sie sich ja schön gemerkt. Aber warum mischen Sie Amateur, Journalist und Ausländer sich dann dauernd in meine Arbeit ein? Kommissar Auchter hat mir gerade berichtet, was bei Ihnen vorgefallen ist. Hätten Sie mich nicht eher informieren können?«

»Brunnhuber, beruhigen Sie sich.« Max versuchte, ganz unschuldig und kumpelhaft zu klingen. »Ich kann doch nichts dafür, dass ich mal Journalist geworden bin. Und Ausländer sind Sie auch. Fast überall. Und das mit dem Amateur habe ich überhört. Schließlich weiß ich nicht nur, wo Wenger und Gabi Thiele sind, sondern Wenger hat auch ausgepackt.«

Max hörte förmlich, wie Brunnhuber aufsprang, als hätte ihn etwas gestochen.

»Was sagen Sie da?«, fragte er drei Stufen freundlicher. Max wiederholte den letzten Satz. »Und wo stecken die beiden? Jetzt machen Sie es doch nicht so spannend.«

»Dort, wo ich Ausländer bin. Und Sie nicht.«

»Herr von Steyn, wir sind hier nicht in irgendeiner Quizsendung. Wo verdammt noch mal stecken Sie?«

Obwohl Max gute Lust hatte, den Kommissar noch ein bisschen zu ärgern, berichtete er ihm, was geschehen war.

»Ich schicke sofort meine Bregenzer Kollegen zu Ihnen. Obwohl ich ja am liebsten selber dabei wäre. Aber selbst mit Blaulicht brauche ich drei Stunden. Und einen Hubschrauber krieg ich nicht. Dafür bin ich ein zu kleines Licht.«

»Jetzt untertreiben Sie mal nicht«, versuchte Max ihn aufzumuntern. »Einen Besseren als Sie gibt es doch weit und breit nicht.«

»Für Ihre Schmeicheleien kann ich mir auch nichts kaufen. Ich rufe jetzt meine Kollegen in Bregenz an und melde mich dann wieder bei Ihnen. Und Sie passen auf, dass die beiden sich nicht in Luft auflösen.«

»Zu Befehl, Chef«, rief Max lachend ins Telefon. »Ich riegle die Gegend weiträumig ab.«

Eine Viertelstunde später war der Fuhrpark der Bregenzer Polizei fast vollständig vor dem Schlösschen oberhalb der Stadt versammelt. »Fehlen nur noch die Scharfschützen«, sagte Max zu Veronika, als die Beamten Dr. Wenger und Dr. Dr. Thiele abführten.

* * *

Veronika saß nackt auf Max' Bett, das Notebook lag auf ihren Knien. Sie arbeitete seit Stunden an ihrem Artikel über Berger Pharmaceuticals. Am Abend wollte Sonja kommen, um den Text zu lesen, bevor Veronika ihn an die Redaktion schickte. »Aber sag das niemanden. Denn so etwas macht eine gute Journalistin nicht«, hatte sie Sonja eingeschärft, die vor Sorge verging, dass Veronika Details veröffentlichen könnte, die ihrer Firma schadeten.

Max steckte den Kopf ins Zimmer und musterte seine Freundin. »Ohne Computer zwischen den Beinen gefällst du mir besser.« Er versuchte, das Gerät auf die Seite zu schieben.

»Finger weg«, schimpfte Veronika. »Ich arbeite. Du kannst dich doch einmal gedulden.«

»Auch wenn's schwer fällt. Aber aufgeschoben ist nicht aufgehoben«, antwortete Max und ließ seinen Blick betont langsam über ihren Körper gleiten.

Veronika lächelte, sagte aber nichts dazu.

Max drückte seiner Freundin einen Kuss auf die Stirn und ließ sie alleine. Als er auf die Terrasse trat, war er kurz versucht, sich in die Hängematte zu legen, um die Strapazen der vergangenen Tage zu vergessen. Die Laufschuhe in der Ecke signalisierten ihm jedoch, dass seinem Körper in Wirklichkeit etwas ganz anderes als Ruhe fehlte.

Ohne es geplant zu haben, lief er geradewegs zu der Waldhütte, in der er Professor Hausmann getroffen hatte. Jetzt war der alte Mann tot und noch immer wusste Max nicht genau, wer welchen Anteil an dem Geschehen hatte.

War Siegfried Bergers Zusammenbruch wirklich ein Unfall, weil er das Dopingmittel zu hoch dosiert hatte? Oder hatten Wenger und seine Geliebte ihn absichtlich aus dem Weg geräumt?«

Max glaubte dem jungen Wegmeister, dass er den Professor nicht absichtlich getötet hatte, und wünschte ihm, dass er auch das Gericht davon überzeugen würde.

Doch darauf hatte Max keinen Einfluss mehr. Er warf einen letzten Blick auf die Hütte, drehte sich um und rannte los. Von Meter zu Meter steigerte er das Tempo, gerade so, als könnte er den Gedanken an Siegfried Berger, Christina Kerner, den Professor und den toten Österreicher davonrennen.

Er verlor beim Laufen jedes Gefühl für Zeit und Raum. Sein Kopf rief ständig: »Weiter, weiter«, und die Füße gehorchten klaglos. Wie ein gerade vor dem Ertrinken Geretteter pumpte er Sauerstoff in seine Lungen und stieß die verbrauchte Luft mit lautem Stöhnen aus.

Durch die Bäume nahm er irgendwann die Umrisse der Maxau wahr und verlangsamte seine Schritte. Als er durch das Gartentor ging, schlug sein Herz schon wieder in fast normalem Rhythmus. Wenig später, jetzt wirklich in der Hängematte, wich die Anstrengung des Laufs sehr schnell einer tiefen Erschöpfung, die ihn umgehend einschlafen ließ.

Er konnte nicht sagen, ob Minuten oder Stunden vergangen waren, als ein heller Lichtstrahl sein Gesicht traf. Irritiert schüttelte er den Kopf, an dem die schweißnassen, schwarzen Haare klebten. Langsam öffnete er sein linkes Auge und murmelte: »Schwester Sonne, was soll der Scheiß?«

»Max«, hauchte eine Frauenstimme.

Seit wann konnte Schwester Sonne reden?

»Nein, ich bin nicht Max, mein Name ist Bond, James Bond – und ich habe die Lizenz zum Schlafen«, brummte er und verabschiedete sich von der schlanken, braunäugigen Frau mit dem blonden, kurzen Haar und den weichen Lippen, die ihn in seinem Traum gerade in den Pool gezogen hatte.

Er konnte noch immer nicht sehen, wer die Frau war, deren Stimme ihn aus dem Schlaf gerissen hatte. Seine Augenlider kämpften wacker, aber noch erfolglos gegen die Schwerkraft.

Das Erste, was Max erkannte, war ein Tablett mit zwei halb gefüllten Gläsern und einer Flasche Champagner, an der Millionen feuchter Perlen funkelten.

»Wie wär's mit etwas Doping?«, fragte die helle, kräftige Frauenstimme. »Garantiert in der richtigen Dosierung!«

Ein Baden-Württemberg-Krimi

In Ihrer Buchhandlung

Dietrich Weichhold

Börsenfeuer

Ein Baden-Württemberg-Krimi

Als ein Finanzberater bei Tempo 100 von der Schwarzwaldhochstraße abgedrängt wird, versucht er den Unfall auf einen Fahrfehler zu schieben. Hauptkommissar Kupfer kommt jedoch schnell dahinter, dass dieser Fall mit zwei Morden in Baden-Baden und im Herrenberger Hallenbad zusammenhängt: Alle Opfer waren in derselben Anlageberatung tätig. Unterstützt vom LKA und einem Jugendfreund kommt Kupfer einem gigantischen Betrugssystem und dem Motiv für die Verbrechen auf die Spur.

300 Seiten.
ISBN 978-3-87407-880-1

Silberburg-Verlag

www.silberburg.de

Ein Stuttgart-Krimi

In Ihrer Buchhandlung

Birgit Hummler

Stahlbeton

Ein Stuttgart-Krimi

Hauptkommissar Andreas Bialas steht vor einem Rätsel: Am Feuerbacher Tunnel in Stuttgart wurde ein Toter gefunden. Doch wer ist er? Und wer ist der anonyme Anrufer, der die Polizei auf den Leichnam hingewiesen hat? Nur eines ist sicher: Der Tote starb an Tuberkulose. Einen Monat später finden Bauarbeiter auf der Großbaustelle der Fildermesse die Leiche eines Mannes zwischen den Schalbrettern für eine Stützmauer. Schnell wird klar, dass es sich bei dem Toten, der für immer unter Beton verschwinden sollte, um den anonymen Anrufer im Feuerbacher Fall handelt. Die Ermittlungen führen Bialas und sein Team in die Welt der Bauwirtschaft …

464 Seiten.
ISBN 978-3-87407-988-4

Silberburg-Verlag

www.silberburg.de

Ein Oberschwaben-Krimi

In Ihrer Buchhandlung

Helene Wiedergrün

Apollonia Katzenmaier und der Tote in der Grube

Ein Oberschwaben-Krimi

Mit Scharfsinn und Hartnäckigkeit gelingt es der alten Dorfhebamme, den Hintergrund eines Verbrechens aufzuspüren. Doch bevor sie sich ihrer Nichte Apollonia anvertrauen kann, sackt sie bewusstlos zusammen ... Helene Wiedergrün fesselt den Leser im Spannungsfeld zwischen Glaube und Aberglaube, zwischen Wahrheit und Lügen vor der Kulisse des ländlichen Oberschwabens.

208 Seiten. ISBN 978-3-87407-721-7

Silberburg-Verlag

www.silberburg.de

Ein Ulm-Krimi

In Ihrer Buchhandlung

Manfred Eichhorn

Frei zum Schuss

Ein Ulm-Krimi

Kathrin Freudenberg, umstrittene Präsidentin des Ulmer Sportvereins, hat zu viel riskiert. Wenige Stunden nach dem Anpfiff der Fußballweltmeisterschaft in München schwimmt ihre Leiche in der Donau. Hauptverdächtiger ist Bobo Müller, Leiter des Dezernats für Wirtschaftskriminalität. Klaus Lott übernimmt die Leitung der Soko. Lotts Ermittlungen beginnen schleppend. Doch dann geschieht ein zweiter Mord, ausgerechnet in Söflingen, am Ort seiner Kindheit. Jetzt wird dieser Fall für ihn zur Begegnung mit der Vergangenheit. Er gerät in ein mörderisches Spiel …

256 Seiten. ISBN 978-3-87407-802-3

Silberburg-Verlag

www.silberburg.de

Ein Ulm-Krimi

In Ihrer Buchhandlung

Manfred Eichhorn

Die Maske der Moretta

Ein Ulm-Krimi

Es ist Februar, Fasnetszeit. Doch der Faschingslaune in Ulm wird ein Riegel vorgeschoben. Denn was sich im ersten Moment wie ein schlechter Witz anhört, wird grausame Wirklichkeit: Das Faschingsprinzenpaar der Großen Ulmer Karnevalsgesellschaft ist ermordet worden. Klaus Lott leitet die Soko und bald schon wird er mit einem weiteren »Fasnetsmord« konfrontiert. Das Opfer ist der »GaugaMa«, Symbolfigur einer Söflinger Fasnetsgruppe. Lott ermittelt an allen Fronten. Und muss sich, als Faschingsmuffel, selbst unter die ungeliebten Narren mischen, ehe am Rosenmontag die Masken fallen.

280 Seiten.
ISBN 978-3-87407-881-8

Silberburg-Verlag

www.silberburg.de

Ein Stuttgart-Krimi

In Ihrer Buchhandlung

Sigrid Ramge

Tod im Trollinger

Ein Stuttgart-Krimi

Wer hat den smarten Industriellen Rolf Ranberg so gehasst, dass er ihm tödliches Gift ins Viertele schüttete? Der abgeklärte Hauptkommissar Schmoll und seine engagierte junge Kollegin Irma Eichhorn stechen bei ihren Ermittlungen in ein Wespennest aus Hass und Intrigen. Und plötzlich erscheint der Saubermann Ranberg in einem völlig anderen Licht. Als dann noch Claire, die Ehefrau des Toten, und der Gärtner Max Busch, ein Jugendfreund von Rolf gleichzeitig wie vom Erdboden verschluckt sind, scheint der Fall klar zu sein: Der Täter ist immer der Gärtner! Doch Irma Eichhorn lässt nicht locker …

208 Seiten.
ISBN 978-3-87407-854-2

Silberburg-Verlag

www.silberburg.de

Ein Stuttgart-Krimi

In Ihrer Buchhandlung

Thomas Hoeth

Herbstbotin

Ein Stuttgart-Krimi

Ein Polizistenmord im Deutschen Herbst. Katja, die Tochter der untergetauchten RAF-Terroristin Monika Gütle, forscht viele Jahre später nach der Wahrheit und nach ihrer Mutter. Zusammen mit dem ehemaligen LKA-Zielfahnder Amon Trester begibt sie sich auf eine gefährliche Spurensuche.

In Stuttgart, Heidelberg und am Bodensee stoßen die beiden auf ein Rattennest aus Verrat, politischem Extremismus, Korruption und Wahnsinn. Noch immer riskiert jeder sein Leben, der Monika Gütle finden will …

224 Seiten.
ISBN 978-3-87407-852-8

Silberburg-Verlag

www.silberburg.de

Ein Gäu-Krimi

In Ihrer Buchhandlung

Jürgen Seibold

Unsanft entschlafen

Ein Gäu-Krimi

In Weil der Stadt stirbt eine alte Dame im Seniorenheim Abendruh und alles geht dort seinen gewohnten Gang. Bis der Bestatter Froelich einen schrecklichen Verdacht schöpft: War die 79-jährige Agathe Weinmann womöglich das Opfer eines Mordes? Froelich steht zunächst ganz allein mit seinem Verdacht, die Beweise fehlen und keiner glaubt ihm. Ausgerechnet die unverhoffte Einladung zu einem Kochkurs bei den örtlichen Landfrauen bringt den passionierten Hobbykoch auf die entscheidende Spur ...

Ein undurchsichtiger Kriminalfall im idyllischen Heckengäu.

288 Seiten.
ISBN 978-3-87407-829-0

Silberburg-Verlag

www.silberburg.de